有爱的青春陪伴者

何止钟意

萝北二饼 著

江苏凤凰文艺出版社
JIANGSU PHOENIX LITERATURE AND ART PUBLISHING

图书在版编目（CIP）数据

何止钟意 / 萝北二饼著. -- 南京：江苏凤凰文艺出版社，2023.9
ISBN 978-7-5594-7702-6

Ⅰ.①何… Ⅱ.①萝… Ⅲ.①长篇小说-中国-当代 Ⅳ.①I247.5

中国国家版本馆CIP数据核字(2023)第075241号

何止钟意

萝北二饼 著

责任编辑	王昕宁
特约编辑	年　年
出版发行	江苏凤凰文艺出版社
	南京市中央路165号，邮编：210009
网　　址	http://www.jswenyi.com
印　　刷	长沙鸿安印刷有限公司
开　　本	880mm×1230mm　1/32
印　　张	9.5
字　　数	302千字
版　　次	2023年9月第1版
印　　次	2023年9月第1次印刷
书　　号	ISBN 978-7-5594-7702-6
定　　价	42.80元

江苏凤凰文艺版图书凡印刷、装订错误，可向出版社调换，联系电话025-83280257

001 / 楔子
　　一个喜欢了多年的人

002 / 第一章
　　你好，我是高二（6）班的钟意

016 / 第二章
　　学不会与算不对与漏拍心跳

050 / 第三章
　　这个，主席团助理

068 / 第四章
　　举重天才和相扑能手

091 / 第五章
　　和他的第一支舞

120 / 第六章
　　倘若我能和他并肩

137 / 第七章
　　她认识的何渠琛

146 / 第八章
　　何渠琛，认识你的第五年

165 / 第九章
　　这孩子，倒是有些小何的影子

目　录

262 / 番外三
　　　二十二岁与十二岁

181 / 第十章
　　我真是个蠢蛋

274 / 番外四
　　　暗恋一直都是一个人的事

202/ 第十一章
　　数学差生的计算题

279 / 番外五
　　　讨厌的胡萝卜

219/ 第十二章
　　满天繁星，不及你的眼睛

287 / 番外六
　　　我对你，何止钟意

230 / 第十三章
　　答案，是你

293 / 番外七
　　　原来是你，还好是你

249 / 番外一
　　我们的故事，从来都不会差一点

257 / 番外二
　　何渠琛钟意的平方

目 录

楔子 一个喜欢了多年的人

大一刚开学，办好入学手续，钟意将手中的一沓通知文件交给一旁的钟母后，转身和钟父一人拖着一个大箱子朝宿舍楼走。

箱子大而沉重，她拖着有些吃力，还没迈出几步，眼前便出现一只白净的手。

被拦了去路，钟意抬眼，顺便用纤细的手腕抹去额头上的汗水，有些疑惑。

面前是一位拿着话筒的学姐，她身后还跟着一位扛着机器的男生。两人似乎是学校电视台或新闻部的人。

学姐见钟意抬头，笑得温柔："你好，可以采访一下你为什么选择来这所学校吗？"

钟意高挑纤细的身影，在刚脱离炼狱般高中的新生大军里很显眼，不施粉黛，干净简单，气质出众，让人移不开视线。

他们刚调好设备，一眼便看到了她。

八月底的太阳毒辣得很，钟意有些受不住刺眼的阳光，眼睛微微眯起。面对被递到面前的话筒，她意识到自己没有办法推绝这个采访，顿了一下，才慢吞吞地开口——

"因为一个人。"

一个喜欢了多年的人。

第一章
你好，我是高二（6）班的钟意

　　偷偷关注他这么多年，我不知不觉也练就了一身的本领——听声识人，从茫茫人海中一眼找出他的背影，莫名其妙地摸清他的课表……甚至能准确地辨别出他身上淡淡的茶香。

　　虽然那抹茶香，从未为我停留。

——意和的微博

1.

即便已经在椹南市生活多年,钟意还是有些不适应椹南的夏天。

闷得让人透不过气。

如果换作之前,钟意一定是往最凉快的教师办公室跑得最勤的人,只是这一次……

钟意敢说,她从来都没有那么渴望过夏日的温暖。

将手中红色水笔的笔帽仔细地盖上收进手心,钟意有些忐忑地将面前那张卷子向桌子另一端推了一下。

卷子上红笔批改的痕迹密密麻麻,卷头上是一排黑色加粗的铅印字——

南华中学秋季学期文科班物理第一次周测

卷子是钟意再熟悉不过的卷子,题却是她怎么也混不成熟脸的题。

坐在旁边座位上正批着作业的老太太手一顿,左手推了一下眼镜,连看都没看战战兢兢的小姑娘一眼,右手已经将卷子扯到自己面前。

南华中学有三宝——高中语文齐老先生、椹南市高考最高分保持者傅云深捐坏的校门口烫金校名和全市出名的毕业脱单玄学之地小礼堂。

南华中学还有三魔鬼——高中物理宋老太太、椹南市高考理综出题组常客的南华中学物理教研组组长老李,以及比人姨妈还准时的月考排行榜。

钟意咬着已经失去血色的嘴唇,不安地盯着宋老太太的头顶,心早已提到嗓子眼。

南华中学是椹南市几所有名的中学之一,一直和椹南市一中争夺全市最好中学的头衔。宋老太太本来只教高中理科重点班,今年带的也应该是高三那一届,但没想到原本要带高二文科重点班物理的老师突然住院,学校便让她来接手。

椹南市的文科生在高二第一个学期学完物理，来年一月份进行学业水平测试之后，就不用再学了。水平测试很简单，又是文科重点班，学校本以为宋老太太不会花太多的时间，但这还没开始，理科差生钟意就已经被认真负责的宋老太太盯上。

"行，这次终于改对了。"宋老太太说着，手上麻利地用红笔在钟意刚写的演算步骤上重新挑了个红钩，"你暑假回来的摸底考，考得怎么样？"

钟意眼皮一跳，嘴上却笑呵呵的："也就……那样。"

宋老太太指着自己手中一片飘红的卷子，刚要挑眉说些什么，就被不远处一个沉稳的声音打断："宋老师，您找我？"

男生的声音还带着变声期的沙哑，因为是在办公室里，又刻意压低了些音量，便显得更加低沉。

是钟意再熟悉不过的声音，却也是她第一次这么近距离地听到他的声音。

钟意依旧保持着原来的站姿，身体却有些僵硬。她努力竖起耳朵，听着后方离自己越来越近的动静，在嘈杂的办公室里努力分辨着他的脚步，以此来丈量两人之间的距离。

"回去好好把之前的教材都看一遍，这个学期的新知识很少，十一假期后我会带大家开始第一轮复习，你一定要好好听讲。"刚接手这个班，钟意又总归是个软糯的小姑娘，宋老太太没有说什么重话，"你先回教室吧。"

宋老太太话音刚落，钟意就闻到一抹淡淡的茶香，像是她最喜欢的大吉岭茶的味道，但仔细比对起来，又不太像。

何渠琛一双腿修长，迈起步子，带了些不远处空调吹出的凉风。

早就明显感觉到脸上发烫的钟意，又将头埋低一些。她握着红笔的手不自觉地插进校服口袋，又在口袋里偷偷将手心收紧。

"谢谢老师。"她小声嗫嚅着，又向后挪了一步，随即飞快转身，却又带着小小的妄想，试图通过飞速转身的动作偷偷看他一眼。

少年穿着南华的白色短袖校服衬衫，细碎的黑色短发稍稍遮住些额头，衬得他的肤色白皙透亮。他高挺的鼻梁上架着一副金丝边圆框眼镜，应该是刚上完课忘记摘，就被叫来办公室。而镜片后，那双浅褐色的眼睛正……

看着她。

偷看被当场抓包的钟意呼吸一滞。

她张张嘴,却一个字都没有憋出来。

何渠琛稍提嘴角,和煦地笑了一下,微微颔首,跟她打了个招呼。

本是再普通不过的陌生人之间的问好,钟意却早已乱了阵脚。她像是小鸡啄米似的连忙回点好几下头,却又瞬间意识到这样的自己有多傻。

下一秒,后悔得无地自容的小姑娘身体先于大脑,拔腿就跑,几乎是落荒而逃。

将身后办公室的门关上,钟意才终于缓缓将刚刚那口气完整地呼出来。又接连做了两个深呼吸,她才握紧手心的红笔,向楼梯间走去。

走了没几步,又想到刚刚面对何渠琛时自己的表现,认认真真地复盘刚刚的整场表演后,钟意恨不得把自己丢进不可回收的垃圾桶里。

明明不过是一个礼貌性的点头问候,也不过是一场他极有可能之后就不会记得的点头相遇,她却把这真的当作一回事,为自己刚刚没有好好表现而懊悔,却又暗中悄悄地祈祷——

虽然不过几秒,但是希望他可以在这几秒钟里注意到她。

钟意舔了一下刚刚因为紧张而发干的嘴唇,顺着回荡着喧嚣的楼梯间下楼。

不久之后便是南华中学的百年校庆。这几年学校为此修缮不少设施,又重新盖了一栋专为高三使用的楼。钟意在南华中学苦苦等了五年,这楼不负众望,终于在她高二的时候建成。

也不知道今年学校怎么回事,高中部突然扩招,另一栋规划重建的教学楼又没有建设好,学校只好将高二的半个年级也暂时分去高三楼。

钟意将手搭在有些冰凉的扶手上,仰头又向上看了一眼。

本以为何渠琛在学校的最后一年里,她也许没有机会去偶遇他,但是还好,能多望一年,便是一年。

"哑,现在高二的这帮孩子也真是!判好的卷子发下去让他们自己先改,结果我一收上来,什么样子发下去的,就还是什么样子收上来。这帮孩子根本就没动脑想自己哪里做错了,都等着我讲。"宋老太太将手中另一份卷子看完,气呼呼地抬头向何渠琛抱怨。

瞥见何渠琛的眼角还带着未散去的笑意，宋老太太轻哼一声，揶揄道："认识？"

"知道，但不算认识。"何渠琛收回视线，不经意地扫了一眼放在一边的卷子，视线最后落在那个龙飞凤舞，像是练过书法的签名上，黑色的水笔字与记忆中多年前那个夏天见过的一张白纸上的名字重合。

定格两秒，何渠琛收回视线："钟意，升旗仪式上念过很多次她的名字，名字很特别。"

只是一眼，便能记住。

回到熟悉的楼层，钟意刚走到班级门口，猛然想起自己还有个"嗷嗷待哺"的同桌。她叹气，又转身折回去。

蓝色的车棚建在学校最不起眼的角落，闷热夏日的下午，寂静角落里的摄像头中闪出一个鬼鬼祟祟的身影。

穿着校服衬衫的女生正抱着一本下楼时劫来的政治书，她的左手臂上搭着同样顺手从朋友身上扒下来的校服外套，故作镇定地以一种奇怪的姿势来回反复游荡。

即便是在南华读书的第五年，钟意依旧不熟悉躲过摄像头偷拿外卖的业务。想起刚刚体育课后，那位唐遇小姐将爪子往她的肩膀上虚弱一搭，耍无赖跟她玩了三十二局石头剪刀布，她就恨得牙痒痒。

终归是自己交友不慎，被卖到学校角落里和外卖小哥对暗号。

十分钟的课间，又是下午两三点钟，饭后才会有老师散步的车棚小路上，偶尔只有几个学生路过。而按照《南华一点通（学生内部版）》中的分析，几个对着车棚的监控摄像头里，有一个在路灯杆上面。路灯距离灌木丛有一小段距离，刚好能容下一个人，是监控的死角。

钟意很少做这种事情，紧张得不行。她不停地在车棚小路上走来走去，偶尔低头看两下书，装作正在背政治的样子，嘴里碎碎念着："在现阶段，我国的主要矛盾是……"

突然，一抹迅捷的蓝色身影进入钟意的视线。

估摸着这个时间点外卖的也就只有自己，她低头看了一眼左手腕上的深蓝色的手表。动作间，藏在校裤里的手机，也适时地振动两下。

确认过暗号，是自己点的外卖。

钟意迅速按照刚刚规划好的路线，闪到围栏旁："唐女士的？"

外卖小哥点头，藏在头盔阴影里的那张脸严肃得没有任何表情。

白色的围栏很高，又很密，顶部的尖角向校园内弯曲。他熟练地拆开包装袋，将寿司盒竖过来，一盒一盒从围栏缝隙中塞给钟意。两个人动作极快，全程默契地不出声。这是每一个业务范围包含南华中学的外送员必备的职业素养。

午后阳光正好，耳畔除了蝉鸣，只有塑料盒被挤压所发出的"嘎吱嘎吱"声。

一共五盒寿司，交接的过程并不漫长。钟意最后接过团成一团塞进来的袋子，压低声音飞快地丢下一句："谢谢。"

小哥的脸隐匿在黑暗中，同样沉声道："五星好评。"

"知道。"钟意点头，手上也不闲着，迅速把装好五盒寿司的袋子挂在小臂上，又将外套往手腕处搭了搭。

直到摩托车发动的声音响起，钟意才悄悄松一口气。她一边整理着外套，尽量遮盖住外卖袋，一边转身准备回教学楼。

毫无风险地有了新的口粮，她几乎是走出了六亲不认的步伐。

"这家店好吃吗？"

突然出现的声音让六亲不认的步伐停滞在空中，瘦削的背影像是被按下暂停键。

虽然这个声音有些沙哑，但钟意还是立刻分辨出来是谁的。

低沉温柔，却又似乎夹杂着淡淡的笑意。

钟意深吸一口气，稳住有些颤抖的身子才缓缓地转过来，毫不意外地看到侧身半坐在一辆自行车上的男生。

他双手抱臂，一条腿笔直地抵着地面，另一条腿随意地搭在那条腿上，深蓝色的西裤稍有些短，却衬得他脚踝极白，额前细碎的黑色短发干净清爽，架在高挺鼻梁上的金色细边框眼镜微微反光。男生整张脸都藏在车棚的阴影里，让她看不出他的表情。

何渠琛。

只在领奖台上出现过的人，突然站在自己面前，偷拿外卖的心虚，连带着少女的悸动一起，在那一刻让她的不安感如泄洪般涌出。

钟意不自觉地咽了咽口水，拴着外卖袋的胳膊向后缩了缩。

明明刚刚才在办公室里见过，她想破头都想不出何渠琛为什么会在这个时间出现在这条能晒死人的小路上。

学校还没正式开学，只是在属于高二、高三的暑假提前补课期间，就被出来晒太阳的学生会主席抓到偷订外卖，还人赃并获，成为南华笑柄。这是什么神仙运气开门红？

她可以丢掉外卖，但不可以在他面前丢掉礼貌。

钟意清清嗓子，挤出一个比哭还难看的笑容："学长好。"

她耷拉着脑袋，鼻尖有些泛红。

何渠琛没有说话，只是起身走到她面前，扫一眼不知道什么时候也染上淡粉色的两只耳尖，伸出右手，手心朝上摊开。

钟意看到面前突然出现的那只手，愣了一瞬，鬼使神差地伸出自己的右手，直接握上去。在触及他温暖干燥的手心时，她才猛然反应过来自己干了什么。

何渠琛垂眼看着覆在自己手心上的另一只手，抿起嘴唇。

对上他挑起的眉毛，钟意的假笑有些维持不住，场面一度有些尴尬。但她从来都是圆场大王，硬着头皮握住何渠琛的手，用力地上下晃两下："谢谢何学长体谅，合作愉快。"

何渠琛被气笑，却随着钟意的节奏点头，一脸配合，然后在她抽回手要转身开溜的时候，轻咳一声："哪个班的，叫什么名字？"

他瞟了一眼她胳膊上以不自然形态下垂的外套，暗示的意味很明显。

钟意身子一僵，冲何渠琛可怜地眨几下眼，而后者也回眨了几下，藏在镜片后的一双眼睛好整以暇。

意识到躲不开这次的处分，钟意自暴自弃地哭丧着脸，把左臂上的外套拨到一旁，撑开袋子："高二（6）班，席轶。"

她随口说了一个前两天在征文作品中写的女主角名。

何渠琛看上去并没有怀疑，低头冲袋子里扫过一眼，伸手拿起一盒："晚饭的时候食堂找我，我给你钱。"

事情的转变让人摸不着头脑，等面前的人都走了，钟意才迷茫地看向手中的袋子。五盒寿司，只有最上面那一盒加州卷是她的。

缘分，大概是你想吃外卖时，就被他打劫了。

在青葱岁月的秘密与口粮面前，钟意一直都坚定地做一个填饱肚子比虚幻心事更重要主义者,越想越气地咬着后槽牙。她深吸一口气,扭头冲着越走越远的背影喊了一嗓子——

"学长!够吃吗!要不要再来两盒?"

南华新建的物理实验室里,冷气一向开得很足,只有零星几个人分散坐在硬邦邦的小圆凳上写题。

桌子上的阴影一闪而过,一盒加州卷,也跟着安安静静地躺在一堆卷子里。

察觉到原本因为准备竞赛烦心而出去休息的同桌,此刻以肉眼可见的好心情回来,张木云大概猜到几分:"你怎么也开始薅羊毛了?"

"饿了。"何渠琛翻看着莫名其妙出现在他桌子上的一堆卷子,眼皮都不抬一下。

"小姑娘?"张木云随口一个揶揄,注意力仍在面前没做完的题上。

何渠琛无视身边人的玩笑,从那一沓卷子里抽出两张,扔在张木云面前。他上半身向后倒,声音懒洋洋的:"语义没过百,真好。"

张木云一记杀人的眼神立刻扔过去,狠狠地扯过自己的卷子。

"我过了。"何渠琛任凭他扯走卷子,无辜地摊手。

"过了就滚吧。"

两个小时过去,何渠琛动都没动那盒加州卷一下。

第一节晚自习是语文,他们这些偏科尖子生必须回班上。

下午最后一节课的下课铃打响后,何渠琛把手上的题写完,才开始收拾自己的东西。

加州卷浑身上下所散发出的橘黄色,在他清一色黑白、深蓝色的东西中,是那么的闪耀,那么的夺人眼球。

感受到张木云异样的目光,何渠琛拿起寿司盒,特意左右端详一阵,嗓音压着笑意:"饿了?"

张木云蹙眉,抿起嘴把笔收进笔袋里,并不想承认。

"一盒五十元。"

张木云抱着自己的东西,跟上何渠琛,带着浓浓的鼻音哼出港腔:"何主席,你好绝情哦。"

"一百元,不收现金。"

张木云瞪了他一眼。

2.

南华对于学生的管理一向严格，既不允许叫外卖，也不能出学校吃饭。好在经过几次学生抗议后，学校新换了一家供餐公司，饭菜的味道总算达到能吃的水平了。

但也仅限于能吃。

英语课在讲摸底考试卷，比较简单，老师提前下课。

钟意和唐遇两个人端着餐盘，找个靠窗的位置坐下后，才陆陆续续有其他班的学生进食堂。

唐遇吃饭慢，事又多，为表歉意，每次都是她去盛两人份的粥。

把胡萝卜剔出去之后的炖排骨总算让人有些食欲，钟意得意地扬眉，决定加快吃饭的速度。只要她快点吃完饭，就能早回教室，有时间多玩一会儿。

食堂渐渐热闹起来，不停有人在她们面前经过。嘈杂中，一个餐盘被轻放在钟意的对面，而握着餐盘的，是一双修长白皙的手。钟意嚼着土豆，忍不住多看了两眼。

手的主人坐下来，紧接着，两张十元钞票被放在两个餐盘中间。

"不是说了让你找我吗？"看到她餐盘里的胡萝卜块堆成小山，何渠琛的眼底染上些许笑意。

食堂里人多眼杂，不免会被人看到，钟意莫名地感到紧张。她咬了一下嘴唇，就差把头埋进米饭里，声音闷闷的："不用了，就当是你不记我名字的答谢了。"

何渠琛没有接话，只是没来由地冒出一句不相干的话："胡萝卜富含抗氧化剂和胡萝卜素，多吃对皮肤好，美白。"

钟意执着筷子的手一顿，抬起头，用看神经病的眼神看向何渠琛。

视线猝不及防地对上，钟意一眼便望进他正看着自己的眼睛，呼吸一滞，只觉得自己像是要掉进他眼底的旋涡中，立刻别开眼。

何渠琛把那二十块钱又向前推了推，起身端起餐盘："谢谢。"

谢谢你让我这个中间商赚差价，即便被砍价了，但还是赚了十块。

破财的张木云瞧见何渠琛过来，踢了一脚身旁的凳子，瞥着他来时的方向："哟，还本钱去了？"

"意外之财，理应过去感谢一下财神。"何渠琛挑眉，把手中的餐盘稳稳地放在桌上，声音平静，"数目虽小，但也要心怀感恩。"

张木云冷哼，从他的餐盘里抢了一块排骨过来，说："那你怎么不感谢我？"

何渠琛也不恼，一手稳住凳子，慢慢坐下："做生意，咱俩之间的买卖都是平等的。"

正嚼着排骨的张木云翻个白眼，踢踢何渠琛屁股底下的凳子："你重新去找个座位，这里有人了。"

"谁？"何渠琛从容地拿起筷子。

"我的右屁股。"张木云冷笑，"上高三不运动，肉全都长屁股上了，一个凳子还真坐不下我。"

等到感觉何渠琛已经离开，钟意才回过神。

她慢吞吞地嚼几下，把土豆吞下去，又机械地举起筷子。

"你的紫米粥。"唐遇端着两碗粥，好不容易穿越人群挤回座位。放下碗抬头的那一刻，她惊奇地目睹钟意把一坨橘不拉几的东西丢进嘴里。

这是什么人间奇迹？

余光瞥见桌上的二十块钱，唐遇倒吸一口凉气："有钱能使鬼推磨，要是有人能出五十块买我吃一口冬瓜，我也愿意。"

钟意懒得理她，专注地嚼着嘴里的东西，五官恨不得挤到一起。如果这个时候说她吃的是苦瓜，估计没人会不相信。

唐遇连手指上的粥都顾不上擦，就怜爱地摸上钟意的脑瓜："你这是什么表情？怎么吃一口胡萝卜跟吃屎一样？"

"去去去。"

紫米粥刚出锅不久，钟意把饭吃完，晾在一旁的粥仍旧有些烫。

唐遇一向吃饭细嚼慢咽，钟意便从筷盒里拿出勺子，一只手托腮，一只手慢悠悠地搅着粥，偶尔喝上两口，像是在发呆，实则是开启雷达，寻找那个人的身影。

在人多的场合，只要钟意闲下来无事可做时，就会习惯性地在人群中寻找何渠琛，哪怕是一个背影。

他正和旁边的男生说说笑笑，那个男生她有一些印象，好像也是一个竞赛大佬。

余光瞥见何渠琛起身，钟意连忙加速把最后几口粥喝完，匆忙站起，快走两步把餐盘放到回收箱里。她拿着筷盒，找到一个离何渠琛只有一人之隔的水龙头，低头洗自己的筷子。

这个距离，让她只需要稍稍侧过身，就能看到他那双修长漂亮的手。阳光透过食堂的窗子照进来，男生左手腕上那块深蓝色的手表微微闪着光。

在南华，他整个人都像是带着光的，是她从不敢企及的。

钟意抿起唇，视线重新落在手中的筷子上，将木筷每一处油渍都洗得干干净净。

她一直都很满足于这种感觉。

他们之间的距离不远不近，她不用担心他的厌恶，还能每天悄悄看上哪怕仅仅一眼。

即便仅仅是一眼。

晚饭后，物理挂红灯的钟意没有实现玩手机的愿望，在离教室只有一步之遥时，就被吃完饭回办公室的宋老太太眼尖地抓了个正着。

"钟意！"宋老太太的声音从背后响起，令人毛骨悚然。明明是那么远的距离，她却总能轻且不经意地瞥见自己想要"抓"走的小朋友。

"宋老师。"钟意机械地回头。

看着宋老太太冲她慈祥而又和蔼地招手，她僵硬地挪到宋老太太面前，一顿干笑："宋老师，您眼神真好。"

上楼的途中都能抓到我。

宋老太太在高三教师办公室，饭后时间来问问题的学生很多。钟意跟在她身后进去，迅速扫过一眼，确定没看见何渠琛后，才暗中松口气。

但宋老太太也没让她多待，叫她先回班一趟拿笔和草稿纸，就直接把她丢去办公室隔壁的物理实验室。

钟意被安排到第一排的座位上，放眼望去，前两排的几个人都是眼熟的物理差生。看样子，他们像吃完饭就自动过来了。估计是下午宋老太太去班里"抓"人，通知晚上来实验室开小灶的时候，没有"抓"到她。

钟意和老熟人们交换一个苦涩的眼神,从宋老太太那里接来一份卷子。

躲得了初一,躲不过十五,还损失了一盒加州卷。

人生不过如此。

宋老太太给的卷子只有选择题和填空题,比他们要参加的高二期末学业水平考试稍微难一些。时间不长,写完去办公室交给她就行,也不会耽误上第二节晚自习。

钟意写题写得慢,又加上晚来了一会儿,实验室最后只剩下她一个人。

偌大的实验室冷气开得很足,安静得只剩下空调出风的声音。她咬着笔,缩了缩身子,后悔刚刚为什么没带外套进来。

选择题还可以蒙一蒙,但填空题对于她来说,除了第一道和第二道,后面的全超纲。

绝望中,实验室后门被猛地拉开,一道男声响起:"周日我过生日,你没忘吧?"

"忘了。"何渠琛从口袋里掏出薄荷糖,塞了一颗进嘴里。

"呵!"张木云一把抢过那盒糖,猛倒儿颗出来,一股脑都塞进自己的嘴巴,疯狂赌气,"别忘记给我准备生日礼物。"

"啊?"走在前面的何渠琛转过身来,一脸莫名其妙,"我今天不是给你了?"

虽然你还花钱又买走了吧,但也算是给了不是?

张木云一呛,薄荷味瞬间弥漫开来,眼泪夺眶而出。泪眼婆娑间,他颤抖着双唇,吐出埋藏在心底很久的话:"你还要不要脸?"

何渠琛一个没忍住,笑出声:"别哭别哭,叔叔给你买糖吃。"

"何叔叔"走到自己白天坐的位置,弯腰看了一眼书箱,皱起眉头。

"你放讲台上了吧。"张木云揉揉眼睛,一屁股在旁边的位置坐下,两只脚腾空在凳子上来回转圈,下巴往讲台的方向抬了抬。

下午他们几个在讲台上争论附加题,把黑板写得乱七八糟忘记擦,被宋老太太臭骂一顿,之后何渠琛被发配去擦黑板。

他的杯子,大概是那个时候随手被放在讲台上了。

"哎,周日老地方见,"张木云吊儿郎当地喊了一嗓子,"下午五点半,别迟到了。"

墨绿色的玻璃水杯安安静静地立在讲台桌角上,何渠琛拿起来看了一眼。也不知道是不是杯子颜色的原因，泡过一下午的绿茶，已经变成幽深幽深的绿汤。

他皱眉："我不吃鱼子酱。"

"刺啦——"

话音刚落，纸被撕破的声音突兀地响彻整个实验室。

钟意懊恼地把手中的橡皮扔掉，桌上薄薄的草稿纸已经皱皱巴巴的，被扯开一道口子。

她是犯什么毛病从教室拿两张小草稿纸来，只能节省着用，用完还要拿橡皮擦掉继续用。

张木云对于实验室里有其他人早已见怪不怪，毕竟宋老太太的"魔爪"，总是可以轻而易举地"抓"到一堆倒霉蛋。

"事多。"没有下午那好几个大男人散发出来的热气中和，实验室凉得让张木云浑身上下起鸡皮疙瘩。他随口骂一句，见何渠琛拿起杯子往回走，就立刻跳起来出门等着。

何渠琛看着张木云的身影在实验室门口消失，思索片刻，还是不由自主地走到第一排角落。站在钟意面前，他把滚到桌子另一头的橡皮拾起，轻放在她的手边。

感受到何渠琛的靠近，低着头的钟意头皮一阵发麻。

何渠琛倒着看了一会儿桌上的卷子，蓦地笑了："后面几道选择题，蒙的吧？"

钟意原本因他凑近而紧张发抖的手一顿，硬是梗着脖子，把已经擦得差不多的草稿纸朝他的方向推了推，声音含混不清："算的。"

有点心虚。

何渠琛难以置信地看着依旧脸大的钟意，放下茶杯，顺势拿起她撂在一旁的铅笔，在草稿纸上飞速写下几行："后面四道题都能算出是C，也是挺不容易的。"

钟意愣了愣。

"学校高中的物理卷子蒙C的话，对的概率比较大。"何渠琛把剩下的几个数写完，扬起嘴角，"但不巧，这张卷子是老李出的，前年的学业水平测试模拟题。"

老李是南华高中物理教研组组长,一个不按常理出牌,曾经出过一张选择题全部选D的卷子,以一己之力干掉一整个年级学生自尊心的"恶魔"。

钟意被何渠琛噎得不想说话,伸出手,把桌上的草稿纸转过来。余光瞥见刚刚那个撕裂的口子,她踌躇几秒,最终才问出一直埋藏在心里的问题:"你不吃鱼子酱?"

死要面子的何渠琛没想到小姑娘突然给自己捅了一刀,大脑开始飞速转动。他拿起面前的茶杯抿了一口,声音平静:"我把外面那层米饭去掉了。"

钟意震惊地抬头,只见面前的人细细地端详完自己刚写过的计算草稿,然后慢悠悠地背过手,从前门离开实验室,淡定得像是刚刚说了一件见怪不怪的常事。

她简直目瞪口呆。

《南华一点通(学生内部版)》说得好,想当南华学神,必须精致生活。昔有傅云实一天百次洗手,今有何渠琛吃寿司都要剥皮。

而她钟意,食物掉地上三秒钟之内捡起来就吃,这大概就是人与人之间的差距。

为了缩小与学神的差距,她决定以后食物掉地上一秒钟之内的才捡起来吃。

第二章
学不会与算不对与漏拍心跳

我最后悔的是,没有大大方方、正正常常地站在你面前,做一次自我介绍——你好,我是高二(6)班的钟意。我很久之前,就认识你了。

——意和的微博

1.

周一,新学年伊始,不补课的年级终于迎来开学日,学校里人满为患。

雷阵雨依旧没有落下,天气越来越闷,即便是清晨,也让人有些喘不上气。

"阿意,我说你磨磨蹭蹭的干什么呢?"正和程期楠斗嘴的唐遇突然发现少了个人,扭头才看到落后一段距离的钟意。

唐遇的声音不大,但具有不一般的穿透力,能穿过层层人群在耳畔炸开。

钟意眨眨眼睛,将视线从公告栏上收回。

双手被一大摞书本硌得有些疼,她抬起右腿顶着书调整一下姿势,才迈开脚快走几步,跟上前面的两个人。

一男两女,他们三人一起长大,常常一起上学,家长也都互相认识。

"这新楼我初一的时候就在盖了,以前的我太年轻,没想到高二才搬进来。"程期楠摇头,"估计高三的我也没有想到,我高二就能搬进来。"

"瞧瞧程先生这说话的艺术,"钟意加入吐槽群聊,"平淡中带着刻薄、无奈,但不知为什么又有一种喜悦,不愧是程先生。"

暑假里搬楼的事情一直没定下来,临假期补课开始才突然通知。放假之前他们都转移回家的复习资料,这些天也被一点一点地又搬回学校。

程期楠无视钟意,继续挑起话题:"咱们也算是蹭了高三的教室吧?听说新教学楼的实验室和地理教室都装修得特别好。"

"是是是,新楼的厕所都是香的。"钟意毫不留情地怼回去。

眼看着这两人又要杠上,唐遇转移话题:"刚刚你是不是在看模联社的活动海报?听说这次是何渠琛最后一次参加模联会议,是不是心动想报名了?"

被这么直接地揶揄,钟意的脸一下就红了,两只胳膊不自觉地夹紧书本:"好沉,快走两步?"

加快脚步的同时，她还鬼鬼祟祟地瞄一眼两边，生怕其他人听见。

"何渠琛。"

明明不是叫自己，钟意刚迈上一级台阶的脚步，却条件反射地一滞。她的耳朵不自觉地竖起来，偷听着身后楼梯间的声响。

"刚刚宋老师让你收拾好东西之后，收一下大家的物理周末作业，收好之后放到她办公室的桌子上。"

在那之后的三秒钟里，钟意感觉所有的声音都消失了，人也不自觉地屏气，生怕错过何渠琛的声音。但她什么也没有听到，只有走廊人群发出的嘈杂声。

或许是他点头之后就上楼了？

钟意想回头看个究竟，却又不敢回头。她的睫毛扫过下眼睑，托着一摞书本的双手手指死死地抓住最底下的那一本书，咬住嘴唇，带着失望向前迈开一步。

"阿意，你怎么这么慢啊？"又发现人丢了的程期楠好气又好笑，以为钟意体力不支，赶紧折回来，"我帮你拿？"

"啊？"

就在钟意回过神来的那一刻，身后楼梯间里，那个她一直期待的声音终于开口："知道了。"

何渠琛的声音还没有完全变成熟，低沉的磁性中又有些少年感，辨识度极高。

"没事没事，我自己可以拿。"钟意躲避开程期楠的视线看向地面，飞速迈开脚步。

钟意不觉得那是落荒而逃，她觉得她没什么好逃的，但……她又无法去形容那种感觉。

也不知道是从什么时候起，她甚至已经无法去听他的声音，就连平息因他而加速的心跳，往往也需要很久，很久。

第二节课下课铃打响，钟意老老实实地坐在位置上跟着广播做眼保健操。随着年龄的增长，她不得不承认有的时候自己活得很健康养生。

上午两节课没有上课，教室里一直没有老师，整个班里吵吵闹闹的。唐遇找了个隐蔽的角度，低着头正偷偷拿手机看小说，一边看，一边说：

"啧,我说这年头,每天坚持做眼保健操的,也就只有你了吧。"

"看手机就拿到台面上来看,"钟意又多做了几组轮刮眼眶,"你那颈纹再不管,都能夹死蚊子了。小小年纪,却早早把米其林轮胎套在脖子上。人家腹肌八块,你颈肌四块,不容易,不容易。"

"哟!"唐遇嘴上怼着,左手却诚实地摸上脖子,"能不能闭嘴,能不能?怎么做眼保健操都不能堵上你的嘴呢?要不你再轮刮一下唇框?"

钟意跟着广播的指示望向窗外,挺胸抬头,保持愉悦的微笑:"还好你坐在我右边,你要是坐我左边,我做完眼保健操一睁眼扭头就是你那张大脸,我的心理阴影面积要变得多大。"

"少说两句吧你。"唐遇白她一眼,拿起挂在椅背上的校服外套,"穿外套,今天太阳太毒了。"

"我宁愿晒死,也不想热死闷死。"

"那你黑死得了。"

跟着大课间的音乐站起身,两个话痨你一言我一语地怼着,才磨磨蹭蹭走到教室门口,就被早早堵在门口的教导主任抓个正着:"钟意,一会儿去台上领奖。"

正嬉皮笑脸的钟意反应半秒,收起唇边的笑意,轻声应道:"好。"

每周的升旗仪式上,领奖的同学都会站在主席台靠边的位置,在最后一个"获奖情况"的环节上台领奖。六班的位置在主席台的另一侧,一般唐遇都会把钟意送到主席台,自己再往前走一些。两人磨磨叽叽地走到操场上时,已经有多半的同学到了。

钟意一眼就在操场的人群中寻找到了何渠琛。

"今天开学典礼,也就只有他能上去主持了。"唐遇朝主席台的方向努努嘴。

南华的升旗仪式一直是由四个主持人轮流主持,但能扛起开学典礼和毕业典礼大旗的,今年只有何渠琛。

"毕竟是何渠琛,优秀。"钟意挑眉,像是在夸自己一样挺起胸。

唐遇受不了地抖落一身鸡皮疙瘩:"你去主席台上瞻仰你的人间理想吧,我回咱们班的队伍里站着睡觉去了。"

开学典礼仍旧还是那些流程,在南华读书那么多年,钟意早已倒背如流。只不过今年不一样,因为今年的高三优秀生是何渠琛。

他穿着校服——干净的白色衬衫和深蓝色西裤，学校统一的墨绿斜纹领带系得整整齐齐，左手腕上戴着一块深蓝色的腕表。也许是因为夏天太热，他把头发又剪短了些，利落的黑色短发很是清爽，连后脑勺都那么好看。

钟意眯起眼睛，嘴角又悄悄地开始往上爬。

"三、在'杨帆杯'全国征文大赛中，我校高二年级钟意同学获得高中组全国一等奖，陈安李等三位同学获得高中组全国二等奖，何渠琛等……"

钟意一向不喜欢写征文，之所以硬着头皮写，是因为能听到何渠琛念出自己的名字。何渠琛偶尔也被强行拉去写征文拿奖，他们也有可能并肩站在一起领奖。

只是……这次她和他之间还隔着三个人。

钟意从校领导的手中接过自己的证书，一脸不情愿地拍合照。她没有看镜头，而是把目光聚焦到远处的一个小白点上，眼神凶恶。

齐时那个小老头，这次居然没感叹何渠琛这个标准理科生又要接受文学的折磨。要是他透个口风，她就收着点写，拿个二等奖了。

开学典礼比升旗仪式的时间要长一些，大多数人都不免有些脚麻。终于，当何渠琛念出"开学典礼到此结束"时，全场爆发出最热烈的掌声。

钟意也跟着走下主席台，找个阴凉处靠着，等唐遇来认领自己。

"钟意。"

刚刚通过话筒和扩音器在整个学校上空盘旋的声音，突然在这一刻没有了距离感和电流感。

钟意以为是自己幻听，转过头，才发现那个原本和校领导正说着什么的人，此刻已经站在自己身后。

"你是叫钟意，对吗？"何渠琛低头看了一眼手中的稿子，又抬起头问她。

他没有戴眼镜，棕褐色的瞳孔深不见底。

钟意盯着那张离自己很近的脸，愣住几秒后，才"嗯"了一声。

刚发出声音，钟意就后悔了。

这是什么年久失修的生锈机器发出的干涩的声音啊！完全不符合她可爱仙女的形象！

她装作不经意地清了清嗓子，努力让自己的声音悦耳动听："我是。"

"我叫何渠琛。"

"学长有什么事吗？"滚烫的耳朵仿佛已经不再属于自己身体的一部分，不知道是不是错觉，钟意竟看到他的眼底闪过一丝笑意。

"席轶是你姐姐？"他的语气认真自然。

钟意一僵，小心翼翼地稍稍抬起视线。

"钟意，席轶……"何渠琛故意拖长尾音，嘴角弯了弯，"医学世家？"

"那可不敢当，不敢当。"钟意僵硬地笑了笑，摆摆手，"小的时候我们姐妹两个得过重病，我被中医治好了，她被西医治好了。"

她有一个毛病，一紧张就满口胡话。

何渠琛挑眉，饶有兴致地盯着面红耳赤的女生："什么重病？"

"秃头。"

钟意面对他的每一次发言，都像是嘴巴和大脑在赛跑。情急之下，她用平时和唐遇互相揶揄的"为学习秃头"精辟地形容自己的病情。

她已经不想等唐遇来解救她了，只想当场去世。

何渠琛意味深长地扫了她的头顶一眼，轻笑着，没有忘记说正事："十一假期的时候，椹南市中学模拟联合国会议轮到南华举办，你有没有兴趣参加？"

他的个子很高，本身不矮的钟意也不过才到他的嘴唇。出于礼貌，他稍弯腰："我看过你写的文章，你的文书编写能力很强，而且你以前是模联社的成员，但只参加过三次校级会议，这次你有兴趣吗？"

想到模联大会上那些痛苦的回忆，钟意的手足无措渐渐褪去。她垂下眼，长而卷曲的睫毛微颤。

何渠琛也不急，好脾气地等着她的回复。

"阿意？"慢悠悠地溜过来的唐遇显然没搞清楚状况，"怎么了？"

钟意深吸一口气，努力让声音保持平静："对不起，学长。在尝试之后，我很清楚地知道我不适合模联大会——我有处理文书的能力，但并不具备良好的沟通能力。"

她是因为何渠琛才加入的模联社，但每一次会议，都让不喜欢在有众多陌生人的场合发言的钟意如坐针毡。她虽然在意何渠琛，但也不会为了他过于勉强自己。

何渠琛轻挑眉毛，像是没有想到她会拒绝。她陈述完后，一脸不卑不亢的样子，和刚刚不敢直视自己的女生判若两人。

他顿了两秒，笑了："好，我知道了。"

那含笑的双眼里像是攒了一池星光，甚至比白日还要闪耀。

拒绝何渠琛邀请的钟意拉着唐遇一路疾走回教学楼，又一个人冲进卫生间。她把水龙头拧开，用凉水疯狂拍自己烫得快要冒烟的双颊。

对于何渠琛主动抛出的橄榄枝，她不可能不心动。这不仅是何渠琛发出的邀请，而且椹南市中学模联大会是目前国内资源最好的高中模联会议，学校里很多人挤破脑袋都想拿到邀请函。

但是……

钟意闭上眼睛，把水开到最大，双手捧起水不停往脸上拍打。

她不想记起那些仅是回想就令她难堪的瞬间。

"你可真够行的，平时想接触何渠琛都没有办法，关键时刻又拒绝人家的参会邀请。"唐遇慢悠悠地跟进卫生间，抱着双臂倚在门框边，"你又不是不知道这次校内的参会名额有多难申请，这不就是给你开了绿色通道吗？"

钟意双手撑着洗手台，盯着镜子里眼泛泪光的自己，没来由地生出一股厌烦："那我能怎么办呢？我就是没办法应付那样的场合。"

毕竟也是一起长大的朋友，知道钟意怯场的毛病也不是一天两天，唐遇一时间不知道该接些什么话，只好从校服口袋里摸出面巾纸递给她。

意识到自己的失态，钟意接过面巾纸，在双颊迅速而又随意地擦几下。纸巾从脸上撤走时，她的心情已经被整理到正常状态。

余光扫到放在洗手台角落的液体香熏，她轻笑一声，转移话题："新楼的厕所的确是香的。"

唐遇真的懒得理她。

"钟意，"说话间，同班的学习委员进到卫生间，"宋老太太刚刚去班里找你没找到，让我看见你之后通知你去物理办公室找她。"

闻言，钟意刚弯起的嘴角又僵在脸上，原本扶着洗手台的手不自觉地再次摸上水龙头。

"啧，"唐遇一脸看戏的表情，"这不又来了一个你没办法应付的场合，说明命运让你突破自我。"

"我劝你善良，"钟意真想再拿凉水洗个脸让自己冷静冷静，"少说两句，给我留点时间做心理建设。"

"纯血统文科生又要遭罪了。"这种时候不加把劲多损两句，唐遇只觉得亏得慌。她拍拍钟意的肩膀，脸上的幸灾乐祸连藏都懒得藏，"要不我给你唱一首《送战友》吧？"

拍掉唐遇嘚瑟的手，钟意对着镜子整理好衣领，保持愉悦的假笑，每一个字都像是从牙缝里挤出来的："你信不信我把你扔到厕所里冲走。"

作为一名纯种文科生，钟意早已经习惯了宋老太太的"骂哭大礼包"。她礼貌地敲了两下门，才进物理办公室。

正守在办公室门口的程期楠一眼就看到倒霉蛋，龇着牙给她一个没心没肺的笑。

"你在这里干什么？"钟意刚一开口，就扫到他怀里抱着的竞赛题。

呵，她差点忘了程先生是理科神仙，不是战友。

程期楠抬起左手扒拉一下旁边立式空调的百叶，凉风吹起他半湿的头发。他闭上眼睛，满脸享受："来这儿吹空调。"

和升旗仪式合并的周一大课间，休息时间比较长，争分夺秒的高三生大多拿着题冲进办公室询问。当然也有来办公室吹空调的，就比如眼前这位，还是高二来高三办公室蹭空调的。

她看着程期楠这一副享受的样子，纠结半天才下定决心，好心提醒："哥，你抱的这本是数学竞赛题。"

程期楠睁开眼，并不意外："我知道啊，隔壁数学办公室人满了。"

"对了，我还去了一趟咱们年级的数学办公室。"程期楠冲钟意勾勾手，满脸神秘，眼底的笑意勾人摄魂。

她把头伸过去，只听见他压低的声音像极了魔鬼："你们文科数学成绩出啦。"

钟意面如死灰。

"宋老师，您找我？"经过双重打击之后，钟意乖乖地站在宋老太太旁边。

宋老太太停下判卷子的手,微微抬头瞥她一眼:"钟意,这两天躲我躲得挺有技巧的啊。"

钟意轻咳一声,嘴角抽搐:"没……没有的事。"

仿佛周六那天放学后一听到宋老太太在门口,立刻蹲下藏在桌子后面的人不是自己一样。

"没有?"宋老太太轻哼,从一旁的几张卷子里扯出一张甩在钟意的面前,"看看你这次暑期补课摸底考的分数,才一个月的暑假又放飞自我了?"

钟意的心随着宋老太太的动作惊得猛颤一下,卷面上,"27"这个数字几乎占了三分之一张卷子。

果然,周测不可怕,最可怕的是摸底考。

"我判你的卷子判得心脏病都快发作了。"教过好几十年理科重点班的宋老太太深吸气,努力平复心情,"大题还拿了些分,咱们就暂且不说这部分。我就奇怪了,你是怎么做到选择题错误率这么高的?单选全蒙C都比你得分高!"

宋老太太一生气就嗓门大,整个高三物理办公室里,所有人都能清楚地听到她在说什么。

钟意脸皮薄,经不起批评,垂着头,大拇指狠狠地陷入掌心,拼命不让眼泪掉下来。

"我一直觉得你是个小姑娘,不忍心训你。"见小姑娘低着头掉了眼泪,宋老太太心又有些软下来,"你这个分数在整个高二文科班都属于倒数。期末就学业水平测试了,你这样过得了吗?"

钟意的不流眼泪计划宣告失败,在第一滴眼泪滑下来之后,就像是打开了泄洪闸,怎么也收不住。她垂在身体两侧的手不知什么时候已经背在身后,两只食指死死地绞着,身子也跟着一颤一颤的。

眼泪已经掉了,她只能尽力不让自己抽泣出声。

"宋老师,周末作业我收齐了。"

不用抬头,钟意也知道那是谁的声音。在最不想遇见何渠琛的时候遇见他,钟意恨不得挖个地洞钻进去。

"放那儿吧。"宋老太太点点头,"何渠琛你过来。"

何渠琛的视线落在一直垂头杵在一旁的女生身上,迟疑一瞬,才抬腿走到宋老太太身边。

宋老太太一把将卷子扯到何渠琛的面前，气得每一次呼吸都加重了力道："这种题答成这个样子，我怎么教？"

不要看不要看不要看……

求求你了，不要看。

钟意死咬住嘴唇，眼前模糊一片。没有平时嘴快的伶俐劲儿，此刻她只想在他面前守住仅有的一点点自尊。

她没有抬头，不想让何渠琛看到自己哭花的脸，也不想看到他看自己卷子时皱起的眉头。她安安静静地低着头，等待审判。

何渠琛余光瞥见桌角的一摞作业卷子，装作不经意地拿起，又稍微转了一下，斜放在钟意的卷子上面："宋老师，这摞卷子是不是应该拿回班里发下去？"

带两个年级的宋老太太最近忙昏了头，被何渠琛提醒，才猛然想起这摞卷子还没讲。她猛拍脑门："对对对，你不说我都忘了。你和木云把卷子发下去吧，先自己改错，明天收上来我看一下人家的改正情况，过两天讲。"

"好。"何渠琛点头，看了一眼仍旧在尽量降低存在感的女生，拿起那摞卷子转身，"相信她，她能做好。"

不过是七个字，淡淡的语气，像是随口一提，但钟意好不容易止住的眼泪，又汹涌而出。

等何渠琛走了，宋老太太才从桌上的抽纸盒里抽出四五张纸巾，递到钟意面前："我能相信你吗？"

她歪头看着钟意，神色是少有的和蔼，但眼神仍透出一股特级教师的压迫感。

钟意没忍住，狠狠地抽鼻了，声音响彻天际，又冒了一个鼻涕泡出来。

宋老太太看到她拿着纸巾委屈巴巴的样子，乐了，把卷子铺平放在她面前："那我就当作你说'可以'了。"

钟意这次学乖了，控制好气流，擤几下鼻涕，才拖着鼻音"嗯"了一声。

"回去吧，快上课了。"宋老太太拿起红笔，开始继续判那摞让她直犯病的卷子。

判了几道题，旁边的小姑娘还杵在那里。宋老太太有些奇怪，抬起头还没询问,就听见钟意小心翼翼道:"老师,我能再拿两张纸巾吗?"

她顿了一下,声音越来越小:"鼻涕有点多……"

慷慨的宋老太太一听这话,一边压着笑声,一边为钟意多抽几张纸巾,抽到最后索性把整盒抽纸都拿起来,怼进钟意怀里:"快回去吧!"

钟意再不回去,她要忍不住在学生面前大笑出声了!

钟意低着头从教室门口迅速溜回自己的座位,生怕被别人看到自己哭得惨兮兮的样子。屁股刚一挨上凳子,她就立刻趴在桌上。

唐遇正偷偷摸摸欣赏她的小说,对于钟意这一反常态的蔫样儿,也只是敷衍地问候了一下:"回来了?"

钟意懒得理她,把头换个方向趴着。

唐遇正看到兴头上,完全没察觉到什么问题,她一边津津有味地看着,一边从书箱里掏出一把葡萄干往嘴里塞。

得不到朋友关爱的钟意冷哼一声,埋在手臂里的声音闷闷的:"唐遇,你还记得我那本高一版《必胜高考1000题》去哪儿了吗?"

唐遇拿着葡萄干的手静止在空中,微微颤抖:"说了那么多次,不要提那个男人的名字。"

"我决定把他追回来,和他相亲相爱。"钟意咬牙切齿。

唐遇倒吸一口凉气,用刚摸完葡萄干的手,又直接摸上钟意的脑瓜:"可是啊我的崽,你的《必胜高考1000题》已经'二婚'了。"

"钟弃妇"瞬间想起两个月前的她,在临暑假的时候以为自己已经摆脱苦海,把《必胜高考1000题》快乐地白送给了高一的花朵。

不仅是"二婚",甚至连"分手费"都没有。

神之自信。

2.

后面一节是南华三宝之一齐时的语文课,自信心备受打击的钟意拿到自己那份语文卷子,即便是一百三十八分的高分,她也没能打起精神。

上课铃还没打,齐时手拿教案,哼着曲儿就进了班。他一向对班里管得松,即便是他站到了讲台上,只要上课铃还没打,班里仍旧乱哄哄的一片。

低头看了一眼手中的花名册,齐时的声音低沉而有力:"钟意,过来一下。"

钟意知道自己的眼睛依旧是肿着的,不想上去惹人注目,便依旧趴在桌子上装死。

身旁坐着钟意这个语文发光体,唐遇早在齐时刚踏进门的时候就把手机收起来,老老实实地端坐着,冲台上投来询问眼光的齐时无声地做了一个夸张的口型——物理。

齐时虽然年纪大了耳朵有些背,但视力倒还不错,他恍然大悟地点了点头,走下讲台。

"又考砸了?"

这句话听上去像是关心,可趴在桌子上的钟意不知怎么回事,还是听出了一丝嘲讽。

关心是不可能关心的,这个糟老头子只会以嘲讽她为乐。

但转念一想,老师都特意来表达关心了,也不好让他下不来台,她缩了缩两只胳膊,把头立起来,下巴杵在桌上,在胳膊后面露出两只眼睛,声音依旧是模糊的:"嗯。"

"哎,担心什么?"齐时爽朗地笑两声,两手背在身后,"考砸又能砸到哪儿去?三十分总能考到吧。"

闻言,已经眼尖地瞟到那两个猩红的硕大数字的唐遇挺直身板,拼命挤眉弄眼,疯狂给齐时暗示。

而齐时看了一眼脸部痉挛的唐遇,有些迷茫,权当唐遇这个过于活跃的孩子又在搞事情。

他聪明的课代表怎么可能物理连三十分都考不到呢?眼下最重要的还是安慰好面前这位自己手下的大将,毕竟过两天又有一个无聊至极的安全征文要让她写。

"对吧,三十分还是有的吧?"齐时见钟意没什么反应,又看不到她的表情,只能盲目地认为自己猜对了,"对几个选择题,每个大题都写个公式简单算几步,不就差不多了吗?"

钟意没吱声。

胜利的曙光就在眼前,齐时再接再厉:"你考了多少分?"

钟意实在是被他烦得不行,直起腰板,离开了心爱的桌子,因为爆哭之后红肿的眼皮让她的眼睛看上去小了快一半:"二十七分。"

见多识广的语文特级教师在那一刻突然词穷，站在原地一时间感觉自己有些多余。

好在上课铃声及时拯救了好久没有体验过尴尬的齐时，他耐心地等长铃打完，果断清清嗓子："大家都拿到这次的语文卷子了吧？这节课我们就讲这张卷子……"

避开面前充满怨念的目光，齐时眺望着远方角落里的学生，脚下也不闲着，一步一步看似自然地往讲台的方向挪。

他觉得，角落里那几个仗着自己成绩好就调皮捣蛋的学生，今天看起来真是可爱得让人想再多看几眼。

在离讲台还有不到一米的距离时，齐时突然想起这并不能解决他爱将的现有问题，于是又折回来，敲敲钟意的桌面："这次考得不错，这节课讲不到你的扣分点，出去找个地方做点有意义的事情吧。"

齐时既然已经开口了，钟意也不好意思说"不，老师，我就要留下来听你讲课"之类违心的话。她想了想，缓缓点头。

毕竟已经是上课时间，再因为钟意的个人问题而影响大家上课已然不妥，齐时转身回到讲台上，开始讲评第一道题。

"有点羡慕。"唐遇一手杵着脑袋，看着同桌准备离开，开始叽叽歪歪。

钟意可是看透了昔日姐妹的嘴脸，带着鼻音"哼"了一声："你要是努努力，下次语文课也可以出去学习其他科目了。"

"快走吧您，"唐遇咬牙，白眼冲天，"不送。"

当务之急是先把卷子上的错题改了，以宋老太太的性格，今天的作业一定是自己修改卷子。钟意绝望地拎着那张几乎所有题都不会的卷子，感觉自己此刻还是去天台比较好。

上课时间，走廊里除了她，一个人也没有。多重上课的声音交杂在一起，而她站在走廊里无处可去，有些凄凉。

在楼梯间磨蹭了一会儿，钟意回想起上次和何渠琛的见面，好像平时高三竞赛组的人都会在物理实验室学习。思索片刻，钟意决定上楼，去那里自习一会儿。

慢慢悠悠地转到楼上，钟意莫名有些腿软。

这幢楼本来规划是只给高三使用的，有两个物理实验室，两个物理实验室中间是物理办公室。因为学校还在持续改建，教室紧张，其中一间物理实验室里正在上高二理科班的物理实验课,另一间则一个人都没有。

她转动一下门把手,门是锁的。

不知道为什么,她竟暗暗松了一口气。

此时宋老太太应该还在判他们的物理卷子,这时去找她帮忙开物理实验室的门……钟意实在是不想撞到枪口上,几乎是没有任何犹豫地拿着卷子回到楼梯间。

大不了就艰苦一些,在楼梯间站一节课,正好楼梯扶手不高不矮,可以当桌子使。

想得很好,可刚重新算了几道选择题,钟意就开始走神。望着楼梯间那开在高处的小窗户,一时间,钟意觉得自己是那么渺小而又无助。

文艺的词句涌上心头,却无处发泄,还要和物理死磕到底,钟意想为自己点一首"小白菜,地里黄,年纪轻轻就楼梯间里凉凉"。

闻者震惊,听者落泪。

还好十分钟后,正巧从楼梯间上楼的地理老师愿意收留她,把她拎去地理教室上自习,美其名曰"为明年地理学业水平测试,事先熟悉差生补课场地"。

新楼的地理教室名不虚传,为了给南华的学生们更强的沉浸感,整个装修方案都是参照西方地理教室的布局。天花板被刷成深蓝色,教室中央摆放着一个巨型圆球,星空图用金色刻绘上去,通电后,可以直接投影到天花板上。

除此之外,教室两旁的架子上也放置了许多与课程相关的模型,精致小巧。

在地理教室自习的钟意其实没学进去什么。好玩的东西太多,她又禁不起诱惑,到最后才进入状态。

午饭后,钟意拒绝了唐遇和程期楠提出的一起散散步的邀请,独自一个人回到地理教室。她安安静静地做题,哪怕一个小时也做不出来一道,还要偷偷摸摸用手机百度一下。

也不知过了多久,地理教室的门突然被打开,一股热气立即涌进来。

一下子感受到久违凉风的张木云感觉自己已经升天:"啊,有空调的感觉真爽……"

正走神的钟意惊愕地抬头,只见好几个高大的男生堵在地理教室门口,互相挤着,像极了椹南市早高峰的地铁门口。还没等她反应过来,这帮人就一股脑地都走进来,每个人都自觉地找了个座位坐下。

一共大概有六七个人,最后两个进来的是女生。这几个人钟意都有些眼熟,基本上都是经常拿奖,在升旗仪式的主席台上打过照面的学长学姐。

毕竟都是学霸,他们只是在刚进来的时候感叹了两句这教室的布置,三五分钟后便重归安静,所有人都进入学习状态。

钟意看得目瞪口呆。

"这是怎么回事?"刚吃完饭回来,想顺路看一眼地理教室的地理老师站在门口,有些惊恐。

她不说话还好,一句话刚脱口而出,屋里的人都齐刷刷地抬头看向她,其中也包括一头雾水的钟意。

"抱歉老师,物理实验室的空调出了些问题,已经报修了,可以先借用地理教室半天吗?"教室里的安静使得楼道里的男声清晰可辨,钟意低下头,接着刚刚的算式继续算着结果。

只是怎么都算不对。

连心跳,也漏了一拍。

当天的晚自习依旧是齐时上的语文课。下午的最后一节课和第一节晚自习之间的休息时间稍长,钟意抱着水杯和唐遇走出水房,两人脸上都挂着连上两节生物课之后的疲惫。

唐遇拧着自己的瓶盖,突然想起上午的事情:"你该不会一会儿又要出去自习吧?"

一个半小时的自习,没老师管,怕不是要赚翻。

"不知道,老头子没说。"钟意顺手从唐遇手里抢了一块饼干塞进嘴里,"真希望物理实验室的空调依旧不好使。"

闻言,唐遇愣住,钟意是疯了吗,连空调都不想吹?

女高中生的日常,不过就是不轻易出门,只要出门,从水房到班里的路能磨磨蹭蹭走上五分钟。

刚蹭到隔壁班门口,两人就撞上了刚拖堂下课往外走的齐时。

"齐老师好。"

两个宝宝乖巧可爱地齐齐鞠了一躬，嘴甜得让齐时顿时竖起汗毛。

"好好好。"齐时也没愣着，笑眯眯地点点头，慈祥可亲的外表下隐藏着一颗警惕防备的心。

六班的那几个孩子里，齐时不怕调皮捣蛋不听话的，就怕钟意和唐遇这种蔫儿坏蔫儿坏的。

她们两个是从南华初中部直升到高中部的，初二暑假学校搞夏令营筛预录取资优生的时候，齐时正巧负责语文考核。那时钟意为了躲负责理科的老师，就经常拉着唐遇跑去齐时办公室。

小丫头机灵得很，每次都拿点诗词文章之类的问一些正事，以至于齐时从来都没有成功地把她赶出去过。一来二去到了高二，师生之间俨然有些忘年交损友的意思。

唐遇两步蹭到齐时身边，笑嘻嘻地开始露出真面目："齐老师，您看看我什么时候也能出去自习啊？"

"你也想出去自习？"齐时表示理解地点点头，低头把手中的记分册换成六班在最上面，装模作样地看一眼，"是应该好好自习了。"

唐遇脸上的笑容逐渐僵硬，一股不祥的预感陡然而生。

"这样吧，我一会儿跟你们的数学刘老师说一声，不太重要的练习课就让你来我办公室。我盯着你，一节课写一篇作文。"齐时为难地开口，像是做出了极大的牺牲，"这样你的语文分数就能涨得快一些。"

唐遇蒙了。

钟意站在一边笑得想撞墙。

对于这个闺蜜，她可是太了解了。唐遇宁愿做十本数学题，也不愿意在作文纸上多写哪怕一个字。

钟意要是不笑，齐时还真忘了这儿还有一个小鬼没打击透彻。随口让钟意和他一起回办公室拿批改好的默写条，他心里开始打起小算盘。

毫不知情的钟意从几沓默写条里找出六班的，在桌上磕齐边角。

"你们最近是不是特别忙？卷子改完啦？"

老师突如其来的关爱，让钟意瞬间警觉。眼睛转了两圈，她拨着默写条的手放慢些动作，"还好。"

"课业繁重？"齐时轻咳一声，开始拼命暗示。

确认齐时话中有话，钟意收好默写条，下一秒，表情立刻变得愁苦不堪，拿起水杯准备开溜："可不是嘛，最近忙着学物理。"

"你看，学物理多痛苦，要不然写个安全征文调剂一下生活？"抢先把钟意拒绝的话堵在嘴边，齐时笑眯眯的，像极了递糖果出去的坏老头，"征文截止日期是下周三，我相信以你的能力，能把安全征文写得像诗一样美。"

得得得，听听，一个特级语文教师竟沦落到开始拍彩虹屁。

钟意低眉顺眼地听着，手却把水杯杯盖又狠狠地拧紧些。

见她无动于衷，齐时又补了一句："这个征文比赛高三的也会参加。"

高三……

虽然何渠琛不擅长写作，但一般这种全国性的奖，学校还是会千方百计地鼓励优秀学生参加。这对他来说，是一个可以在保送面试时，弥补语文成绩的极好的补救措施。

"啊，是下周三啊。"钟意恍然大悟，又不急着跑了，笑嘻嘻地随手从齐时桌上顺了个洗好的李子，"那不用着急。"

不到最后一天，她是绝对不会动笔的。

齐时被气得血压飙升，顺手就把刚刚随手练字的那张纸从本子上撕下来，团了个球瞄准砸在钟意身上："你快给我出去。"

被冷不丁地这么一砸，钟意冲齐时做个鬼脸，气得老头子把脸撇到另一边。

总算扳回一局的钟意心情大好，低头看一眼左手腕上的表，估摸着快上课了。

只是她刚一个转身，齐时愤愤地又砸上来一个纸团："你走，李子给我留下。"

看她没反应，他又是一个纸团飞来："我刚洗好的！"

小气鬼！

钟意回班级时，教室里正忙着发教辅。毕竟临近学业水平测试，学校订的一批椹南市物理学业水平测试真题到了。

思前想后，钟意还是果断拿着自己的东西，翘了齐时只是默写必背选段的晚自习。抱着刚发的参考书和一张堆满密密麻麻红字的卷子，食指钩着水杯上的硅胶绳，钟意轻敲两下地理教室的门。

门内没有人应声，她才试着转动门把手。

地理教室的门并没有锁，应该是有人一直在里面，但推开门进到教室里,她才发现一个人都没有。

教室里的凉气还没有完全散去,钟意没想太多,顺手把空调打开,找个靠墙的位置坐下。

早在上午她就已经把地理教室摸透,虽然是新楼的教室,但教室里却没有安装摄像头。意识到还有一张卷子等着自己,没有那么多时间让自己再做毫无意义的坚持,钟意做了几道选择题后,便掏出手机开始百度题目查答案。

做题她是不会,改卷子抄答案她难道还不会吗?

正愉快地用红笔抄着答案,钟意耳尖地听见门把手被转动的声音,她吓得赶紧把手机收进口袋里,又再次拿起红笔,乖乖算数。

没料到地理教室有人,何渠琛进教室的时候吓了一跳,但也没发出太大的声响。视线聚焦到不远处正埋头写题的女生,他轻手轻脚地把门从背后合上。

进来的人在靠窗的位置坐下时,钟意止修改到卷子右边的最后,只要微微再多向右偏一点头就能看到他。

那个人,和她猜想的一样。

他坐下之后并没有过多的小动作,把带来的东西轻轻放好,就打开自己的那本题继续做下去。

教室里很安静,除了纸和笔摩擦的声音,钟意只能听到自己的心跳声。

钟意做到右半面的卷子,视线刚好顺着右侧看过去。他在自己的视线范围里,纵然是一个侧影,也能让她的笔尖许久才能落在纸上。

刚刚还能沉下心去研究正确答案的解题思路,而现在,就算是给她答案,卷子上的字迹在她眼里也不过只是数字的堆砌。

教室渐渐灰暗,夏日的夕阳透过窗了倾洒进来,金色的光芒柔和了他脸上的棱角。何渠琛已经戴上金色细边眼镜,写字的坐姿标准而又挺拔,比平时多添一份儒雅。

呼吸渐匀,钟意呆呆地看着他,似乎可以就这么一直看下去,不嫌枯燥。

夕阳的色彩随着时间的流逝又浓了些,他静静地坐在窗边学习,身侧是一整片橘红,宛如高一美术理论课教材上的油画。

她见过在台上光芒四射的他,也见过在无数个场景里只留给她背影的他,却从没有见过这样的他。

钟意抿了抿嘴唇,一只手鬼鬼祟祟地伸进口袋,又悄悄摸出手机,鬼使神差地打开相机。

"咔嚓——"

明明已经开了静音,毫无思想准备的钟意差点被这一声响震飞魂魄。假期刚换的手机仿佛是一块烫手的山芋,瞬间被扔到桌上,发出一声硬物相撞的巨大声响。她不敢抬头去看何渠琛是不是已经扭过头来,只感觉热气迅速在脖子和脸上攀升。

就算何渠琛学习再专注,也不免被这接连的两声打扰到。

钟意低着头,试图用自己尴尬的演技圆场:"哦嚯嚯,这个拍图查题怎么还带快门声……"

声音不大,但温柔却又夹着紧张的女声在安静的教室里,还是如此清晰。

书上淡蓝色的笔迹虽然是整齐的一行,但中间的停顿和再次画上的衔接,如果细心,还是能发现。

将手中的笔盖好放在桌上,何渠琛微微偏头,余光瞥见钟意一边假意吐槽,一边尴尬地摸上她的水杯……

盖子拧得太紧了,打不开。

钟意恨不得穿越回齐时的办公室,先一步抽死因为逃脱不了写安全征文而咬牙拧紧瓶盖的自己。

尴尬地表演了现场拧瓶盖一分钟,她又更加尴尬地把水杯原封不动地放回去,再偷偷抬眼,只见何渠琛已经又转过头去。

还好,专注做题的他应该对这种小插曲没有兴趣,也不会放在心上。

钟意拿起笔,暗自松了一口气。

而在看不见的地方,不知道是谁微微翘起了嘴角,满是笑意。

钟意不知道自己是怎么熬到那节课下课的,也不知道自己在铃声响起的那一刻,是以什么样的速度和姿势抱着自己的东西飞奔出教室。她只知道,之后的时间里,她都像是丢了魂一样的浑浑噩噩。

谁都不愿在别人面前紧张犯错,更何况,是在何渠琛面前。

也许他真的不会在意这些,她对于他而言只是一个比他小一届的陌生人。

3.
好不容易熬到晚自习结束，平常能基本写完的作业量，此时却还剩下大半。

钟意起身伸个懒腰，活动了一下脖子，企图把脑袋里那些乱七八糟的悔意都甩掉，然后走到教室后方的柜子里拿出书包。

没写完的作业有很多，要带回去的书本也比平常多了些。她刚把要带回家的作业装到书包里，耳边就炸开一声雷鸣，紧接着，急促的风声便呼啸而至。

下一秒，狂风透过半开着的窗子，狠狠地在教室里来回撞个彻底。天花板上吊着的白炽灯被吹得来回摇摆，坐在靠窗那一排的同学惊呼着去拽被突如其来的狂风吹得几乎与窗帘杆一样高的帘脚。

一时间，班里纸张纷飞。

"下雨了。"唐遇头疼地把书包拉链拉上，和钟意一起过去帮忙关窗户。

在放学回家的时间，没有人喜欢下雨，尤其是这种骤然而至的瓢泼大雨。

一连憋了快两个礼拜的雨来势汹汹，狂风裹着瓢泼大雨猛然侵袭，即便是手快关窗的钟意，还是不免被浇了一肩膀。

"带伞了吧？"唐遇也被浇湿胳膊，走到讲台上扯了几张抽纸擦擦，顺手也给钟意扯了几张，"我爸已经到了。"

她们和程期楠三个人都是邻居，一起长大，即便搬过几次家，但也都离得不远。三个孩子也都争气，一起从离当时的小区不远的小学考入南华初中部，又一起从本部直升。

到高中后，学习压力渐渐变大，三家家长都不认为寄宿的条件会比家里好，合计了一下，让他们都走读，家长轮流接送。

"带了。"每到夏天，钟意都会在包里放一把小伞，以备不时之需。

外面一声声雷依旧闷声响着，她背起自己的书包，手上拎着伞："走吧，去找程期楠。"

程期楠他们班离楼梯口很近，唐遇和钟意一路慢悠悠地走过去的时候，他已经站在楼梯口旁边玩了一会儿手机。毕竟是自小一起长大的朋友,三个人没有多说,碰头后就直接往下走。

"你走这么快是赶着去投胎吗?"楼梯间并不隔音,张木云疯狂吐槽的声音在钟意的头顶响彻天际,"慢点走!这雨下得急,又是雷阵雨,说不定一会儿雨就小一点了。"

钟意记得张木云的声音,有关何渠琛的一切她都记得。

钟意悄悄放慢脚步,在楼梯夹缝中瞄到那个一闪而过的熟悉身影。

椹南市的夏天不经常下雨,很多人都没有随时带伞的习惯。他们两个手上都没拎着伞,应该是准备一会儿跑出学校。

"怎么了?"唐遇正低头看着手机,突然发现旁边的人丢了,扭头看向止住脚步站在原地的钟意,满脸问号。

钟意右手不安地扯了一下自己的书包带,有些支支吾吾:"我……好像忘带数学练习册了。"

"真是服了你了!"唐遇长叹,胳膊一伸,扯住走在前面的程期楠的书包带,凶神恶煞的,"走那么快干什么,等一会儿阿意!"

钟意背着书包一路狂奔回教室里,从自己的储物箱里找到那把备用伞装在包里,又一路狂奔到楼梯口。

体育差生在那一刻似乎跑出了运动员五十米冲刺的速度。

她只是想能在楼梯口碰见何渠琛,把伞递给他。

依旧是熟悉的楼梯间,却没有了何渠琛和张木云的身影。以他们的速度,大概已经到了楼下,又说不定已经走出校门。

钟意放缓脚步,扶着楼梯扶手大口地喘气。

一股失望的酸涩感堵在胸口,钟意握紧手上的那把伞,装作若无其事地走到唐遇身边。

再度沉浸在小说里的唐遇用余光瞟到钟意回来,没有多问,只是克制地收起手机,又晃晃程期楠:"走吧。"

雨势依旧很大,还没走到门口就能听到紧密的雨点声。

湿漉漉的味道充斥着鼻腔,钟意习惯性地吸吸鼻子。

在门口站定,她只觉得室外就像是一个巨大的蒸汽制造机,夹杂着水汽的大团热风扑面而来,将她浑身上下裹了个彻底。

教学楼正门口挤了一堆人,很多都是没有带伞,在一旁观望雨势的。

偶尔有几个看到熟人带伞，蹭伞走的，也有几个人看着雨势稍微小一点，就立刻冲出去。

钟意跟上旁边两个人的速度，眼睛却飞速地寻找那个早已烙在她心里的身影。哪怕只抱着微小的希望，她也想在人群中找到他。

何渠琛和张木云正站在教学楼靠右侧的屋檐下面，两个人正说着什么。

还好，他们还在。

钟意松了口气，又在心中盘算着，脚步悄悄地向何渠琛所在的方向移动。

唐遇和程期楠都没发现什么异常，跟着她走到屋檐下。

"看这雨势，估计一时半会儿停不了。"张木云看了一眼手表，有些沉不住气。

钟意竖起耳朵听着，握紧手中的伞，打开伞的动作放得不能再慢。背包里那把淡蓝色的伞沉甸甸的，让她没有办法忽视它的存在。

该怎样把伞给他？又该说些什么？

心底的那股酸意又渐渐泛起，她什么都不缺，除了勇气。

她称之为，相原琴子的勇气。

程期楠一双手在她眼前晃了晃，有些好笑地拿伞轻敲她的头一下："发什么呆呢？"

一声雷过后，雨势又大了些，不少刚刚冲出去的没带伞的同学，被这雨又逼回来。看着他们一个个湿透的样子，钟意不自觉地联想到何渠琛。

他不能这么狼狈。

她也不会让他这么狼狈。

钟意没有理程期楠，深吸一口气，鼓足勇气伸出右手，想要拽一下站在斜前方的人的衣角。

"我们直接冲出去吧，我家里人把车停在校门口了。"何渠琛把手机扔回裤子口袋，打开早就准备好的塑料文件夹挡在头上，不等张木云开口就直接冲进雨里。

指尖碰上书包带的那一瞬，钟意咬了一下嘴唇，最终还是任凭它飞离。

停留在半空中的手慢慢收紧，又陡然下坠，最终乖乖地停在身侧。

又是一道雷响彻天际，钟意任凭唐遇将自己拉扯进雨中。

即便是撑了伞，细密的雨滴还是将她浇湿，耳畔回响的只有雨水砸在地面上的声音。钟意微垂眼帘看着已经湿透的柏油马路，长而卷翘的睫毛微微颤抖。

送伞，总归还是目的太明显了。

下过雨后，椹南市反而进入了桑拿天。空气中弥漫着水汽，整个人都湿乎乎的。

周六上的全是两个小时的大课，趁着课间，钟意偷偷拿出自己的笔记本电脑，又把昨晚写好的征文检查一遍，才发到齐时的邮箱。

周六每个班只上四节课，办公室里没有几个老师。听到推门声的齐时抬起头，刚好抓到把门打开一条缝，正鬼鬼祟祟向里瞅的钟意。年过六十的老人冲着门的方向歪头："又来偷李子了？"

被发现的钟意无趣地推开门，撇撇嘴："不稀罕。"

"刚刚还想问你吃不吃橘子。"齐时轻笑两声，从电脑里调出刚刚钟意发来的征文，"又在学校里违规用电子产品？"

"您小点声！"钟意皱着眉头，压低声音，急忙制止住齐时那张不分场合的嘴，眼神拼命地向年级主任坐的方向移动，疯狂暗示。

齐时装作恍然大悟，张嘴回了一个无声的"哦"，露出老顽童般的笑，指指屏幕："我看了，你这个征文要修改的地方还挺多。太久没写正经的征文了，手是不是有点生疏？"

拿起齐时剥好的橘子，钟意掰下一瓣扔到嘴里："简直梦回初中。"

如果不是因为齐时透露何渠琛也参加，她才不会把征文写得那么真情实感。抑或是说，只要有何渠琛的存在，再无聊的征文，她也能写成花。

齐时向前坐了坐，把电脑往钟意的方向转过去："我刚刚新建了一个文档，都给你在里面标注好了。下次别发给我PDF，我都没办法直接给你批注。"

"给我还发什么PDF，我又不会想不开拿你的文章写我的名字交上去。"齐时把标出修改意见的文档拖进聊天框里，按下发送键，斜了钟意一眼。

钟意又掰下一瓣橘子，没个正行地回道："就怕您想不开，下次再有这种征文我不想参加的话，您就把这个改改交上去充数了。"

其实她只是想显得正式一点，毕竟PDF看起来总归比WORD好。

"嘿，我督促你把握机会，你还不乐意了是吧？"齐时抱怨一声，又学着刚刚钟意的样子，突然压低声音，"都跟你说了高三也参加。"

"是吗？"钟意又掰了一瓣橘子，想起上次齐时谎报情报就恨得牙痒痒，"大忽悠。"

齐时气得快说不出话来："你快出去改吧，把橘子给我留下。"

"就剩一瓣了。"钟意瞟了一眼手中的橘子，有些舍不得。

见她还在这儿耗着，齐时瞪眼，毫不留情地轰人："一瓣也不给你！"

办公室的门被关上，刚刚还吹胡子瞪眼的齐时，把橘子皮扔到脚边的垃圾桶里："闫老师，咱们学校这次的征文质量怎么样？"

年级主任闫觉从一堆作业里抬起头，回想着："还挺好的，基本上每个年级水平优秀的同学接到通知，都参加了，也有一些自愿参加的同学。"

齐时眼睛来回转动着，装作不经意地继续打听："这届高三的呢？"

"最近高三忙着竞赛，但我们也尽可能地劝大家参加。"一提到这件事，一直负责学校语文相关比赛的闫觉就有些头疼，"像何渠琛那孩子，到现在都没交，也不知道能不能交上来。"

闻言，齐大忽悠的眉心狠狠一跳。

南华中学一直致力于为学生提供更多的发展选择，高三、高二、初三这种重点年级更甚。偏科重的学生，可以选择在上自己擅长的科目课程时去其他教室自习补弱。前提是提前和科任老师打招呼，以及选择的是不太重要的试卷讲评课、巩固练习课等。

新楼的功能性教室和教师办公室都在阴面，人少、空调制冷效果良好的地理教室简直是人间天堂。和齐时报备之后，钟意哼着歌，在唐遇羡慕忌妒恨的目光中上了楼。

地理教室的门上有一块长条状的玻璃，她站在门口，从外向里扫了一眼，顿时愣住。

这一屋子的竞赛大神，今天可算是让她正面遇上了。

但比起在齐时课上用电脑被他打爆狗头，钟意宁愿在这个满目皆神的地方，偷偷摸摸地用她的小电脑把稿子修一遍。

正当她在门外踌躇的时候，门被人从里面打开。一个学姐拿着自己的杯子出来，直奔水房，看都没看她一眼。

也是，对于他们而言，教室里坐什么人都与他们无关，只有桌子上的习题才是他们注意力集中的地方。

　　钟意迅速地说服自己，做了个深呼吸，从刚刚学姐留下的可供一个人通过的门缝中滑进去，迅速找到一个靠边的位置，生怕惊扰到满屋众神。

　　钟意轻手轻脚地打开电脑，输入密码后，拿起水杯喝了几口水，等着电脑开机。还好昨天关机之前她就已经把静音打开。

　　仰起头的同时，她的眼睛也没有闲着。

　　何渠琛依旧坐在上次他坐的那个地方，也许是终于得到空闲后心情好，他正放松地靠着椅背看书。空调吹出的风带起他身后深蓝色的窗帘，像是漫画里经常出现的场景。

　　上课铃打响，钟意眨眨眼睛，强迫自己把视线转回到电脑屏幕上。她不得不承认，年级尖子生中的尖子生优秀并不是毫无道理的。他们的自习，是真的不会发出一点噪音。

　　钟意冲着屏幕做一个鬼脸，不免有些庆幸还好昨天已经把初稿写完，今天只需要修改校对就可以了。如果这个时候在键盘上"噼里啪啦"，估计学长学姐们会直接把她的脸按在键盘上摩擦。

　　虽然周末是两节课连上，每一门课上九十分钟，但也是按照平日正常打铃，中间下课休息。钟意把文章改好，又咸鱼了一会儿。眼看着离下课只有十分钟了，一股克制不住的懒惰席卷全身。

　　她百无聊赖地开始整理自己电脑里的文件夹，突然在一个装满她平日里瞎写的文稿的文件夹里，找到一个多年前的文档。

　　文档的名字很简单，只有一个字——

《他》

　　钟意的脑袋"嗡"了一声，虽然知道那是出自初中时期的自己之手，但还是无法克制地滑动文档。

　　　以后啊，一定要遇见这么一个人。
　　我希望他是个子很高的，眉眼清秀，大气，干净不油腻。或许有些腼腆，或许有些闷骚，或许有些腹黑。我希望他的手很好看，白皙而修长，骨节分明，有力。当然，会做饭更好不过了。

如果他不是这个样子的,那也没关系,我喜欢就够了。但他一定一定不能是油嘴滑舌的,好吃懒做的,愤世嫉俗的。

　　我们可以一起去看展览,手牵手站在一幅画前,我感受到的,他也能恰好感受到。我们交换着彼此的看法,又能听到彼此不同的理解。

　　我们可以一起去听音乐会,我实在困了,在他肩膀上睡着,他也不会恼。

　　我们可以一起出去旅游,手牵手,看遍世界每一个地方。

　　我们一定要买一个有向阳落地窗的房子,还要有飘窗,风格简洁。阳台上一定会种许多的花花草草,花架是要木质有纹理的。周末的下午我们可以在那里看书,彼此相视一笑,翻页间全是茶香。

　　我们可以没有自己的衣帽间,但一定要有两个人衣柜,一个是他的,一个是我的。偶尔想耍酷穿男装,我还可以去他的衣柜里,把他的衣服翻得乱七八糟。

　　最重要最重要的是,一定要养一只狗。边牧也好,金毛也好,阿拉斯加也好,萨摩耶也好……一定一定,要是一只大狗。

　　清晨我们一起去晨跑,一起去遛狗,回来后冲个凉,吃一顿我做的很健康又很丰盛的早餐。他会帮我把碗筷洗好,我开开心心地化个精致的妆。我们在家门口吻别,各自去上班。

　　工作狂不喜欢打扰别人,也不喜欢被别人打扰。我们不会上班时间不联系,偶尔也会给对方发送一条分享趣事的消息。

　　我不会要求他必须接我下班,也不会没事打电话查他的岗。因为他会给我极大的安全感,从不会让我多想。

　　晚上我们也许各自忙碌工作,也许窝在家里一起打开电视看个电影,也许依偎着看书。他会一边听着我嚷嚷要减肥,一边宠溺地给我买很多很多的小饼干;会看着我剪得跟狗啃似的头发,还违心地说我好看……

　　我会陪他看球赛,一起喝啤酒,一起呐喊;会陪他一起打游戏,只要他不嫌弃我打得烂……他的喜好,我会一点一点地喜欢上。

　　我们每天一定要有很多可以聊的话题,不是七大姑八大姨邻居小姐姐的八卦,也不是无聊至极的段子。我们会从文学聊到书画,从书画聊到音乐,从音乐聊到电影,从电影聊到天文,也许偶尔也会讨论一下经济和政策。

  他会纵容我收集很多很好看的玻璃杯，收集很多很多的蜡烛香薰，还有衣柜里的衣服几乎都长得一样；会陪我找遍每一座城市的每一个角落，只为获得味蕾的满足；会记得我最喜欢吃哪家店的玫瑰糕和绿豆糕，也会记得我最喜欢吃的小饼干的牌子……我的喜好和路线都很固定，只要他能多在乎我一点点，这些便能轻易发觉。

  最好我们都很喜欢《小王子》和加缪，最好他身上总会有类似大吉岭茶或雪松的味道，最好他的声音很好听，最好他从来都不会和我生气……

  最好，我能遇到他。

  希望，我遇到的是他。

  有些稚嫩的文笔，又有些矫揉造作的滑稽。可看到最后两行，钟意的鼻尖一酸。她下意识地偏过头去看那个挺拔的身影，何渠琛的背影近在咫尺，却又似乎远在天边。

  钟意舔了一下嘴唇，几乎是没有经过思考地伸出右手食指，按下键盘右上方的那个按键。

  光标在屏幕上飞快地移动，身后却是一片空白。

  回到最初的起点，映入眼帘的只有白茫茫一片。

  纤细的手指在键盘上慢吞吞地移动，一共八个字母。拼音输入法识别字母后第一个显示的，便是正确的字型。

  她按下保存键，整个青春时期的她对未来结婚对象所有幻想的文档里，就只剩下那三个字——何渠琛。

  只有他，也只能是他。

4.

  周二，趁着课间，程期楠混进六班，把怀里的两瓶冰可乐扔到钟意的怀里。

  钟意被可乐冰了一下，差点叫出声，一扭头，人却已经不见了。

  这是他们在南华不允许出校吃饭，以及小卖部只卖矿泉水的艰苦条件下培养出来的默契——三个人中只要有一个人有一口吃的，其他两个就不会饿死。

钟意见怪不怪地拿稳可乐,鬼鬼祟祟地靠上唐遇的后脖颈,冰得唐遇一激灵。眼看着两个人就要打起来时,刚进班的学习委员就在门口喊了一嗓子:"钟意,齐老师让你去一趟办公室。"

唐遇咬着牙,从钟意的手里夺回自己的那瓶可乐,恶狠狠地盯着她:"等你回来再算账。"

"我好怕怕哦。"钟意装模作样地哆嗦一下,阴阳怪气的语气欠打得很。眼看着唐遇即将爆发,她就跟鞋底抹了油似的,立刻窜出班。

"哎,你去哪儿?"看着屁股能不挪地方就不挪地方的同桌突然起身,张木云连练习册上的椭圆都不画了,立刻伸手拉住同桌的衣角,"你是不是又要一个人偷偷去上自习?周六就要初赛了,你要开始摆脱我,一个人偷偷学习了吗?"

何渠琛扭头,垂眼看向拽着自己的手,太阳穴直疼:"我去交个征文。"

"不是吧,你还真写了?"张木云目瞪口呆,伸出去的那只手哆哆嗦嗦的,"你……你……你又骗我!"

何渠琛眼皮一跳,掰着张木云的手,解释:"我又没说我不参加。"

"为了一个征文你居然还看散文集!"张木云吃痛,把手缩回,瞪大眼睛,像是在看一个怪物,"一个安全征文你居然写散文?"

高二的理科尖子班,虽然课间班里很少有人说话,但走廊里的声音传进来还是有些吵。坐在前面的季昀在混乱中勉强听清后面那两个人的对话,还以为自己出现了幻听。他转过头,用试探性的目光看了看张木云,又看了看何渠琛。

见两个人呈僵持的状态,估计自己没有幻听,文学才子季昀动了一下嘴唇,把一不小心探出头的笑又憋了回去。

季昀面部表情变换得再快,也都被何渠琛收进眼底。他紧盯着季昀,挑眉:"不妥?"

"妥。"季昀睁着眼睛就是一顿彩虹屁,"安全征文和散文相结合,有警示意义的同时又不失美感,实为上策。"

张木云掏掏耳朵,实在是听不下去:"季昀,你要是被绑架了,你就眨眨眼。"

齐老师是到了退休年龄后又被返聘回来的老教师,也是目前语文教研组里最德高望重的教师。何渠琛各个学科成绩都很优异,只是语文一直都是短板。虽然征文写完了,但他觉得还是先给齐老师过目一下再交上去比较好。

一张全国一等奖的征文证书也许不能起决定性作用,但也能在自招中稍微弥补一些。

他其实本来也不太想参加,只是家里还有个等着看他笑话的表姐放狠话,说如果他拿了一等奖,她寒假就带个男朋友回家。

在男女比例严重失衡的大学,何榆竟然敢放出这样的狠话,有趣。

"小何?"正在写教案的齐时看见来人,讶异道,"稀客,稀客。"

"齐老师别再打趣我了,"何渠琛将打印好的文章双手交给齐时,谦逊有礼,"还要麻烦您看一下这次征文的稿子。"

征文稿子?

齐时眼睛一亮,表面上还是不动声色地接过:"好,我先看一下。"

他虽然开始不太正经,但越看表情越严肃。

何渠琛观察着他的表情,心也渐渐沉下去。

即便知道可能会是这样的结果,但何渠琛还是抑制不住地失落。何渠琛没有把情绪写在脸上,尖子生的骄傲和倔强,让他将唇抿成一条直线。

看到一半,齐时把稿子放在桌子上,身子向后靠向椅背,双手交叉置于腹前:"这次语言上有了一些美感,还不错。"

听到这话,何渠琛在心里松了一口气。

"但是给我的感觉还是太过于说教了。"齐时伸手从笔筒里抽出一支红笔,画上几个句子,在空白处写了几个字,"你看这里……"

以齐时的性子,经常能和钟意扯到上课铃响才放她走。对于要去找齐时这件事,钟意想了想,还是决定先去一趟卫生间,然后才磨磨叽叽往语文办公室走,中途甚至和碰到的几个其他班的姐妹多聊了几句八卦。

眼看着还剩不到五分钟上课时,钟意才叩响办公室的门。

这下齐老头应该会抓紧讲正事了吧?

钟意习惯性地敲两声门,还没摸上门把手,门就被从里打开。几乎是下意识地,她冲着打开的门缝就猛地鞠了一个躬:"老师好。"

在南华待久了,这些规矩早已经刻在骨子里,身体会先于脑子做出动作。虽然平时她经常和各科老师插科打诨,但该有的礼节还是要有的。

何渠琛的手还停留在门把手上,显然也对这份尊重接受得猝不及防。他注视着冲自己标准鞠躬的女生,眉心狠狠一跳。

"好好好,"坐在远处窗边目睹一切的齐时乐了,那兴奋劲儿就差拍手叫好,"下次对准了鞠躬,我坐这儿呢。"

钟意错愕地抬起头,正好撞进面前人的眼里。

一如那次在偌大的操场上,此刻他的眼底也盛满了笑意。

钟意下意识地移开视线,退后让出门口的位置。眼前的人低眉顺眼的,和之前张牙舞爪的钟意,倒真像是性格不同的姐妹。

何渠琛收回视线,微微颔首表示谢意,拿着手里的那几张纸便消失在楼梯间里。

钟意也进到办公室,在转身把办公室的门关上的同时,拼命地做着深呼吸,心还在高速地"怦怦"跳,她极力稳住自己的声线,放开门把手向里面走:"您找我?"

齐时看她一眼,早就在心里偷着乐了,但视线仍正经地往桌角上那张A4纸扫了扫:"下周咱们班负责升旗仪式,班主任的意思是想让你写稿。"

钟意的心跳渐渐平复,撇撇嘴:"写稿啊?行吧。"

都搬出班主任了,也不好推托。

面对钟意这大爷似的态度,齐时也不恼,教这帮小鬼的这段时间里,他早就学会了大喘气。他挑眉,用食指指节敲了两下桌子,开心地扔下"炮仗":"得嘞,你还得上去讲。"

这下,钟意的心脏是真不跳了。

周末椹南市的竞赛初赛就要开始了,竞赛自习小组的人都忙着做最后的准备,几乎停了一切课程,整日在地理教室刷题。

自从在地理教室待过一段时间后,没有人再愿意回修好空调的物理实验室去坐没有靠背的硬圆凳。

"那个小朋友这两天没来呢。"吃完午饭,张木云和何渠琛在操场上沿着跑道散步,想消消食,活动活动身体。

何渠琛用手挡住有些刺眼的阳光，眯起眼睛："哪个？"

"就是那个经常来地理教室自习的小姑娘，"张木云努力回想着，手上跟着比画，"高高的、瘦瘦的、白白的，总是一个人默默坐在角落里的那个……应该是高二的学妹吧？之前好像见过，在升旗仪式上。"

何渠琛放慢脚步，表情却没有太大的变化："你这贫瘠的词汇，不知道的还以为你正在上小学，学习如何用AAB造句。"

张木云脸色一变，彻底忘了自己原本的目的，满脑子想的都是如何优雅地怼回去："明明是'什么什么的'这种句式，你跟我说是AAB词语结构？哪里有AAB结构？你怕不是记成了ABB结构的黑漆漆、黄澄澄、红彤彤！"

何渠琛停下脚步，两个语文渣干瞪眼，谁也不服输。

"你现在在想什么？"僵持片刻，何渠琛眨了下眼睛，声音低沉而浑厚。

张木云冷哼："回去找季昀评理。"

"巧了，我也是这么想的。"何渠琛挑眉，转回身迈开步子，"我倒要看看今天谁对了。"

然而平时都老老实实在班里的季昀，今天中午却不在。何渠琛和张木云在新楼里找了半天，才突然想起他最常去的活动楼文学社编辑部。

季昀一向不喜欢理科竞赛，趁着刚开学还不算忙，正在准备参加新概念大赛的文章。

活动楼离新楼不算太远，两个闲得快长毛的人连一秒都没思考，拔腿又出了教学楼。

文学社编辑部在活动楼二层，和模联社的活动教室在同一层。正值午休，活动楼里的学生大多都是低年级的。一路上碰到几个模联里比较出色的学弟学妹和自己打招呼，何渠琛都很温柔地点头回应。

"看来我们是真的老了，"张木云从口袋里摸出中午从食堂顺出来的橘子，慢悠悠地剥皮，"一路上这么多叫学长的，还真有些不适应。"

何渠琛睨他一眼，把右手插在裤兜里，说："别自作多情了，那是在叫你吗？"

张木云抬起头，保持礼貌的微笑："是哦，我连被叫学长打个招呼的资格都没有。"

编辑部在二楼走廊最深处，靠墙处摆了一排花草，正散发着清香，和门外什么都没有的模联社形成了鲜明的对比。

果然是感性的世界,一切都要极力提升美感。

何渠琛摸摸鼻梁,轻叩两下门,转动门把手走进去。

屋内看起来更像是一个小型图书馆,书架间摆着几张拼凑在一起的长桌。季昀正弯腰歪着头去插笔记本的电源,听到门发出的声响后,在桌子后露出两只眼睛。

看到两个理科大直男突然空降在文学社,季昀没有哪一刻比现在更希望自己是在做梦。他一手努力拿插头捅着地上的插线板,另一只扶着桌子的手伸出食指,向前面的方向指了指:"模联社在隔壁。"

"我们过来串串门。"张木云嬉笑着拉开椅子,大大咧咧地坐下。

季昀把插头插好,直起身拍拍手上的灰,开始赶客:"串门不带东西?懂不懂规矩?"

"我这不是把老何带来了嘛。"张木云压低声音,笑嘻嘻地冲何渠琛挤眉弄眼。

是东西也不是,不是个东西也不是。何渠琛干脆装作没听见,随手从一旁的书架上拿下一本书,坐到季昀身边。

"说吧,什么事?"季昀也懒得和他们两个耗费时间,直入主题,"难道是你们又打算用诗歌体写征文?不对啊,征文已经截止了吧?"

一时间被两个人夹着损的何渠琛不想说话。

张木云在一旁抢着把事情经过讲了一遍,何渠琛也没有什么好补充的,只是打开面前的那本书。

微黄的扉页上,只有右下角有一处染上油墨,笔画龙飞凤舞。他的视线扫过去,准备翻页的动作一顿。

"怎么没有AAB了?"季昀轻笑,惹来何渠琛询问的目光,"你们两个是对作业有争议的小学生吗?"

输在文化素养上的张木云看着何渠琛越发嚣张的表情,仍旧垂死挣扎,开始口齿不清地瞎嚷嚷:"怎么会有AAB?你给我举个例子!"

被小学问顾质疑自己业务水平的季昀打开昨晚写到一半的文档,自动屏蔽张木云炽热的目光,而没有得到回应的后者,依旧不死心地捅捅季昀的腰。

见他没有反应,张木云又捅了捅。

"呵呵哒。"冷不丁的,被戳得不耐烦的季昀嘴里蹦出了一个AAB词语。

张木云呆住了。

"行了,别打扰他了。"看到张木云被打击得彻底萎靡,心满意足的何渠琛合上手中的书,起身把椅子抬起向前放好,"这本书借我看两天?"

季昀这才把视线从电脑屏幕上移开,瞥见暗红色底配金色花纹的封皮,哼笑出声:"行啊。本来文学社里的书都是大家带过来流动借阅的,别忘记还就行。"

"谢谢。"何渠琛把那本有些厚的书拿在手里,绕过季昀,一手把心如死灰的张木云拎起来,"走吧。"

季昀没有接话,只是本该专注于屏幕的眼睛转了转,唇边的笑容越扩越大。

手扶上门把,何渠琛只听见身后一句似笑非笑的感叹:"看来,我这文学才子的名号要不保了。"

"才子谦虚了。"何渠琛笑着客套,为了不再引起张木云的注意,把手中的书悄悄向身后藏了藏。

钟意总算写完宋老太太布置的午间差生练习题,交上去后看了一眼时间,才匆匆忙忙地赶到活动楼。

临近下午上课,文学社里只剩下季昀一个人。

"学长好。"钟意从打开的那一条门缝中钻进去,轻手轻脚地关好门。

季昀敲击键盘的手没有停下,不用抬头也知道是哪个小孩:"这段时间你不是被宋老太太抓去写物理了吗,怎么还有时间过来?"

钟意憨憨一笑,走到左手第二个书架边,目光开始飞速扫视:"不是要准备新概念的文章嘛,想写一个朦胧的爱情故事,过来找找灵感。"

"这天也渐渐变凉要入秋了,"季昀停下手里的动作,有些好笑地看向她,"怎么一个两个的,都像活在南半球一样?"

"你怎么就知道我要写个春天的甜甜故事?"钟意冲季昀做个鬼脸,绕到第三排书架前,"万一我要写个萧瑟凄美的爱情故事呢?"

季昀的低笑声在活动室里传开:"你这么'沙雕',写不出的。"

钟意翻了个白眼。

接连找了五排书架,她都没有找到自己想来拿的那本书,于是走到季昀旁边,敲敲桌子:"我前两天拿过来的那本马尔克斯呢?"

"马尔克斯？"季昀手一顿，猛然想起刚刚被何渠琛拿走的那本《霍乱时期的爱情》，"刚刚有个同学借走了，过两天就还。你急吗？"

钟意想了一下："也没有那——么急。"

"那我回头跟他说一下，先拿回来给你用？"季昀皱眉，拿起一旁的记事本写下来，怕自己下午回班的时候又忘记。

"没事，不用了，"钟意笑着摇摇头，"我的 Kindle 里有电子版，放在家里了。就是中午吃饭的时候突然兴起。"

从活动楼里出来，钟意有些垂头丧气。突然兴起想做一件事的时候却因为外界因素而做不了，这种感觉无异于一只充满气的气球被打上一拳——猛地泄了气。

她一向喜欢把事情拖到最后才做，文稿喜欢卡着时间交。但偶尔也有例外的情况——当灵感突然来了的时候，就像今天中午看着何渠琛的后脑勺吃饭时，突然来了灵感一样。

唉，如果那本书是他借走的就好了。

钟意长叹一声，就差抱着新楼一楼的大理石柱子一顿爆哭。

等这次灵感过去，真不知道要等到猴年马月她才能动笔写新概念的稿子。

文科班女生最喜欢做的事情，就是在打上课铃的前一秒去上个卫生间，不打铃永远都不主动去卫生间。唉声叹气的钟意虽然没在班里，但还是深入落实贯彻这一不成文的习惯，在进班之前先拐去卫生间。

蹲在隔间里，她的手指碰到一直偷偷放在裤子口袋里的手机。挣扎两秒，她还是拿出手机，登录微博，随意地翻着热搜榜。

也许是因为明星们都在暑假流量很好的时候，该被爆料的都被爆了，翻过一遍，钟意也没找到什么吸引自己的标题，心里却越发想着那个人的身影。

她退回到首页，点开，发送出一条微博。

La única enfermedad que alguna vez tuviste fue cólera.
No, mamá. Confundiste el cólera con el amor.
你唯一可能患上的疾病是霍乱。
不，妈妈，你弄混了霍乱和爱情。

第三章
这个，主席团助理

如果……如果我能证明，我可以像你一样优秀。

——意和的微博

1.

何渠琛和张木云回到地理教室时，教室里大多数人正趴在桌上午休。两个人轻手轻脚地找到自己的位置坐下。

已经做了一上午的题，又正是闷热的季节，坐在靠窗位置的何渠琛只觉得满耳都是蝉鸣。他站起身，把窗帘向前拉了拉。

刚安安稳稳地坐下，地理教室的门被人从外面打开。

他抬头，就看见扎着马尾的小姑娘飞快地溜进来，抱着一摞东西低着头，快步走到教室后面。

"唉，小姑娘又来了。"坐在何渠琛后面的张木云笑着压低声音，顺手用刚刚写题的笔的另一端捅捅他的后背，"就是这个姑娘。"

原本正打算伏案写题的何渠琛掀一下眼皮，向后靠上椅背，懒洋洋地"嗯"了一声。

他脸上没有太大的变化，手上却利索地扯过两张卷子，盖在刚刚放在桌上的那本书上。

张木云见后脑勺的主人一副没有兴趣的样子，也感觉没什么意思，撇撇嘴，小声吐槽："没劲。"

钟意把自己的本子摊开放在桌上，做了好几个深呼吸才开始动笔。

刚刚从教室里拿东西出来上自习的时候，她在走廊差点正面遇上宋老太太。还好她眼疾手快，迅速闪到高三楼层的卫生间里，等宋老太太进了隔壁间，才又逃似的跑来地理教室。

坐在座位上，她有些头疼。

虽然她擅长写文章，但也不能这么高产下去。这才开学没多久，齐时已经给她安排了太多额外任务。再加上和其他同学一起的考场作文和平日练笔，她望着桌上空白的本子，一时间甚至有些厌恶写作。

久久，她都不想动笔。

齐时给的下周升旗仪式演讲主题被她翻来覆去地看了二十多遍,无聊又死板的题目,她想破脑袋也想不出怎么把它写出花来。

对她而言非常重要的新概念征稿都没动笔,这种演讲题目又怎么可能有灵感迸发。她揉揉头发,越想越狂躁,越想越暴躁。

把笔帽盖好,钟意悄悄起身,抱着自己的东西又换到靠窗的位置——就在张木云身后。

坐下后,她就直接趴到桌子上,脑袋朝向窗外。

如果没有灵感,那么就去亲近大自然。

刚下过雨的椹南市逐渐有了秋老虎的迹象,太阳依旧毒辣。还好地理教室在阴面,阳光刚刚好。她舒服地闭上眼睛,想给自己的脑袋放一个小假。

功能性教室里都没有响铃的喇叭,下课的提示声全靠走廊里的声响。

张木云自从在某乎上搜索了"痔疮"这个关键词之后,再打开某乎,推荐页里全都是有关痔疮的问题。越看那些答案他就越恐惧,生怕自己真的长了痔疮。

为此,他坚决贯彻健康老年人的生活方式,多喝热水、多吃水果蔬菜,只要听到下课铃声,不管还有多少事情要忙,一定要站起身来活动两下。而在张木云的字典里,"站起身活动两下"约等于"烦死何渠琛"。

听到下课铃声,他起身,抱着水杯在何渠琛面前晃悠两下,毫不意外地没有收到一点回应。

张木云撇撇嘴,视线不由自主地越过何渠琛,落在后面的小姑娘身上。他双手撑上面前的桌子,笑得如老父亲般慈祥:"小朋友睡着了。"

何渠琛把手中握着的笔放下,又摘掉眼镜,放在桌上,把墨绿色的水杯拿起——不爱活动的年轻人终于在张木云老泪纵横的目光中起身。

趁着从座位里出来的空当,何渠琛装作不经意地微微偏头,向后扫过一眼。

黑色的小脑袋正安稳地枕在两只白皙的胳膊上,呼吸轻轻的。

窗帘之间的缝隙偷放进来一抹阳光,正好照在她的脸上。不知道是不是突然梦见了什么,她的头又往里缩了些,两只胳膊也跟着收紧一下。

他不自觉地勾起嘴角,却在意识到这个动作之后,下意识地不知道在跟谁辩解:"地理教室是比其他教室安静,都跑到这里来睡觉了。"

没等张木云接话,何渠琛拿着杯子迈开腿:"走吗,去接水?"

张木云看看何渠琛的背影,摸摸后脑勺,以为身为学生会会长的人会过去叫醒她。

最后回过神来,他才拧着水瓶盖子跟上。

钟意是被自己的胳膊麻醒的,她睡眼惺忪地慢慢直起身,看到地理教室里的学长学姐们依旧保持着刚刚她睡着前的姿势。

看来睡了没多久,她悄悄松口气。

轻拍两下脸颊,即使心里百般不愿意,钟意还是重新拿起刚刚被放回笔盒里的水笔,把左胳膊架在桌子上,摆好标准的写字姿势。她低头,正准备先把齐时给的主题抄写一遍。

还没动笔,她的视线就先瞥见了左手腕上的腕表。

四……四点了?

睡了快一个半小时的钟意迷茫地盯着指针,又掏出手机,低头偷偷摸摸地确认一遍。

正在核对答案的何渠琛只听见后方突然出现笔被慌忙扔进笔盒、笔盒被关上,以及椅子被挪动的一系列声音。下一秒,一个人影卷着一股风迅速从他身边飘过。

他抬眼,只见小姑娘一只手抱着书本,一只手在空中来回乱甩,最后冲出教室。

估计是手睡麻了吧。

门被轻轻地合上,坐在靠窗位置的男生轻笑出声。

钟意他们班下午最后一节是体育课,南华作为全市最好的学校之一,深谙运动有助于学习的重要性。高中没有了体测以后,体育课上对学生的体能素质训练几乎都被减免。但每节课的出勤率,体育老师们还是盯得很紧。

作为好好学习的乖宝宝,钟意还从来都没有翘过一堂课,也不敢翘哪怕一堂课。回教室放好东西之后再冲到操场上,她只觉得自己流了一背的冷汗。

在操场上找到自己的班级,钟意快速朝远处那个红色的小点跑过去:"老师,不好意思,刚刚我被齐老师留在办公室写下个礼拜升旗仪式的演讲稿，所以晚来了一会儿。"

因为快速奔跑和翘课心虚，她脸上红红的，有些喘，看上去就像真的非常抱歉，非常想来上体育课，然而被半路杀出的程咬金抓走一样。

毕竟也是在升旗仪式的"获奖喜讯"环节里经常听到名字的学生，体育老师点点头，对钟意是一百个信任："今天打排球，可以先练习自垫自传，也可以去打比赛。那边有几个场地，你去问问还缺不缺人。"

"嗯，好。"钟意乖巧地点头，"谢谢老师。"

转过身，刚刚还乖巧可人的女生表情骤变，狰狞得可怕。一年多没怎么好好运动，此刻的她像是跑了马拉松一样生不如死。

钟意慢悠悠地溜达到操场边上的排球场地，唐遇正和班里其他几个人打着友谊赛。

见她过来，唐遇就像是遇见了大救星："还有十五分钟就下课了，你才来？"

钟意尴尬地笑了笑，吐出一个字："忙。"

对于这种给点阳光就灿烂的行为，唐遇没忍住，翻了个白眼，又一把将钟意扯到场地内："你来替我，我都要累死了。"

"啊？"钟意一下子被唐遇推到空缺的点位上，她刚反应过来，唐遇就已经走出场地，找个树荫站着。

感受到钟意怨念的目光，唐遇笑嘻嘻地大喊："加油哦！"

下一秒，哨声响起。

钟意把视线移到球网对面，班里那个大力神拍了两下球，把球高高抛起，右手抬起触球的同时，整个后背弓起发力。

钟意无语，下一次她再傻乎乎跳进唐遇挖的坑，她就不姓钟！

凶猛的排球直直冲钟意飞过来，她下意识地摆好姿势去接。球重重地击上她的小臂，因为力量太过悬殊，改变方向飞了出去。

打飞球的钟意拖着两条火辣辣的胳膊，慢悠悠地跟在球后面。刚刚已经跑得太累了，她只想等那球碰到什么障碍物后停下，乖乖等着她去捡。

她大致预判了球滚动的方向，又望见远处朝这个方向走过来的几个人，加快了脚步。

球直直地滚向正提前去食堂吃饭的一行人面前，后面跟着一个连滚带爬跑过来的女生。张木云正要伸出脚去拦，下一秒球就被女生的手钩住。

她直起身,微微垂着头,耳边的碎发因为汗水而粘在脸上,似乎是有些不敢看他们。

落在队伍后面,正低头看着手里小本本的何渠琛余光瞥见前面的人停住脚步,视线也从密密麻麻的公式上离开,投去询问的目光。

"对不起。"钟意的声音闷闷的,声若蚊蝇。

"没事没事,"张木云笑嘻嘻地摆摆手,"也没打到我们,不用道歉。"

小插曲并没有持续多久,走在前面的几个人又加快脚步,直奔小卖部的冰水而去。

但钟意始终抱着球没动,在那个最高的男生经过面前的时候,才小声开口:"加油。"

声音不大,却也足够让那个人听见。

何渠琛拿着本子的手一滞,扫一眼低着头的小姑娘,脚步停顿片刻,又重新迈开。

嗯,明天的初赛一定会过的。

他在心底悄悄地承诺。

周六,临放学,整个六班的同学都被班主任叫去操场,排练下周一的升旗仪式。南华中学从高二年级开始,每个周六加课一天,五点放学。

已经入秋,这个时间也凉快了一些。负责演讲的钟意被叫到主席台上,其他人则在操场上排成方阵,练习升旗的队形。固定的校级活动四人主持小组,这次派来排练的是同为高二的女生,钟意和她不太熟悉,但也知道是程期楠的同班同学。

即便知道今天何渠琛去参加竞赛了,钟意的心里还是止不住地失落。她双脚站上比操场高出一截的主席台,拿着话筒,却一个字都说不出来。

虽然她经常上台领奖,但每一次领奖都是几个人排成一排一起上去,鲜有她一个人站在台上的时刻。

广阔的操场上只有一个班的同学,站在台上,钟意一眼就能望到操场那头。

暗红色的跑道围着巨大的绿色椭圆,那片绿色像是一个椭圆形的旋涡,似乎只要稍微再看两眼就会被吸进去,深不见底。

主持人试了试音,把手中的主持流程稿念过两遍才转过身,对一直站在靠近主席台后方的女生笑道:"该你了,你躲在这么后面干什么?"

在生人面前,钟意总是死要面子。她深吸一口气,向前迈出两步。视线不受控制地扫视一圈,她的心跳逐渐加快:"老师们,同学们,大……大家好……我……"

磕磕巴巴的,嗓音间每一个颤动都透过喇叭被放大得如此清晰。

唐遇站在方阵里,有些不安地回头,看向站在主席台上的那个身影。

接连试了几次,通过不停的心理暗示,钟意总算可以把大部分注意力转移到自己手里的那两页纸上。

齐时还算有良心,知道她怯场的毛病,勉强同意让她站在上面念稿,条件是不要念得像Siri(个人自动智能助理)。

欢快地答应下来以后,此时的钟意恨不得把时间拨回去抽自己几巴掌。她试读的这几遍,比Siri还要Siri,活像是演了一出人与机器之间的双簧。

越是告诉自己不要紧张,她的心里就越慌。脑袋不受控制地去模拟台下站满人的样子,更是火上浇油。

次次错,遍遍错,心急如焚。

主持人也看出钟意有些心急,耐心地等她试了七八次之后,走上前拍拍她的后背:"不要给自己太大的压力,我们周一早上再来排练几次吧。你这样越是心急,越是容易给自己不好的心理暗示。"

即便何渠琛不主持下周一的升旗仪式,他也会站在台下听着她念完这篇稿子。她可以在其他人面前丢脸,但唯独不能在他面前。

钟意拿着话筒的胳膊无力地下垂,微低着头,浓浓的鼻音里带着些哭腔:"嗯。"

唐遇已经在主席台的楼梯旁边等着,看见钟意微红的眼眶,她上去就给钟意一个大大的拥抱:"没事的,你已经很棒了。"

总归是没有什么说服力的安慰话,离开唐遇的怀抱,钟意的心里还是闷闷的。

唐遇见她心情不好,也识时务地闭上嘴,只是一手拿着手机看小说,一手抚上她的后背,不时地拍两下。

坐在回家的车上,钟意掏出手机,打开微博——

我真的很想努力,以至于能够站在你面前证明自己一点都不差。

可是，这好难。

2.

周一，知道钟意大课间要演讲，第二节课的老师仁慈地把她放出来，让她好好排练。

尽管已经入秋，但是上午的日光一照，也有些灼热。之前钟意和设备室的老师商量好，升旗仪式开始前半个小时钟意再去找她借话筒，现在去有些早，而且竞赛初赛已经结束了，也不知道这两天地理教室还会不会不锁门。

钟意踌躇着，不知道该去哪里，最后还是拿着自己的夹子上楼。

刚一推开地理教室的门，一股凉气扑面而来。她的手放在门把上，探进去半个身子，看到那个坐在固定位置上的人，愣了半晌。明明不过是周末两天没见，倒是有一种久别重逢的感觉。

她蹑手蹑脚地进屋，把门轻轻关上。

昨晚她一时兴起，突然来了灵感，把稿子重新修改一遍之后发给了齐时，等发完之后才发现时间已经很晚了。

虽然早上齐时回复她已经把新稿交上去，但她还没有口语化地修改过一遍。

黑色的双开扣式文件夹里装着很多她打印出来的稿子，她想抽出最前面的那两页纸，但卡得有些太紧，连带着多抽了几张出来。

把稿子平放在桌上，钟意的心有点浮躁。她手上转着笔，在心里毛毛糙糙地把稿子读过一遍，把一些不太口语化的地方拿笔改掉。

大概把稿子过了四五遍后，那个占据她大部分注意力的人突然起身，动作不大，也没有声响，却还是惹来她的目光。

何渠琛起身，拿着自己桌上的所有东西出了教室，把门轻轻地带上。

钟意看着他挺拔的背影消失在门框外，突然想起自己还没读完稿子，重重地把头磕在书桌上。

啊——杀了她吧——

她只想在台上做一个没有感情、不会声情并茂的点读机。

趁着教室里没人，钟意拿着自己的东西站上地理教室的讲台，把夹子放在讲台上，拿着手里那沓纸，在讲台上走来走去，情至深处戏精附体时，还来一段现场表演。

"咔——"

地理教室的门突然被打开，正学着男高音歌唱家向前伸出左手，嘴巴张成"O"形的钟意动作瞬间僵硬，宛如一座雕像。

"好的老师，我知道了。"何渠琛左手支在已经被推开的门上，右手拿着两个透明演讲用夹子和一沓纸，冲着走廊向外面的人说着。几秒后，他又冲外面点两下头。

他再扭过头来时，那"雕像"正好站在讲台中央，"雕像"的头机械地偏过来，两只眼睛尴尬地眨了又眨。

何渠琛愣住，身先于脑，身子和手连带着门一起向外挪动。一系列动作间，他又飞快地留了一句话："你继续。"

地理教室的门被飞速地关上，发出巨大的声响。

钟意蒙了。

她……该怎么继续？

站在讲台上做了一分钟思想斗争之后，钟意还是认命地走到门口，打开门。

何渠琛正站在门外，靠着墙看着手里的纸张。见门口探出一个小脑袋，他的声音有些懒洋洋的："怎么了？"

"那个……"只探出一个脑袋的钟意显得有些紧张，藏在背后握着门把的手紧紧地攥着，"学长你进来吧，我会坐在自己的位置上安安静静地默读的。"

慌慌张张而又小心翼翼地道歉，生怕他因为自己而受到干扰。

没想到她会如此郑重地道歉，何渠琛一个没忍住，笑了："没事，你练你的。"

"不，不，不练了不练了。"钟意疯狂摇头，有些语无伦次，"学长你快进去好好学习吧。"

这话听起来好像是在为"差生"何渠琛让路，叫他好好学习，不要再在外面玩了。

何渠琛实在搞不懂为什么钟意一紧张起来怎么会这么有趣，笑容不受控制地继续扩大。他直起身，朝门口的方向挪动两步，扬起拿着夹子的右手:"一会儿上去演讲的时候要用的统一透明硬板夹。你把这个拿好,升旗仪式结束之后再还给我。"

"啊,好。"钟意手忙脚乱地接过,一双手甚至都不知道往哪里放才好。她的眼睛盯着何渠琛越发扩大的笑容,脑袋终于光荣死机。

"现在就下去彩排吧,"何渠琛低头看一眼手表,又抬起头,"到时间了。"

何渠琛见小姑娘仿佛被按下了静止键,修长的手在她面前晃两下:"在想什么?"

在想学长你真好看!怎么会有这么好看的人!

"啊?没有,没有。"拼命按下内心的咆哮,钟意紧闭着嘴巴,脑袋摇成拨浪鼓。

何渠琛实在是觉得这姑娘很好笑,都说过已经到时间了,她的脚还像扎根在地上一样,一动不动。他挑眉:"那……走吧?"

"走,走,走。"

钟意觉得和何渠琛并肩一起走,简直太考验自己心脏的承受能力了,她只感觉全身的血液都往上冲,大脑兴奋得像在蹦迪。走到楼梯间,她抓住自己尚存的一丝理智:"学长,我回去放一下东西,你先去吧。"

再这样跟他一起走,估计她还没走到操场,半路就被救护车接走。

何渠琛看了一眼她手中厚厚的黑色夹子,点点头:"好。"

钟意一路小跑到六班门口,敲两下门进去,放好自己的东西。她走得急,之前在地理教室拿出来的那一沓文件,只是随随便便被塞进夹子。

凭着感觉抽出最上面的两张纸,钟意连看都没来得及看,就冲出教室。

她重新踏上她的"断头台"时,何渠琛已经在主席台上面试音。她默默地站在一边,拿出稿子准备复习一遍,瞬间呆住了。

钟意低头看着手中的那两页纸,拿着纸的手微微颤抖。放眼过去,手写的"何渠琛"把两页纸占据得满满当当,各种各样的字体都跃然纸上。

这下,她连没感情的 Siri 都不想当了。

主持稿件每次都差不多,何渠琛流畅地彩排一遍后,转身向钟意走过去。

眼看着何渠琛走近,钟意连忙把那两张夹在透明塑料夹上的纸藏在身后。

"怎么了？"小姑娘一系列鬼鬼祟祟的动作都被他收进眼底，他挑眉，言语间透露着关心，连声音也柔和了几分。

"呃……"钟意的大脑飞速运转，背在身后的手也微微颤抖，想努力措辞给自己找个理由，"对不起学长，我拿错稿子了……"

何渠琛低下头，翻看自己手里的夹子。

见他这个样子，钟意有些心慌："我现在就跑回去拿，对不起学长，给您添麻烦了！"

情急之下，她连敬语都冒了出来，差点就给站在面前的何渠琛鞠个躬。说完，她慌慌张张地转身，想从主席台上下去。

"回来。"何渠琛低沉的嗓音因为最近骤变的天气而有些沙哑，低音炮让钟意的耳朵有些发麻。

钟意伸出去的腿悬在空中一秒，又乖乖地收回来。她扭着头，无辜的脸上写着大大的疑惑。

何渠琛叹气，把手里握着的话筒递给她："你拿一下。"

钟意呆愣地接过带着他温度的话筒，满脑子的垃圾思想让她耳朵直发烫："没事的学长，不用……"

在夹子里翻找一番后，何渠琛把最后几张抽出来，递给眼前的小姑娘："不用什么？"

钟意接过那两页纸，大致扫一眼，默默把到嘴边的话又咽了回去。

不用你替我回去跑一趟，那多麻烦。

"难道你想背诵？"何渠琛向前走一步，在钟意愣怔间，从她手里抽出自己的话筒，全程手势礼貌，并没有碰到她分毫。

钟意拿着那两页稿子，干笑两下，连忙否认："不想不想。"

何渠琛无奈地摇摇头："你去试音吧。"

试音的效果并不好，钟意依旧是那样，紧张得磕磕巴巴。即使偌大的操场上只有他们两个人，她还是没有办法站在主席台上说出几句完整的话。

她还没有在别人面前丢脸，反而先在他面前丢了脸。

眼看着小姑娘的心理防线渐渐崩塌，何渠琛站在后面，抿起唇。他在南华待了六年，主持升旗仪式五年，见过不少上台紧张的人，但他们通过看稿演讲和多站在台上练习，大多能在最后上台时稳定发挥。

钟意反而是一个例外，越是练习去适应，越是慌张不知所措。一点一点,恶性循环。

钟意颤抖着的声音回荡在整个学校上空,在她换气的间隙,何渠琛像是救世主一般开口:"钟意。"

她下意识地转身,而他已经站在她身后。

"你要不然试下在主席台上来回走动,像是讲公开课一样。"何渠琛大概指了一下主席台上可供她自由发挥的范围,"这样你就可以改变视线角度,来回走动缓解紧张,而且整体上演讲会比较口语化,可以带动气氛。"

"可是……"钟意的眼圈红了一片,"这样在主席台上来回走动,不太好吧?"

"但这也是最好的选择。"

钟意沉默,算是默认他的建议。与其站在上面像根柱子一样什么话都说不出,不如当一个真正的演讲者放飞自我。

她在台上按照他的意思模拟了几遍,演讲效果才慢慢地稍微好一些。

快上午十点的太阳,渐渐地毒辣起来。

站在没有阴凉处的主席台上,又加上心急如焚,钟意的额头上渗出一层薄汗,握着话筒的手心也潮湿不堪。

"不用练了,"何渠琛走到主席台下面,冲她招招手,"你对稿子已经熟悉得不能再熟悉了,下来休息一会儿。"

言下之意,你讲不好只是因为你口语表达能力不行。

钟意噘嘴,一下子想不出理由反驳,只好走下主席台,和何渠琛并肩站在阴凉处。

下课铃打响,眼保健操的音乐声响起。

钟意一向喜欢做眼保健操,对这种神奇的点穴之术有着浓厚的兴趣。她直接把夹子夹在双膝之间,然后闭上眼睛,开始跟着按摩攒竹穴。

闭眼养神的何渠琛睁开眼,只见小姑娘穿着蓝色校服长裤,"骑"着夹子,像是在模仿哈利·波特骑扫帚。盯着看了一会儿,她闭眼认真做眼保健操的样子,他笑着摇摇头。

眼保健操做完后不过一会儿,操场上的人渐渐多起来。几个刚刚得到获奖通知的学生也来到主席台前,和他们两个一同挤在并不大的阴凉里。

入场的进行曲声音渐渐弱下去,何渠琛低头看一眼表,拿着话筒走上主席台。

钟意站在下面，偏着头，仰望着他的背影。

不知道是第多少次站在这里，她依旧习惯仰头看他主持的样子。只是这一次，她拿着同他手里一样的透明夹子，感受着和他一样的心情。

"本次在国旗下演讲的是高二（6）班的钟意同学，她曾多次获得市级三好学生、文明学生的称号，在'南青杯'征文比赛、'杨帆杯'征文比赛中……"

这次终归还是不一样的，她还能听见何渠琛在全校师生面前官方地夸奖她。

等何渠琛把她一连串的光辉履历讲完，钟意甚至还有一些意犹未尽，早知道就给自己的介绍语再多加两句话了。

"下面有请钟意同学。"

热烈的掌声响起，与钟意玩得比较好的文学社其他年级的朋友，也跟着在底下瞎乱欢呼。

钟意还没上台，脸已经红得像个猴屁股。

在主席台的楼梯口，她和何渠琛擦肩而过。

"加油。"

一句话擦过她的耳畔，消失在秋风里。

"老师们、同学们大家好，今天我在国旗下演讲的题目是……"第一句客套话已经被她背得滚瓜烂熟，正式开始正文时，她的脚底不安分起来。

钟意来回走动的幅度不大，每一次的走动都卡在一个恰当的换气处或者转折点，倒也不显突兀。

每次眼睛不受控制地想往操场上瞟时，她都通过转身或者走动，将手中的稿子移回眼前，但心里的紧张并没有消去。

她飞速扫了一眼何渠琛所在的方向。

主持人不用下台，一直都站在主席台楼梯口旁边等待，他正看着她，眼神里满是鼓励。

不过是一秒的视线相触，她就深吸一口气，定了定视线，专注地把剩下的内容讲完。

钟意擅长写故事，很擅长，很擅长。

整个演讲下来，毫不意外的，整体效果非常好。

升旗仪式的流程走完，主席台上的校领导下来后，对她赞不绝口："小姑娘以后多在学校做点演讲，内容不仅有趣能让人听得进去，又有深刻的教育意义。"

钟意站在原地，笑得谦虚。

何渠琛作为主持人跟在校领导后面，最后一个下台。

在他经过她面前时，她小声道："谢谢。"

但钟意没想到那人就直接在她面前停住，冲她伸出右手："夹子。"

"哦，对。"钟意小声嘀咕着，连忙把四页纸都从夹子上撤下来，又把夹子放到他手上。

"每次我们都会把升旗仪式用到的所有文字稿件全部打印出来，以防万一，"他不由自主地做着解释，眉毛舒展开，"只有这次才真的用上了，算是一个可以教给学弟学妹们的案例。"

不知不觉就变成反面教材的钟意有点蒙。

"真的非常谢谢学长。"钟意看何渠琛站在自己面前没动，没什么话好说，只好又道了一遍谢。

何渠琛低头看一眼表，随口问道："那你要怎么谢我？"

没想到平时正经的人突然说这么一句话，钟意思考一瞬，大脑拼命控制自己不要再说类似于"秃头"的惊天话语。

见小姑娘没有说话，何渠琛抬起头，嘴角弯弯："物理考到八十分以上吧？"

面对这样高难度的目标，钟意的脸瞬间就垮下来，但她又不敢表示不满，只好小声地哼哼唧唧："这个太难了，换一个。"

"嗯——"何渠琛拖长音调，低沉而略带沙哑的声音里，尾音微挑，"我想让你帮找提高一下语义。"

钟意的太阳穴狠狠一跳，也顾不上去欣赏他美好的嗓音，几乎是脱口而出："我会努力考到八十分以上的！"

何渠琛冲小姑娘"欣慰"地点点头，扬起一个尴尬而又不失礼貌的笑容，语气里满是"善意的祝福"："那你加油。"

望着何渠琛的背影，钟意真诚地希望自己的嘴下次能听到大脑的指令后再辛勤工作。

3.

"我怎么觉得你最近跑出去跑得那么勤？"午饭后，唐遇一把拉住又要偷偷溜走的钟意，强行把她拖到操场上遛弯，"你是不是偷偷跑去见何渠琛？"

"是去见他啊。"钟意抿唇。

看着唐遇的眼睛迅速亮起来，她立即无情地泼了盆冷水上去："在宋老太太面前见他。"

唐遇翻了个白眼，懒得理她。

"阿意是什么德行你还不知道吗？"程期楠在一旁做了个鬼脸，"她要是能谈一场恋爱，我就给她买一台徕卡全画幅相机。"

刚吃完饭懒洋洋的钟意瞬间打起精神，一把抓起程期楠的胳膊，双眼放光："程老板，就这么愉快地决定了！"

随口一说的程期楠笑容僵在脸上。

在操场上转过两圈，三个人就顺着小路回新楼。

新楼虽然只有高三和高二两个年级，但是作为教学实验地点的展示楼承担着接待参观人员的重任，通常学校举办活动时，宣传用的易拉宝和海报也会摆在新楼一层大厅。

周一一般是社团替换易拉宝的不成文的规定时间，唐遇眼尖地扫见那个白底蓝字的易拉宝："哎，那是不是模联摆出来的？"

正和程老板互捧互吹的钟意停下叨叨的嘴巴，眯起眼睛确认两秒，拽着唐遇一路小跑过去。

是南华举办椹南市模拟联合国大会的宣传图，一贯的模联宣传海报的蓝白配色简约风格，中间主席团那一行写着何渠琛的名字。她的视线在那三个字上停了一会儿，才又继续向下看下去。

现招募大会志愿者，请有意者于九月二十八日之前，到活动楼二楼模联活动室填写报名表。

"虽然不能去当个参会大佬，"唐遇也看到了底下那行小字，"但你可以去当个传字条的小透明啊。"

程期楠也郑重地点点头："我觉得这个可以。"

得到双份鼓励的钟意此刻信心百倍，眼睛越发明亮。

说时迟那时快，钟意一手抓住一个，拎着两个人就往新楼门口走："走，我现在就去填表。"

唐遇和程期楠死也不想上去，抱住一楼的小沙发就像被粘在上面一样。

钟意睨着这两个瘫在沙发上的烂泥，怀疑刚刚硬拉着她在操场上暴走两圈的是另外两个人。她又试图一左一右使劲，但死沉死沉的两个人屁股连动都没动。

"行吧，我自己去。"钟意一跺脚，自己爬上楼梯。

模联活动室就在文学社活动室旁边，这条路她已经走了上千次。每一次，她都想着能否在路上与何渠琛相遇。

很少，偶尔有那么一两次，也只能看着他被簇拥在人群中央，让人无法接近。

手扶上门把，钟意收回思绪。

模联社里坐得满满当当，大多人都是拿着一沓沓文件在那里查阅。

见有人进来，坐在最靠门口的女生抬起头："来应聘志愿者的？"

钟意当初加入模联后只待了一个多月就选择退社了，此时社团里的人大多是高一的，并不认识她。

她手背在后面关上门，点点头："嗯。"

借着说话的空当，她悄悄地环视一圈，并没有看见何渠琛。

"你把这份表填一下。"女生从旁边的一摞纸上拿起一张，递给钟意。

她抿起唇，收回视线，双手接过："好的。"

门口的桌子旁还有处空地，钟意走过去，向旁边的同学借了支笔。表格上需要填写的东西很简单，不过就是一些基本信息。

她飞快地填写好，把表交回去。

眼看着十一就快到了，模联社最近忙成一锅粥。

椹南市高中生模拟联合国大会每年都会在全市最好的六所学校里轮流举办，也就是说，这是南华时隔五年之后再一次办模联大会。

而这一次，正好是何渠琛在学校的第六年。

经历过上一次南华举办大会，此时又是退休老社长的他，理所当然地又被拉回社里，美其名曰是当顾问。不过也算还好，总归是没有跟他的竞赛初赛撞上。

季昀也知道何渠琛最近总是往活动楼跑，趁着下午的大课间，他站起身，扭头敲敲何渠琛的桌面："走吗，去活动楼？"

南华对高三一向管得宽松，尤其是下午的大课间，可以不下去做操活动。何渠琛稳稳地把最后一个数字写完，又仔细地把笔帽扣好："好。"

把何渠琛送到模联活动室门口，季昀向前走了几步，又猛然想起什么似的退回来："你上次借的那本书，看完就赶紧还回来吧。"

何渠琛推门的动作一顿，不经意地扫一眼季昀："最近很急着用吗？"

"嗯。"季昀点点头，语气和善，"最近社里有小朋友在准备参加新概念的稿子，想重温一遍这本书，找找感觉。"

何渠琛把门推开，缓缓点头："好。"

比起中午的爆满程度，大课间的模联活动室倒是冷清许多，大多都是高二的学生偷偷翘掉广播体操，跑来这里查资料。

见何渠琛进来，他们礼貌地问候："社长好。"

何渠琛反手关上门，随意地回应："嗯。"

模联活动室有些像一个大型自习室，除了正中央的一张巨大长方形会议桌，教室四周还零零散散地摆着几个小桌。

何渠琛拉开椅子，随便找了个会议桌旁的位置坐下。他向后一倒，靠在舒适的会议椅里，声音有些懒散："准备得怎么样了？"

新任社长从厚厚的一沓资料中抬起头，推了一下眼镜："还可以。"

"不是问你们资料准备得怎么样了，"何渠琛停顿，"而是会场的布置和人员调度安排得怎么样？"

椹南市六所顶尖中学虽然被当地人归为一类，但各校之间经常暗中较量。南华毕竟也是会议的承办方，所有的服务工作和场地布置工作都不能马虎。即便看上去只是一场学生活动，但校领导明里暗里多次向何渠琛提及这次会议相关的问题。

何渠琛实在是不太想管这些事，可南华新一届的模联管理层里，多的是能够写出漂亮文书和口齿清晰表达自己观点的学术型人才，却没有具备更高格局的管理者。看校领导那边的意思，也只有让他来挑起这个大梁，他们才能放心。

"我已经和学校报告厅打好了招呼,我们这周六就可以过去布置。会议中的茶歇小食已经找好赞助商,他们下周一一早就会把东西送过来。"新一届的副社长打开自己的本子,开始模式化地汇报,"水以及纸杯,还有A4纸张都已经购置,打印机的墨盒也已经确认。"

"嗯。"何渠琛心不在焉地听着,随口回着。

"参会人员的名单都已经确认,周六会统一再发一次邀请短信。"坐在靠门独桌的行政部部长插话道,"然后,何主席,这边是志愿者的报名名单。"

何渠琛的腿稍稍发力,会议椅的轱辘向后滑动。他伸手,接过那一沓沉甸甸的纸。

"这次报名来当志愿者的人还挺多的。"何渠琛翻过两页,抽出几张他觉得还不错的报名名单。为了保证现场正常运转,就连负责引导和传字条的志愿者,他们也要挑选各方面优秀的人。

"不过,她们主要还是为了看何主席。"一直坐在另一边的前副社长笑了笑,拿何渠琛打趣。

何渠琛既没有接话,也没恼。他拿着手上的那一沓报名表,一张张飞速地过着。

因为兼任学生会主席,又经常在升旗仪式上读获奖信息,他对那些出色的学生都有印象。真正想报名志愿者的人这两天都已经来交过表,剩下的几天估计也收不到什么了,他决定直接从这一沓里挑一些还不错的人选。

他手上的速度突然慢下来,把某张表抽出来,仔细地扫过一遍上面所有的信息。确认过之后,他把那张纸放在另一边。

把剩下的表分拣完,何渠琛把它们分批交给行政部负责人:"这些是不要的,这些可以,你们到时候看怎么分配。"

等行政部负责人接过那两摞表后,他才慢悠悠地捏起另外单独的一张纸,说:"这个,主席团助理。"

第四章
举重天才和相扑能手

好烦,我怎么总是在他面前出糗啊!

——意和的微博

1.

九月的最后一天,是南华例行的秋日运动会。除毕业年级,所有人都参加运动会半天,剩下的半天放假。

为了让运动会半天就能够顺利举行完毕,学校把预赛都放在周三和周四的大课间,而这两天又正逢高一和高二每月一次的月考。以前可以到学校自习一会儿,再考试,现在则变成早上八点准时开考,尽量少占用大课间的时间。

钟意作为一个体育废柴,周一报名的时候就差躲到地底下。还好班里体育健儿比较多,又加上有唐遇这个身为运动健儿的闺蜜,她也算是有惊无险,可以再一次在运动会上安心划水。

周四的大课间是拔河预赛,所有人都要下楼为自己的班级加油助威。

"加油哦!"钟意把手机揣到自己的口袋里,将椅子推好,活蹦乱跳地挽着愁眉苦脸的唐遇下楼。

"让我跑步、跳高,我可以理解,"唐遇被钟意硬生生地拽着,满脸苦涩,"可为什么,明明咱们两个身高、体重都差不多,我就要上场拔河,而你却可以在一旁休息偷拍表情包?"

钟意的脚步放缓,转过头来盯着唐遇,满脸认真:"可能因为我是个瘦弱不堪、弱不禁风,但全世界都爱我的、有着主角光环的小说女主角吧。"

唐遇翻了个白眼。

班长已经提前到操场上清点人数,他数来数去,发现怎么数都少了一个人。

体育老师已经把器材准备完毕,吹了声口哨:"高二(1)班和高二(6)班,女子组准备。"

"班长,林诗雨今天发烧了,没来上学,"站在钟意身边的学习委员突然想起件事,"需要找个人顶替一下。"

听到这话，距离学习委员最近的钟意，心猛地一颤。

她趁着班长正低头看项目报名单还未抬起头的时机，脚已经先一步向斜后方挪，想赶紧躲在唐遇身后。

多年姐妹，唐遇早已看穿她的企图。

钟意只觉得右腕一紧，一只手像是恶鬼一样死死地扣住她，动弹不得。

没等钟意开口，唐遇顺势又往旁边迈了一步，把刚被挡住的钟意又重新亮出来，嘴上也没闲着，开始飙戏："呀！钟意，你居然没有项目要参加呢！"

话音刚落，班长就把视线转过来："钟意，你没有项目吗？"

"我……呵呵，呵呵……"钟意干笑着，狠狠地咬着后槽牙，斜眼瞪向唐遇，恨不得用眼神当场送她上路。

按照学校规定，每个班每个同学都至少要报一个项目。但对于运动健儿比较多的六班，钟意在其中浑水摸鱼装傻蒙过去，也没有人会说什么。

可今年偏偏不走运，终究躲不过为班级献身的时刻。

钟意只觉得周围气氛突变，本应该被人忽视的自己，突然变成全班的焦点。所有人都看向她，一双双眼睛里充满着真情渴望，让她想起支教宣传海报上那些小学生的双眼。

一时间有些下不来台，钟意略微尴尬。

唐遇眼看即将赶鸭子上架成功，嘴上更是不闲着："她力气可大了！"

"那就钟意上。"班长在听到唐遇如此高的评价后，毫不犹豫地拍板，"你去最后一个，把绳子缠好，可千万要稳住了。"

力大如牛的钟意愣住了。

从柔柔弱弱地划水，到成为班级拔河的顶梁柱，一个天堂一个地狱，转变不过一瞬。

钟意拉着唐遇的手微微颤抖，那一刻，她突然对"人生如戏"这四个字有了更为深刻的理解。假如明年高考作文的主题就是这个，她能当场写个满分作文出来。

把手机交给来加油助威的程期楠暂为保管，钟意认命地跟在上战场的大部队后，一手提起粗长的麻绳的一端，把它缠在腰间。为了不让绳子脱手，她在自己的腰上多缠了两圈，最后在腰左侧死死地打好结。

绳子勒得有些紧，她只觉得腰上火辣辣地疼。

没有给她太多的时间再去调整，体育老师一声长哨后，所有人都拿起绳子。

唐遇站在前面打头阵，其他人又站得有些密集，钟意一个人站在最后，空荡荡的，有种被遗弃的感觉。

一声短哨将钟意突然忧伤的思绪拉回赛场，她双手收紧，身子向后倒，脑子里没有其他的想法，除了"赢"。

比赛结束得比钟意想象中的要快，毕竟是对战女生最少的理科班，六班稳稳获胜。第二轮抽签，好运降临的六班轮空，直接进入明日决赛。

钟意晕晕乎乎地从程期楠的手里拿回手机，甩着火辣辣的双手，和唐遇颤颤巍巍地向新楼的方向走。

找到最近的卫生间，她们用凉水一遍又一遍地冲洗着手心，被粗糙的麻绳摩擦而红肿的痛感才稍稍减轻了些。

钟意刚关上水龙头，就感到裤子口袋里的手机振动一下。她往卫生间里面走两步，尽量避开摄像头可视区域的边角，按亮手机。

【钟意同学：你好！恭喜你通过第二十届市高中生模拟联合国大会志愿者的筛选，根据你提供的相关信息，我们决定将你安排在主席团助理这一岗位。如接受此岗位的安排，请回复姓名，并于周六下午三点至活动楼一层大报告厅开会，届时将细致讲述工作安排。】

钟意飞速地看过一遍消息，余光扫着后面的那几句话，顺手就在输入框内打上自己的名字。

她刚要按下发送键，唐遇的魔爪就伸过来，一个壮抖，甩了她满脸水："别玩手机了，小心一会儿老师进卫生间给你没收掉，到时候全校哥哥姐姐弟弟妹妹就能听到一条带有味道的通报批评——高二（6）班钟意在厕所里……"

没等唐遇说完，钟意就按灭屏幕，一双用冷水冲过的手直接捏上唐遇命运的后颈："少说两句，你信不信我这就让你成为一名有味道的女子？"

唐遇被冰得一个哆嗦，干笑着掰开钟意的手，硬是接梗回应："人间有味是清欢。"

驴唇不对马嘴。

比完赛，又距离吃饭只有不到两个小时，整个考场里的气氛都是浮躁的。下午要考数学，钟意待在考场里有些学不进去，拿起东西就直奔地理教室。

几个星期下来，钟意早就跟竞赛小组的哥哥姐姐们混了个脸熟。她推门进去时，好几个人正挤在黑板前争论着什么。听到门被打开的声音，他们以为来的是宋老太太，一齐扭过头，双眼放着饿狼般的光芒。

即便是做了心理建设，但钟意还是被吓到了。她松开门把，讪讪地笑着，手掌在脑袋边上摇晃了两下："学长、学姐好。"

站在最外围、半靠着讲台的短发师姐看到她这精神紧张的样子，笑了："你好。"

短发师姐的眼睛圆圆的，笑起来眯成两个月牙，两颗小虎牙也跟着露出来。她跳下讲台，一点都不见外地拉上钟意的手："你是叫钟意吧？周一上台演讲的那个女孩子，是你吧？"

钟意的手被学姐软软肉肉的手捏着，心都化了："嗯。"

"你演讲真的超棒！"学姐上下打量她一遍，笑嘻嘻地转向讲台上的那一拨人，"这么优秀，怪不得会被钦定……"

"钟意，"何渠琛手中的粉笔在黑板上画出一条曲线，随手标了个坐标系，眼睛却没有看过来，"你是不是通过了模联主席团助理的筛选？"

钟意一惊，背后有些发凉。

好在大脑反应得够快，她睁着眼睛说瞎话，开始继承唐小姐的衣钵，戏精附体："啊？真的吗？我才知道呢！"

鬼才会傻到在学生会主席面前承认自己又在学校使用违禁物品！

何渠琛转身，把粉笔丢进讲台上的粉笔盒里，看着钟意的眼睛似笑非笑："要麻烦你现在去一趟活动楼二层的模联社活动室，那边运来了矿泉水、纸笔之类的物资。会议桌上有一沓表，按照表格核对一下，不会占用你很多时间。"

几乎是认定她肯定会在学校玩手机。

"然后把东西拍个照片，一会儿拿给我，"何渠琛拍拍手上的粉笔灰，"不算你违禁。"

"好。"第一次被何渠琛主动派任务的钟意被快乐冲昏头脑，她把手中的书本往旁边的桌子上一放，就出了地理教室的门。

小姑娘一走，地理教室里又开始讨论起刚刚那道题的解法。

何渠琛从人群中心离开,给想讲自己想法的人让开位置,绕一圈走到门口。

"物资不是都数好了吗,怎么还让人家跑一趟?"姜可笙抱着双臂,靠在墙边揶揄。

何渠琛扫她一眼,警告的意味明显:"数好了?听说有人今年高三了还要参加新概念比赛,她是为了毕业之后再拿对保送没有意义的奖吗?"

还是……因为参加新概念的其他人?

他们对视几秒,沉默着,却仿佛都把对方的秘密公然亮了出来。虽然除了他们两个,没有其他人注意到这些对话。

姜可笙也不是好惹的,她冷笑一声,扭头冲黑板前那些人就是嗓子:"老何说你们的解题方法都是垃圾,就他是对的。"

突然变为众矢之的何渠琛一时没反应过来。

钟意按照何渠琛的要求把照拍好,回新楼的路上突然想起来自己去地理教室是为了好好复习的。

怎么就跑腿去了呢?

她越想越觉得不对劲,一边琢磨着到底是哪里出了问题,一边推开地理教室的门。

经过一轮激烈的神仙打架之后,被宋老太太官方盖章最简便且精确的计算方法提出者何渠琛,正好整以暇地坐在自己的座位上,靠着椅背望向窗外,手一下一下地轻点着桌面,看上去心情不错。

而坐在他身后的张木云则是另一幅光景——张木云咬着牙,在想如何用自己的方法翻盘。

"老张啊,你就别挣扎了,"姜可笙抱着语文必背古诗文从张木云身边经过,开始凉飕飕地打击,"不如我们一起背古诗词。"

张木云憔悴地抬头,扫了一眼在他的噩梦中出现无数次的封皮,双眼空洞:"你是魔鬼吗?"

"魔鬼"甩了一下头发,出声安慰道:"你要想想,你在这里钻研这么难的题,研究半天,下次还不一定会考类似的题型。但是你语文差啊,多背几首古诗文就能多得十分呢!"

软软的声音中带着些俏皮,末了,她又冲张木云眨眨眼,极力推荐自己的建议:"诗句是死的,物理题是活的啊!"

"老何,老何,"张木云被噎得喘不上气,脚不安分地猛踹前面的椅子腿几下,"你刚刚是不是惹到大可爱了?这攻击力怎么突然这么强?"

"一会儿说我魔鬼,一会儿说我大可爱,我到底是什么?"姜可笙做个鬼脸,一双眼睛紧盯着他,像是下一秒就会变成死亡之眼。

被搅和得不能做题的张木云就差求爷爷告奶奶了,他双手合十,就差当场给她跪下:"您是可爱的魔鬼。"

"你也就这点文化素养了,"被他也烦得不行的何渠琛偏头向后斜一眼,替姜可笙补上一刀,"贫瘠的词汇。"

突然被孤立的张木云泄气了。

见他们三个聊得正欢,钟意抱着之前放在门口桌上的自己的东西,一时间有些踌躇,不知道该不该过去打扰。

"张木云,你能混到这地步也是挺不容易的。"姜可笙撇嘴退出战场,转身回自己的位置。刚巧看到不远处的小姑娘,她瞬间变脸,换上热情洋溢的笑容,"钟意,你快过来,何主席等你等得花儿都快谢了。"

何渠琛握着笔的手一抖,缓缓冲斜后方仰起头,冰冷的视线直直地戳到姜可笙的脸上。

姜可笙装作看不见的样子,一把拉过脸烧得通红的钟意,让她站在自己刚刚站的那个离何渠琛很近的位置上。

姜可笙俯下身,神神秘秘地在何渠琛耳畔压低声音:"对不起哦,我口误。男人三十一枝花,我们何大主席还是个花骨朵呢。"

何渠琛的太阳穴狠狠一跳,趁着小姑娘紧张地把视线移到别处,他无声地冲姜可笙比了个口型:季昀。

姜可笙的笑容僵在脸上,翻了个白眼,夹着尾巴屁屁地溜了。

"学长,我拍完了。"被姜可笙这一系列操作影响,钟意的声音干涩得厉害。

何渠琛倒显得自然许多,他随意地靠在椅背上,伸手接过她递来的手机,扫了一眼屏幕,轻笑出声,把手机又稳稳地举起来亮在她面前:"解一下锁。"

被美色冲昏头脑的钟意如梦初醒,手忙脚乱地把大拇指按上去,调出照片。

完了……屏保被他发现了。

倒不是什么奇怪的东西,深蓝色的锁屏屏保上只有一行字——

人真的会因为另一个人而变得越来越优秀。

明明没有明确的指向,可被何渠琛看到之后,她还是因为心虚而攥紧手。她努力压住快要跳出嗓子眼的心脏,声音有些抖:"好了,学长。"

何渠琛把视线从桌上的那道题上移开,收回举着手机的左手。

见他在仔细看图,钟意想都没想就直接开口:"我拍了好几张,前面有局部的清晰图。"

"嗯,优秀。"何渠琛点点头,往前翻了几下,手突然顿住。

第一次被何渠琛这么直接地表扬,钟意有些大脑充血、头昏脑涨,没有察觉到他的异样。等察觉到的时候,已经晚了。

她低头,只见手机屏幕上是拔河中力大如牛的自己。

还是大头照。

微抬起的头颅、嘶吼着的口型以及舒张着的鼻孔,带着为班级献身的崇高理想,这样真实的抓拍是如此的令人感动。

"咻——"

压垮钟意的不是那一张程期楠抓拍的表情包,而是何渠琛没忍住的笑。

他抬起头,将手中的手机递还给她。

那张鼻孔舒张如同老牛、双眼瞪得比铃铛还大的照片,在她眼前越放越大,一直到快碰到她的脸时才停住。

以相机功能而闻名的手机拍的照片,像素真是毫无瑕疵地把她的瑕疵一览无遗呢。

钟意咬着后槽牙,想当场冲下楼,把程期楠揪出来一顿毒打。

想不出什么鼓励的话,钢铁直男何渠琛只能对此做出高度评价:"运动健儿。"

在何渠琛的目光下,钟意当场石化。

行吧,不管怎么说,没说她是举重天才和相扑能手之类的,已经很好了。

钟意在心里默默给自己一个心疼的拥抱。

剩下的那半个上午，钟意慌了神，心里只想着赶紧打铃，趁午休时间把程期楠拖到小树林里一顿毒打。

她一分钟都不想在这个屋子里多待，每多待一秒，她的窘迫和脸上的红晕就加深一分。

终于挨到打铃，钟意抱着自己的东西"嗖"地就冲了出去。

这年轻的活力带起了一阵风，刮得张木云挑眉："果然是年轻人，对吃饭永远是那么热衷。"

"你不饿？"何渠琛把桌面收拾好，站起身活动着腰，"那你现在去学校正门，帮忙把新到的物资搬到活动楼吧，中午会新到一批。"

"我饿，我饿，"一听到这话，张木云几乎是连滚带爬地抓紧何渠琛的袖口，"给我什么我都吃得下。"

钟意下了楼，唐遇正在二楼楼梯间等她。见程期楠不在，钟意恶狠狠地往周围看了一圈："程期楠哪儿去了？"

"他的考场在一楼，应该已经去食堂了。"唐遇见她突然动这么大的气，有些奇怪，"这数学还没考，怎么就……"

话说到一半，在钟意杀人般的目光注视下，唐遇讪讪闭上嘴巴。

程期楠和他的几个朋友坐在食堂靠窗的位置吃饭，因为考场就在一楼，他们也就比其他学生快了一些。大家在讨论着刚刚的语文题，他低头夹起一块鸡柳往嘴里送，对面的椅子突然被拉开，一个人影坐下。

南华学生多，集中吃饭时间大多会拼桌坐，他也没觉得有什么怪异。

鸡柳刚被放在舌尖，程期楠正准备夹第二块的时候，只见对面那人的筷子伸进来，疯狂地夹走他餐盘里不多的鸡柳。

以为是哪个男生在跟自己开玩笑，程期楠低声骂了一句，抬头刚好和双眼能喷出火的钟意对上。

程期楠顿了两秒，默默地拿起自己的餐盘，一个起身加一个转身，坐到后面的桌子旁，背对着钟意。

一套动作如此流畅，一看就没少做过。

连肉都不要了，他此时只希望小祖宗能放过他。

他垂眼，加快吃饭的动作。

但身后强大的低气压没有如程期楠的愿，反而逐渐向他靠近。几秒后，"祖宗"慢慢弯下腰来，在他耳畔发出魔鬼一样的声音："程期楠，等死吧。"

吃完饭被拉到学校正门的程期楠恨不得给自己一拳，怎么上午自己手这么快，拿着钟意的手机就给她拍了表情包呢？

他应该拿自己的手机拍啊！

傻了！

"学长，你们还需要人手吗？"还没有走到大门口，钟意就放开嗓子冲着远处的几个人喊了一嗓子。

她去核对表的时候，看到上面标注今天中午会有一批茶歇用的零食送到门口，需要人过去拿。不过是随意一瞥，此刻却派上了用场。

程期楠顺着钟意的视线望过去，看到那摞起来如同小山一般高的十几箱零食，差点晕过去。此时求她已经没用了，他把希望寄托于一旁的唐遇："唐仙女，你看……"

"不缺人也没事，多一个人多一份力量啊，学长！"刚刚在卫生间重新翻看钟意的手机，发现程期楠也拍了自己的表情包的唐遇，扭头也大喊一声。

程期楠蒙了。

赶上高一、高二月考，何渠琛也不好麻烦社团里的人，抓了竞赛游手好闲小组的几个男生过来搬东西。箱子里大多都是膨化食品，也没有多重。

听到这不远处的两声喊叫，何渠琛冲着声源处望去，看到不远处的那三个人，心中明白了大半，笑着摇摇头。

"别啊。"张木云见何渠琛作势要拒绝，连忙扯开嗓子喊回去，"快来，你们何学长现在特缺人！"

这一声，让板上钉钉要做体力活的程期楠心如死灰，甚至有些想开了。

2.

考虑到他们下午还有考试，何渠琛最后还是婉拒三个人要帮忙的建议。程期楠总算是捡了一条命回来，但还是被唐遇和钟意一人押着一侧，强行承诺了两顿大餐才一笔勾销。

这两天的考试，钟意仿佛度过了一个世纪。等到最后一门考完，她觉得自己能回家倒头睡到第二天下午。

"走吧，之前说好的，程期楠请咱们吃大餐。"唐遇说。

南华月考按排名分考场座位，钟意理科太差，即便有优异的文科成绩加持，还是和唐遇相差一个考场。她慢吞吞地收拾好东西走到门口时，唐遇已经在门口等着了。

钟意从包里拿出手机，按下开机键，有些疲惫地揉揉眼睛，声音虚弱："吃点上菜快的吧，我有点累，想赶紧回家洗洗睡觉。"

"嚯，"唐遇一把拉过她，让她能稍微靠着自己借力，"这是谁家的妹妹，竟如此娇弱？"

钟意闻言，一个借力瞬间从唐遇的怀里挣开，翻个白眼，懒得理她。

程期楠正在新楼一楼门口和几个男生对着答案，见两位祖宗过来，恨不得绕着走。

"往哪儿躲呢？"还没等程期楠缩在人群后面，唐遇就一个健步冲上去，一把将他揪出来。

两个人大眼对小眼干瞪了几秒，钟意才不紧不慢地溜达过来。

"咱们一会儿打车去。"程期楠被唐遇揪着，动弹不得，"吃完饭之后我爸来接，保证让两位主子吃好喝好，再给二位安全送回家。"

虽然一起长大，但三人中，只有程期楠的父母二人都是做生意的。不是椹南市本地人的程父程母在椹南白手起家，在生程期楠之前就攒够了学区房的钱，也实属不易。后来三人渐渐长大，最先搬出老小区的，也是程家。

唐遇的爸爸也做生意，妈妈则是律师。而钟意的父母都是医生，除了问诊，也在大学里带课。三家涉及不同的领域，平时也互相帮忙，算是优势互补。

有的时候程期楠手头宽裕点，也会习惯性地带两个小姑娘出去改善改善伙食。

考完试之后放学早，不过下午五点左右，但实打实地赶上了椹南市晚高峰。程期楠手机上的叫车软件已经排到二十多名，眼看着就要等到地老天荒。

所幸已经入秋，三个人站在学校路口，也不觉得有什么不舒服。

手机里没有什么好玩有趣的消息，钟意双手插着兜，百无聊赖地踢着地上的石子。她脚上稍稍使了点劲儿，较大的那颗直直地冲出去，碰上一双匡威，在旁边转悠两圈才停下。

似乎感觉被什么东西磕到，那双匡威动了动。

钟意错愕地抬起头，只见匡威的主人是一个棕色及肩短发微微有些弧度的姐姐。察觉到钟意直勾勾的目光，女生偏过头来，冲她温柔一笑。

长得有些面熟，熟悉感扑面而来，却怎么也对不上号，钟意冲女生抱歉地笑了笑，将视线收回。

"到几号了？"为了遮盖心里的尴尬，她撞了撞正抱着手机聊微信聊得起劲的程期楠，低声问道。

程期楠忙着和班里的人对答案，连调到叫车软件的界面都懒得做，随口应道："哎呀，早着呢！"

被噎回来的钟意耸肩，自觉没趣，目光又飘飘悠悠地回到刚刚那个女生身上。

女生大概比自己高一些，穿着雾紫色的长袖衬衫和高腰牛仔长裙，露出的两条纤细小腿莹白发亮。她不仅长得好看，身材好，衣品也很好。

她向前挥挥手，有些开心地小跳了两下。

顺着她的视线望过去，钟意身体一僵。

穿着校服的高大男生单肩背着书包，双手插着裤兜慢悠悠地走过去，嘴角含笑。那是钟意从没见过的笑容，温柔而又和煦。

女生向前走了两步，伸手拉过何渠琛的胳膊，两人有说有笑地上了停在路口的白色 Jeep 车。

一时间内心有些酸涩，钟意低头看看自己身上的校服运动服，撇撇嘴："今天高三放学早？"

"啊？"唐遇疯狂地翻着小说，没有反应过来她在说什么。

"我刚刚看见何渠琛走过去了。"她撇着嘴，低头抠着手，心情有些低落。

"估计是在忙模联的事情吧，毕竟校领导给予了那么高的期望。而且这次全市大会办好了，加上他那学习成绩，保送基本上就是板上钉钉的事情了。"唐遇一边"啧啧啧"，一边摇摇头，"反正不是我们这些普通人能够企及的高度。"

被唐遇这么一说，钟意有些像泄气的皮球，更加提不起精神。

也许是因为最近和何渠琛的互动变得多一些，让她有些飘了，才会忘记他们之间的距离。

叹气间，那辆白色的Jeep在钟意面前停下，驾驶座的车窗被摇下来。

"你们在等车吗，要不然我顺便送你们？"小姐姐戴着墨镜，一手握着方向盘，一手架在车窗上，在线条硬朗的Jeep的衬托下显得有些酷。

没想到只打个照面的小姐姐居然会主动邀请他们，钟意认生，一下子慌了神。她手忙脚乱地摇头摆手："不用了，不用了，谢谢姐姐。我们叫的车马上就要到了。"

小姐姐见她的脸渐渐红起来，笑意加重几分："真的吗？这个时间可不好打车。"

"真的，真的。"钟意连忙点头。

沉浸在小说里的唐遇总算想起来身边还有两个活人，她抬起头，也看到了车里坐着的女生。见这个女生投来询问的眼光，唐遇抱歉地拉过钟意："谢谢姐姐，我们已经叫车了，一会儿就来。而且我们去的地方比较堵，就不麻烦姐姐了。"

女生见她们婉拒，也没有再次邀请，点点头："好，那你们注意安全。"

"姐，怎么了？"坐在后座在笔记本电脑上敲击着字句的何渠琛见车没有动，视线依然黏在屏幕上，随口问道。

车窗被缓缓升起，这话也被窗子隔在了车里。

"没什么，"车子缓缓启动，何榆轻笑两声，"刚刚看到一个小姑娘，特别可爱。"

程期楠也算聪明，带着两个脑力透支的饿鬼直接去了椹南市市中心的烧烤自助餐厅。这家店处于黄金地段，用料上等，自然价格也不菲，但比去市中心一个稍好的餐厅，让她们两个一通乱点，还是节省了些。

钟意的父母都是医生，从小就很少被允许吃烧烤。而唐遇，又是一个著名的垃圾食品垃圾桶。程期楠选在这里，也算合了二人的心意。

周五的椹南市，繁华的街段人头攒动，每家店铺前都挤满了拿号排队的人。毕竟是身强体壮的年轻人，程期楠二话不说就挤进去拿个号出来。

但事实上，他们拿着号对着喊号机一顿研究，发现离吃上饭至少还需要四十分钟。

实在饿得不行,三个人合计后决定先去购物中心地下一层买个泡芙垫垫肚子。

泡芙店前也都是人,唐遇和钟意把想吃的告诉程期楠,就把他一个人丢在那里排队,两人手挽手在负一层乱逛。

逛了十几分钟,钟意感觉有些口渴,挽着唐遇,脚上一个急转弯:"去趟超市吧,我想喝蓝莓汽水。"

比起餐厅和小吃店的门庭若市,购物广场自带的进口超市里人少得很,也不是第一次来了,她们一进去,就直奔冷饮柜。

"程老板喝什么?"钟意心满意足地从冷柜里拿出最后一瓶蓝莓汽水,欣慰地拘在怀里。

唐遇站在冷饮柜前纠结一会儿,给自己拿了瓶北冰洋:"我问他一下。"

说话间,两个刚刚才见过的身影从不远处经过,被一排零食货架挡住。钟意讷讷地拽拽唐遇的衣角,"何渠琛在这儿。"

也许是今天钟意提了太多次那个人的名字,唐遇无奈地抬起头,摸摸钟意小宝贝的脑门:"你真是见谁都是何渠琛。"

下一秒,她顺着钟意呆愣的眼神望去,就看见一男一女推着车子绕到另一排货架边。

"好像听说何渠琛的爸妈是做外交官的,住在这一片儿很正常吧。"唐遇立即改口。

见钟意没有说话,她又虚着眼看了两秒:"他俩长得有点像,是家人吗?"

不远处的何榆正拿着一罐花生酱纠结着,想吃,但又怕胖。

何渠琛单手扶着推车,懒散地靠在一边,静等几分钟后,他掀一下眼皮:"吃吧,胖不了多少的,也就胖个五六七八斤。"

何榆一个白眼就飞了出去:"闭嘴。"手上却老老实实地把花生酱放回货架。

"行,"何渠琛立刻应下,推着推车的手一个使劲,"那我回家了。"

毕竟是从小看着长大的表弟,何榆早就有预判经验,一个伸手,精准地抓住他的胳膊。

抬头间，她瞥见不远处的两个小姑娘："呀，这不是刚刚在南华门口遇到的小朋友吗？"

在何榆冲相反的方向挥挥胳膊的动作下，何渠琛转身，就看到同样以热烈的打招呼方式回应的钟意和唐遇。

也许是没想到他会转身，钟意原本大幅度的动作瞬间变小，固定住手臂，只是手掌挥了挥。

像个机器人一样，有点可爱。

打完招呼，何榆推着一车她最喜欢吃的零食，美滋滋地回味："现在南华的小女孩质量都这么高了吗？小姑娘真可爱，尤其是左边那个，稍微逗一下就脸红，腼腼腆腆的，特别招人喜欢。你说是吧？"

只是夸一个看起来与自家弟弟毫不相干的小朋友，何榆也没指望着何渠琛能附和自己，再次深深地凝望一眼货架上的花生酱。

何榆握紧拳头，向结账处的方向迈出腿。

"嗯。"

走出去几步，男生慵懒的声音突然在身后响起，尾音带着些鼻音微微拉长。

3.

周六是十一调休的上班日，被南华用来开半天的运动会。

钟意没有项目，搬着自己的小凳子坐在操场上，躲在人群后面玩手机。班里大部分人都聚集在跑道旁边加油助威，班主任也找了个阴凉的地方，正忙着判前两天刚考的卷子。

"今年发挥得太差了。"唐遇穿越大半个操场，快步走到钟意身边，微喘着气，完全不像是刚跑完一千米的样子。

钟意的视线从手机屏幕上移开，弯腰从脚边的箱子里拿了瓶水递给她，想着是不是该安慰她一下："运动健儿今年没拿第一？"

接过看守补给物资的"老大爷"钟意递来的水，唐遇又顺手从她腿上放着的那盒巧克力中拿出来一块，撕开包装扔进嘴里："没有打破我上次创造的纪录，可惜了，可惜了。"

运动废物钟意一愣。

椹南市的天气在换季时期一直不稳定，像一个谜。前两天还是秋老虎的闷热，昨夜下过一阵小雨之后，今天不仅阴着天，还刮起了冷风。

一阵秋风刮过，带着头顶的树叶"沙沙"作响。唐遇穿着短袖刚比完赛，出了一身汗，她瑟缩一下，不自觉地凑近钟意："一会儿中午去吃什么？"

临出门的时候，钟妈妈逼着钟意多穿了一件外套，校服外套外面再套了一件风衣，实在是有些多，但此时却派上了用场。把风衣披到唐遇身上，钟意无聊地玩着手机："在学校周围随便吃点吧，下午我还得回来开模联的准备会。"

"一个月前我们不是就说好去看电影了吗？"唐遇瞪大眼睛，不敢置信，"你就为了何渠琛，放弃了和我一起看电影的机会？"

见唐遇反应这么大，钟意皱皱鼻子，斜她一眼："我去参加模联大会，说不定就能收获和何渠琛一起看电影的机会。和你呢？"

上次被叫去拔河的账还没有算，钟意抿着嘴，不爽地剥了一颗巧克力扔进嘴里："我和你去看电影，就只能损失金钱还有时间。"

唐遇冷哼，一把将身上的外套扯下来丢到钟意的脑袋上："那你干脆也别跟我们吃饭了，在南华和何渠琛一起吃食堂吧！"

南华中学地处市区的繁华街段，毗邻椹南市比较有名的商区。

一到中午，刚刚还布满天空的云不知什么时候散开来。钟意和唐遇回班放完凳子，再出教学楼时，立刻被晒出薄薄的一层汗。

程期楠是运动会的学生裁判，运动会结束后要留下来统计各班的成绩排名。他提前给她们发了条微信，让她们先去排队点餐。

钟意和唐遇两个人手挽手没走两步，就被正午的太阳劝退。即便商场就在马路对面的几百米处，她们也不想被晒着绕去前面路口过马路。最后，她们从校门口的地铁A口下去，花两块钱进站穿过地铁站，再从C口出。

瞟一眼余额，钟意咬牙切齿地在心底安慰自己，没关系，就两块钱。

C出站口设在商场负一层，她们两个人刚进商场，眼睛就黏在不远处奶茶店的灰色招牌上。

不需要过多的眼神确认，钟意就和唐遇手拉手，目的一致地奔过去。

"你不喝吗？"用手机扫完付款码，钟意接过店员递过来的两张卡片，用金色的油漆笔开始在上面写写画画。

唐遇一脸迷茫地从手机前抬起头："啊？你不是帮我点了？"

"我给他带一杯。"钟意的声音比刚刚弱下去好几个分贝，脸上又不自觉地泛起潮红。

"程期楠？"见钟意没有反应，唐遇又试探地问一句，"何渠琛？"

看到钟意抿着嘴又红了些的脸，唐遇一把抱住她的这个不太聪明的宝宝："可是宝贝啊，等我们吃完饭，你把奶茶送到他手上，冷饮都要成热饮了。"

被热晕了的钟意蒙了。

奶茶对于她们来讲，从来都是一眨眼就喝完的，是绝对不可能打包带走的。三个人一起吃完饭，唐遇和程期楠又拉着钟意在商场里逛了一会儿，等快到时间，才放她走。

他们两个人准备随便看一场电影，等电影散场，估计钟意的筹备大会也能差不多结束，他们可以一起回家。

钟意找个借口没有让他们送她到地铁站门口，等他们离开，她又独自回到那个熟悉的店面，再次点了两杯奶茶。

"还要问问题吗？"店员小姐姐见又是钟意，温柔地冲她笑笑，递出去小票。

"嗯。"钟意点头，迟疑片刻，小心翼翼地指指店员手中用来在小票上写号码的黑色水笔，"姐姐，我可以用这个笔吗，写小一点……"

一听这话，店员小姐姐立刻懂了她的意思，很爽快地把手中的笔递给她。

灰色的奶茶防烫卡片上，有几个用黑笔写的极小字体，一眼看过去，很不容易被人察觉。

两张卡片都被写好，钟意把手中的卡片递过去，有些不好意思："姐姐，问题在这里，有一点难找。"

拎着两杯奶茶回学校的路上，钟意不可避免地碰见几个平时在领奖台上眼熟的人。见她拎着两杯奶茶，都打趣问她是不是要喝一杯卖一杯。被问的次数多了，她恨不得把两杯奶茶都捂得紧紧的。

活动室的门已经开了，钟意算是早到的一批，她跟在其他人后面，在长桌边坐了下来。

活动室里的座位渐渐被坐满。没有让他们等太久,何渠琛也匆匆忙忙地从新楼赶了过来。

也许是因为对学长的敬畏,又或许只是因为在场的有很多他的迷妹,他一出现在门口,整个活动室就安静了下来。

感受到突如其来的安静,钟意放下手机,抬起头,看到何渠琛依旧穿着校服,白色的衬衫被熨烫得一丝不苟。

早到的其他人也算是有眼力见儿,给何渠琛留了两个位置。

等他走了进来,钟意才看到刚刚被他挡在门外的女生,是上次在地理教室里见过的,那个有些热情过了头、看起来和他关系很好的学姐。

姜可笙随手把门带上,也落座。

"很感谢大家在已经放假的这个下午能够抽出时间回学校开这个会。"何渠琛清嗓,为让大家都能看到自己,他站在桌边,没有坐下,"我是模联社前任社长、本次会议的负责人,同时也是今年模联大会的主席,何渠琛。"

在掌声中,钟意偷偷地看了一圈,在场的所有人都在看他。

他似乎一直都有这样的魅力,让所有人的关注点全都不由自主地放在他身上。

"这位是模联社的前副社长,本次会议的主席团成员,高三(1)班姜可笙。"何渠琛轻抬手,示意大家是坐在自己右边的这位。

姜可笙敛去上次见钟意时的热情活泼,脸上挂着得体的笑容,冲大家微微点头。

何渠琛又介绍了高二这一届的其他主席团成员,才开始细讲整个会议的流程和工作分配。

时间一分一秒地过去,听到最后,钟意居然没有听到自己要做什么。

"大家还有什么疑问吗?"何渠琛走到活动室的门边,从箱子里拿了瓶水,等着大家提问。

见周围没有人说话,钟意有些不安,又不敢做第一个问问题的人。

视线飘了一圈,最后落在那个眼睛不安分地来回转的小姑娘身上,何渠琛的嘴角扬起一个不容易被察觉的弧度:"一会儿会议之后,负责主席团助理工作的同学留下,有些问题需要单独说。"

听见何渠琛这样说，钟意暗自松了一口气，看来自己没有被忽视。

等了一两分钟，见没人说话，何渠琛把手中的水杯拧好，放在桌上："既然大家都没有什么问题，那我们就散会吧。有布置会场任务的同学，根据短信通知的具体日期上午十点在会场集合。会议当天除了参会代表，其余人早上七点到岗。辛苦大家了。"

活动室里渐渐有些说话的声音，大家都开始往活动室外面走。钟意低头看一眼手机，发现这个会开了一个多小时。

唐遇和程期楠的电影才看到一半，她有的是时间在这里耗着。

活动室里只剩下何渠琛、姜可笙和钟意三个人。姜可笙一手托着腮，一双眼睛一动不动地盯着钟意，像是又恢复了上次在地理教室里的样子。

钟意被她盯得直发毛。

见小姑娘又有点哆哆嗦嗦的，姜可笙越看越觉得可爱，冲她招招手："钟意，你过来坐近点儿。"

钟意下意识地看了一眼刚坐下的何渠琛，有些顾虑。

这小动作都被姜可笙看在眼里，她轻笑出声："何主席刚刚说了那么久的话，都快累死了。要是三个人的小会还要那么大声说话，估计开会那天他就需要自己再带个喇叭了。"

钟意抿唇，拎着纸袋起身走过去，小心翼翼地拉开姜可笙对面的椅子坐下。

何渠琛坐在主位上，两个女生分别坐在两侧。钟意很久没有离他如此近，她微低着头，脑子里只有心跳的"咚咚"声。

"我没什么要说的，"何渠琛靠在椅背里，放松地坐着，"姜主席说这次需要主席团助理，所以你的一切工作由她安排。"

姜可笙瞬间瞪大眼睛，一脸不可置信地看向脸上毫无波澜的何渠琛。

——我什么时候说过我要助理了？

——你说过。

——我没有！

——你再想想你有没有！

两个人的眼神交流遇到瓶颈，姜可笙的笑僵在脸上。而何渠琛依然是那副秉公无私，一脸淡定得像刚刚那些话不是他自己瞎编的一样。

何主席不愧是何主席，从南华附小一直到高三，姜可笙从来都没斗赢过何渠琛!

僵持两秒,姜可笙败下阵,装得一板一眼:"嗯,其实也没什么事情,到现场听我们指挥就行了。"

钟意抬起头,有些惊讶:"不需要提前……"

"不需要。"姜可笙斩钉截铁,"我们散会吧。"

做好心理准备在这里耗上一个小时的钟意一头雾水。

运动会只占用半天时间,除毕业年级的学生下午都放假半天。晚上也不会有学生来活动室查资料,何渠琛把门锁好后,去了一趟厕所,姜可笙和钟意两个人在门口等着。

眼看着手里的东西没有送出去,钟意还是有点不甘,毕竟是专门为他再买的奶茶。但在别人面前送东西,总有些不好。

姜可笙一直在观察她,眼尖地瞥见她藏在身后的纸袋,来了兴趣,冲她眨眨眼:"你袋子里装的是什么啊?"

"啊……这个吗?奶茶。"钟意下意识地回道,"学姐你要喝吗?我多买了一杯。"

想着估计也送不出去了,一天喝三杯奶茶又有些多,还不如直接送给这个对自己很好的学姐。

听到是多买了一杯,姜可笙立刻懂了。她用胳膊肘轻轻碰碰钟意,递过去一个眼神:"我最近戒糖,不喝甜的,你一会儿给何渠琛吧。"

"他会不会不爱喝奶茶啊……"钟意手里拎着奶茶袋子,猛然想到这个可能性,小声叨叨一句,突然有些踌躇。

好像男孩子很少有喜欢喝甜甜腻腻的奶茶的,嗯……程期楠在她这里,不算普通男孩子。

说话间,何渠琛擦着手走到她们两个面前,三个人一起下楼。

也许是没有可以三个人共同分享的话题,一时间有些沉默。

何渠琛看看她们的样子,觉得这样的气氛有些尴尬,于是率先打破沉默:"对了,钟意……"

"嗯?"钟意一听到他叫自己,条件反射地猛地抬头,反应有些过激。

何渠琛轻咳一声:"你下周也来帮忙布置会场吧,可能人手不太够。"

"嗯,好。"钟意点头,目光避开他的视线,不敢看他。

三人再度陷入沉默。

等了一会儿，见钟意仍然没有动作，姜可笙忍不住开口："老何啊，刚刚小钟意跟我说，她多买了杯奶茶。我最近戒糖，你喝不喝？"

话题就此被引到那两杯已经变成常温的奶茶上。

眼看着就要出活动楼分别行动，何渠琛既没有接受，也没有拒绝，钟意跺了下脚，从袋子里随便掏出一杯奶茶，硬生生地塞进了何渠琛的怀里："学长，你拿着喝吧！我今天已经喝了两杯了！"火急火燎的，语速又急又快。为了说服他，甚至把袋子里还没喝的也算上了。

没等看清何渠琛的表情，她反应很大地给何渠琛和姜可笙一人鞠了一个标准的九十度躬："谢谢学长和学姐的照顾，我先走了！"

钟意几乎是逃似的拔腿就跑，跑了没两步，她又猛地倒退回来，低着头飞速从手中的纸袋里拿出一根吸管，又"强买强卖"地塞进何渠琛怀里。

做完这一切，她又一溜烟儿地消失在活动楼的门口。

这一切发生得流畅而又迅速，像是一出默剧。

"噗——"留在原地目睹全程的两人石化两秒后，姜可笙才毫无形象地大笑出声，整个空旷的活动楼一楼大厅都回荡着她的爆笑声。

好不容易止住笑，她看着旁边抱着奶茶若有所思的何渠琛，抹抹笑出来的眼泪："这姑娘真有趣，我的眼泪都笑出来了。"

见何渠琛没有说话，姜可笙装作懂他的样子，哥们儿般抬手拍拍他的后背："没事的，人家都说已经喝了两杯了，看来是真喝不下才便宜你了。"

顿了顿，她又添一句："你可别有心理负担。"

真是优秀的 21 世纪好战友，她在心里给自己一个高度的肯定评价。

何渠琛终于从静态图变成正常人，他把奶茶握在手里，扫过一眼："看上去挺瘦的，还真能喝。"

另一边，钟意一路狂奔出校门，直到跑进地铁站，站在向下的扶梯上时才缓了口气。

她麻利地把手伸进袋子里，把剩下的那杯奶茶拿出来。

椹南市还是太热，此时她口干舌燥，需要喝两口奶茶缓一缓，压一压惊。但手握上已经变得温温的奶茶，钟意皱起眉，突然间就不想喝了。

唐遇和程期楠的电影还没结束，她只好先坐在影城的休息区里，玩着手机等他们散场。

没有玩多久,天热终归还是有些口渴,钟意调出动漫的播放界面,戴上耳机,把手机放在桌上,空出来的手摸上那杯被她放在桌上的奶茶。

撕开上面的封口贴纸,她看到被巧克力粉筛过的奶盖上留下的几个字——

念念不忘,必有回响。

钟意的心一颤,猛然想起来自己刚刚在以"可以告诉你问题的答案"为噱头的奶茶店里写下的两个问题。

她条件反射地把防烫硬纸板套撸下来,在影城昏暗的灯光下,仔细辨别着自己写的问题——

我的心意,会有一天可以传达给他吗?

啊……给错了!

钟意此刻身心俱疲,只想把脑袋对着桌子一顿猛磕。本来她是想把写有这个问题的奶茶交给何渠琛的。

她也不知道自己是怎么了,在提笔的那一刻,她鼓足了那个似乎从未在自己身上出现过的叫作"勇气"的东西,但……

看着眼前的那几个字,钟意一时间不知道到底是开心还是应该哭。是她所期望的答案,却没有通过它传达给他。

何渠琛和姜可壑回到教室时,正值课间。

也就两节课没有上,课桌就新堆了小山一样高的卷子。何渠琛把手上的奶茶和吸管随手放在桌上,坐下之后开始收拾桌面,把新的卷子和改错的卷子折叠整齐,分门别类放好。

张木云趴在桌上,估计是被刚刚的语文课折磨得不浅,双眼已经失去光泽:"你刚刚居然逃了语文课,你不是那个何渠琛了,你飘了!"

"我去开模联的筹备会了,事先和老师打过招呼。"

"你居然不带我!"张木云有些崩溃,"你知道刚刚课上她是怎么折磨我的吗？她居然让我起立，在全班面前背诵《琵琶行》！全、文、背、诵！"

坐在前面的好事者季昀闻言，也回过头："我从来都没有想过，你居然是个能把《琵琶行》背半个小时，顶着压力最后全部背下来的奇才。"

虽然是磕磕巴巴的，但张木云总是能在语文"灭绝师太"拧眉，刚准备开口训斥的最后时刻，猛然想到下一句的开头是什么。"灭绝师太"更绝，硬是让他耗时间一定要全文背完。

被季昀爆出来糗事，张木云撇撇嘴，不想说话。

"你居然还买了奶茶！"眼尖地瞥到奶茶，张木云压低声音，扯着何渠琛的衬衫，一脸逼供的严肃样子，"你说，你是不是违反校规，偷偷给孩子们订奶茶了？"

"没有，别人送的。"何渠琛有些不自然地掰开他的手，显然是不想多谈这个话题。

"哦嚯，那可可怎么没有？"张木云才不信，招招手把姜可笙叫过来，"而且居然还是答案奶茶。"

离着不远的姜可笙听见张木云说的话，也凑过来。

她刚刚也没看仔细，经过张木云这么一提醒，就瞬间瞪大眼睛，来了兴趣："快看看，是不是写了什么问题！"

两个人左一个右一个八卦地凑过来，硬生生把何渠琛挤出去了。

"你俩……"何渠琛有些无奈地开口。

"哦对对，这个还是得老何自己亲自来开。"姜可笙一拍脑门，把张木云按回去，一脸期待地看着何渠琛接下来的动作。

何渠琛指尖不易察觉地微微颤抖着，把隔热硬纸板剥下来。

深灰色卡纸的角落里用黑色水笔写着小小的字体，工工整整的，充满了诚意——

　　奶茶大仙啊，我能暴富吗？

何渠琛愣住了。

这真是个好问题。

第五章
和他的第一支舞

没想到,小的时候被迫学的舞蹈,还挺有用的。嘿嘿!

——意和的微博

1.

明明是假期不睡到下午不起床的人，钟意这天却一反常态，一大早就主动起床。

钟父正在客厅里看电视，见她很精神地从自己的房间里出来，吓了一跳，手中的水都差点洒出来："宝贝，怎么起这么早？"

钟意揉揉昨晚被睡得乱蓬蓬的头发，在客厅里扫视一圈："妈呢？"

"她今天在医院值班。"钟父一副懂了什么的样子，淡定地抿了口茶，"该不会是你妈趁我值班这些天，又给你施压了吧？"

毕竟是两个医生组成的家庭，家里经常只有一个大人在，甚至是两人都不在，这已经成了钟意生活中的习惯。

"没。"钟意从卫生间拿了自己的牙刷，挤上牙膏，又叼着牙刷回到客厅，一边和父亲一起看电视，一边刷牙，"学校要开模联会，我去做志愿者。"

因为电动牙刷的"嗡嗡"声，钟意说的每一个字都显得模模糊糊的。钟父反应一会儿才懂她在说什么，脸上更是诧异："你什么时候居然有兴趣去当志愿者了？"

在他的记忆里，自己家里的这个闺女可真是懒得要命，能躺着就绝不坐着，能不出门就连自己的房间门都不出。休息日里让她自愿去当一点好处都没有的志愿者，这简直是连太阳从西边升起都比不过的稀奇。

"我这是为了培养和锻炼自己！"钟意含着满口的泡沫，每张一次嘴都要小心翼翼的。她握拳，挺起胸脯，声音无比坚定。

也是烦了，她冲进卫生间漱口，又随意狂野地用毛巾擦干嘴巴，才探出头："你不懂。"

钟父握着茶杯，笑了："是啊，我是不懂。"

等钟意又一头扎回卫生间把脸洗好，该抹的东西都抹好，出来吃早餐的时候，他才慢悠悠地说道："小意啊，不会是……"

面对老爸的试探，钟意的嘴角有些抽搐，拿起豆浆仰头喝下一口，猛然被呛到。

"慢点，慢点。"罪魁祸首钟父手上帮忙拍着女儿的后背，嘴上倒是有点不嫌事大地调侃，"我这还什么都没说呢，你反应这么大干吗？"

钟意因为缺氧而有些脸红，猛咳几声，好不容易缓过来一口气。她垂下眼，说："这次的豆浆豆渣有点多，呛到了。"

"是吗？可这是我看着人家老板从最上面舀出来的啊。"钟父佯装惊讶，摇摇头，"可能是我年纪大了，老花眼了吧。"

钟意一直都觉得，自己家的爸爸和唐遇更像父女——一样的奥斯卡小金人得主，而且是只给个提名都有点可惜的那种。

虽然起得很早，但是光顾着打扮，钟意到学校的时候还差一分钟就十点了。

换了好几身衣服，最后钟意还是穿上前几天买的红色T恤，配高腰宽松直筒七分深色牛仔裤，脚上踩一双暗红色的匡威，露出黑色的长袜子。

南华对于学生休息日来学校，虽然没有着装上的要求，但校领导还是几番强调，最好还是穿着校服外套，以便保安辨认，放他们进来。

钟父把车停在校门口，钟意从车上跳下来，穿上南华的深蓝色校服外套，一路小跑到校门口。

应该是学校事先已经打好招呼，校门开了一个可供一人进出的缝隙。钟意从缝隙中穿过去，飞快地跑到活动楼。

跟寂静的校园形成鲜明的对比，整个活动楼一层热闹得很。几个男生早些时候已经从一楼的横联活动室抬了两张长桌下来，对齐放在一楼大厅正对门的地方，铺上红色的桌布，作为签到处。

钟意观察了一下，男生基本上都在干体力活，而女生大多是把男生从二楼运来的物资拆开，按照份数摆放在指定的位置。

上次姜可笙也没有说具体的任务，此刻她有些尴尬地站在大厅里，不知道干什么，只觉得自己有些多余。

"小钟意，你来啦！"正当她有些不知所措的时候，姜可笙在报告厅门口冲她招手。

"可可学姐。"看到熟人就像是看到了救星，钟意连滚带爬地过去，就差一把拉住姜可笙,一把鼻涕一把泪地哭诉。

"这边还有些事情没有分配出去,你愿意做一些吗?"姜可笙低头看着记事本上写着的工作内容,温柔地问道。

听到她有工作要做,钟意的脑袋点得像小鸡啄米,说:"姐姐说什么我都做。"

姜可笙笑了,抬起头:"你去报告厅里,那边有一张桌子上堆着蓝色的硬纸袋,里面是参会代表的伴手礼,辛苦你去分一下。"

"好的。"钟意立刻答应下来,想都没想就往报告厅里走。

活动室一楼的报告厅很大,能容千人。她找了半天才在角落里的会议室找到几个蹲在地上的女生。她们身侧铺着一地的印着南华校徽和模联社徽的蓝色硬纸袋,还有装着本子、笔和明信片的几个大箱子。

见有人过来,几个已经精神崩溃的女生抬起头,问:"你是来帮我们的吗?"

"刚刚可可学姐让我过来的,你们有什么需要帮忙的吗?"这里面只有一个是钟意打过照面眼熟的人,看她们玩得比较好的样子,应该都是高一的学妹。

那个和钟意有过几面之缘的女生认出了她,哭丧着脸:"钟意学姐,今年参会的代表那么多,我们需要把给他们的伴手礼装好。太多了,真的要崩溃了。"

"不是只用把东西装进去就好了吗?"钟意找个空地,也学着她们的样子盘腿坐在报告厅的短毛地毯上。

"学姐,这些袋子都要我们自己去组装。"离她最近的另一个女生推了一下眼镜,一手拿起纸壳,另一只手拿起两根袋子的穿绳和放在底部用来撑起袋子的长方形硬卡纸,"刚开始装几个还好,到后面我已经成为没有感情的组装机器了。"

钟意看了一眼左手上的腕表,笑了笑,拿起东西和她们一起组装,说:"没事,我们还有好几个小时,总能做得完的。"

临近中午,很多人的工作都已经做完。

休息日学校食堂不开放,模联社统一给大家订了盒饭。姜可笙拿着话筒,喊了几遍让大家去走廊吃饭。

"学姐,一起去吃吗?"虽然钟意话不多,但手上麻利,几个学妹又经常在升旗仪式上听见她的名字，自然对她也有些亲近。

钟意看着刚弄完一半的袋子，摇摇头："没事，你们去吧。我早上吃得挺晚的，现在还不算饿。"

"那好吧，一会儿我们吃完换你。"

"嗯。"钟意埋头把撑袋子的卡纸放好，应了一声。

会议室里人渐渐少下去，只有她一个人来回挤压袋子发出"嘎吱嘎吱"的声音，但几扇通往外面的门都是打开的，走廊里的一片热闹，不免传进她的耳朵里。

活动了几下因为长时间保持一个姿势而有些僵硬的肩膀，她掏出手机，放在腿边，小声播放自己的歌单，倒也乐得自在。

"做完刚刚分配的任务的同学，吃完饭就可以先回去了。"姜可笙的声音回荡在走廊里，"谢谢大家，大家今天辛苦了。"

"学姐，"姜可笙的话刚说完没多久，刚刚和钟意一起组装纸袋的几个小学妹中，有一个人怯怯地回到会场，走到钟意身边，"我们以为今天中午就会结束，所以提前订了一点半的电影票……"

钟意活动着有些酸疼的手腕，扭过头，仰视着站着的女生："你们所有人吗？"

小学妹怯弱地扭头冲门的方向看看，声音变小很多："嗯……"

钟意也不傻，顺着女生的目光看过去，也知道一二。她抿起唇，给学妹一个宽慰的笑："没事，你们去吧，我也做得差不多了，自己一个人也可以的。"

"谢谢学姐，"女生给她鞠了一躬，"有时间我请学姐喝奶茶。"

不知过了多久，连走廊里也渐渐安静下来，钟意把手中的那个袋子弄好，放到一边，转而看向还有二三十个等待被组装的袋子，长叹一口气，

"你怎么还在这里？"身后响起男生的询问，钟意一脸怨念地回头。

"叠纸袋子。"被怨念缠身的钟意已经失了理智，在何渠琛面前居然没有了以往的那份慌乱，她扬扬手中等待被组装的配件，一双充满怨念的眼睛像是能把何渠琛的身上盯出个大窟窿。

何渠琛抿唇，双手插在黑色休闲裤的口袋里，走过来弯腰从她手中抽出纸壳："你还没吃饭吧？先去吃，我来弄纸袋。"

钟意愣愣地看着突然空了的手心，鼻间还萦绕着他身上淡淡的茶香。

见钟意没有动，何渠琛摇头："就剩这一点了，我来就好了。"

"谢谢。"钟意单手撑地，站起身，"饭是在外面吗？"

何渠琛蹲坐在地上，一双长腿盘起："剩下的饭放在最后一排的桌子上了。"

把手上的麻绳穿进纸袋的孔里，他又添了一句："还剩好几份，你多吃点。"

钟意先出去洗了个手才走到桌边，撑开白色的塑料袋，大致看了一下。一共还剩五盒饭，七碗汤。

袋子里有两个不同样式的菜色，一套是香菇油菜和梅菜扣肉，另一套是西红柿鸡蛋和土豆排骨。

"学长，你不再来一份吗？"钟意给自己拿了一份土豆排骨，声音放大了些，问道，"还有这么多，不吃就浪费了。"

正坐在地上认真穿麻绳的何渠琛轻笑两声，手上却没有闲着："我刚刚都吃了两份了，你帮我拿一碗汤吧，这个汤还挺好喝的。"

"好。"钟意软软糯糯的声音应着，然后是一阵塑料袋被挤压所发出的声音。

听到脚步走近，何渠琛抬眼："汤先放旁边吧，一会儿我再喝。"

钟意双手捧着盒饭，盒子上面放着两碗汤，有些小心翼翼的，生怕洒了。她点点头，找了个旁边的座位坐下，打开筷子。

"拿的什么？"也许是感觉两个人这样沉默有些许尴尬，何渠琛率先开口。

"啊？"钟意一下子没反应过来，夹着土豆的筷子杵到嘴里才回过神，"土豆排骨。"

何渠琛扬眉，把组装好的纸袋放在一旁摆好。

钟意不敢看他，他这轻微的表情变化自然也就没有被她发现。

两个人再次没有什么话好说，安静的报告厅里只剩下钟意手机里放的歌曲。

Bruno Major 的 *On Our Own*，孑然一身。

我们孑然一身，我们生而孤独。

低声的吟唱，配着干净的钢琴伴奏，直入灵魂深处。也只有在这样安静得只能听到彼此的呼吸的地方，才能静下心来好好地听这首歌。

因为钟意没有关掉的手机，空气中的那份尴尬似乎被减少了许多。两个人各自做着不同的事情，却在这一刻听着同一首歌。虽然不是电影里常出现的两人分一副耳机的共享，但钟意已经知足。

钟意埋头吃了一会儿饭，才悄悄抬眼看何渠琛。

她只能看到他的侧脸，他正微低着头认真地做着手上的工作，高挺的鼻梁让他的侧颜更加耐看，一双大手竟非常灵活，深蓝色的麻绳穿梭在他白皙的指尖，衬得他的肤色更白。

"啧啧"，这双手不去弹钢琴，真的可惜了。

钟意一边偷偷看着，一边嘴里的咀嚼动作也没有停，快点吃完，就能和他一起快点把事情做完。

她又往嘴里丢了一块食物，刚嚼一口，一股不喜欢的味道毫无防备地瞬间在口腔里弥散开来。她小声咒骂了一句，连忙打开放在一旁的汤，猛灌了几口。

加了很多胡椒粉的紫菜蛋花汤冲洗着嘴里那股胡萝卜味道，她把一碗汤喝掉大半，又塞进几口白米饭，才算缓过来。

钟意皱着眉，这才注意到面前的盒饭并不是土豆排骨，而是土豆、胡萝卜炖排骨。也不知道是不是巧合，在装到餐盒里的时候，胡萝卜居然都被埋在下面，以至于刚刚她透过上面的透明塑料盖子，没有看到半点橘红色的痕迹。

她那一系列动作所发出的声音，在空旷的报告厅里清晰无比。

何渠琛猜到大半，抬起头，抑制住想要上扬的嘴角，勉强让自己显得更正常一些："怎么了？"

"没什么。"钟意抿唇，低头把本来就没有多少的胡萝卜块一个一个挑出来，堆在一旁的餐盒盖上，强迫症似的堆成一个足够坚固的小山。

何渠琛把手中最后一个袋子组装好，长腿一收，站起身，弯腰将已经都组装好的袋子整齐地排放在地上，然后扶着腰，走近钟意，从桌上拿起自己的那份汤。

"刺啦——"

何渠琛把塑料盖子掀开,感到手上一黏。他轻甩两下食指,微皱起眉。

"喏。"钟意麻利地从旁边的袋子里找出餐巾纸,递给他。

他抬眼,接过:"谢谢。"

何渠琛擦净指尖,把手上的塑料盖放到一旁,正好在她的塑料盖旁边。瞧见那上面堆着的几块胡萝卜,他勾唇:"这么不爱吃胡萝卜?"

被他撞见自己挑食,虽然是一件很正常的事情,可她还是有些不好意思。钟意拿筷子随便扒拉一下米饭,声音有些含混:"嗯。"

何渠琛摇头笑着,拿起汤喝了一口,环视整个报告厅。

活动楼里承载着他太多的回忆,每一次的欣喜若狂、每一次的失落、每一次郑重**其事**的宣布,他在学校一步步走到现在这个位置,一次次的晋升都是在这里。

米白色和原木色色块大面积拼接组成的会场、明亮的灯,一切的一切,他都无比熟悉。

钟意手机里的歌还在缓缓放着,低吟的歌声慢慢地充满整个会场。

"你的歌单很好听。"何渠琛端着那碗汤,倚靠在桌子边,"这会场看起来还不错,应该不会丢南华的脸。"

钟意已经吃好午饭,她把筷子放到一边,开始收拾桌面。听到他这话,她也抬起头,学着他的样子环视一圈。

经过一上午的布置,备足了一些必需的物品,更像是一个正式的会议场合。

她想了想,轻轻地"嗯"了一声。

"一会儿把这些东西每样往袋子里放一个就可以了。"何渠琛把已经空掉的塑料碗放回桌上,转过身,撑起刚刚装盒饭的塑料袋。

借着他撑开的袋口,钟意将手中自己吃完要扔的餐盒放进去。即便是再小心翼翼,也不可避免地擦碰到。

手背蹭过他干燥温热的掌心,不过是一瞬,她的心瞬间便提到嗓子眼,一口大气都不敢出。

"我去扔垃圾吧。"钟意控制住自己有些颤抖的声线,飞快而又小声地说道。她微低着头,只感觉自己脸上越来越烫。

手背上的他留下的触觉似乎还没散去,钟意慌张地跑出会场,却同时也将手背到身后,偷偷地用左手轻触了一下自己的右手背。

钟意拎着垃圾到走廊的时候,碰上正拎着一袋子东西的姜可笙。她快走两步,把手中的垃圾扔进巨大的红色垃圾桶里:"学姐,我帮你拿吧!"

"没事没事,不用。"姜可笙微喘着把东西放在地上,冲她摆摆手,又扭头冲着报告厅的门口发出一声中气十足的大喊,"老何,出来搬东西!"

何渠琛没让她们两个等太久,从报告厅里快步走出来,轻松地拎起那袋东西。他掂了掂,有些莫名其妙:"这么轻?"

"男生嘛,就得多干点!"姜可笙笑嘻嘻地挽上钟意的胳膊,走进会场后眼睛扫视一圈,"不错,布置得还挺好的。"

何渠琛把那袋东西和刚刚那些箱子放在一起,双手习惯性地插进口袋,声音平静:"我们就要毕业了。"

听到他这样说,钟意垂在身体两侧的手下意识地攥紧。

"是啊,感觉这里承载了很多我们的回忆。"姜可笙叹气,突然有些感伤,扬起一个笑容,仰脸看向何渠琛,"这应该是我们最后一次一起在模联会议上奋斗了吧?"

何渠琛轻笑,视线却依然保持着刚刚的方向:"还有大学呢。"

大学……

这两个字对于钟意来说,还是有些遥远。

大学,就不能再见到何渠琛了吧?

她的心一沉,有些失落。

刚刚手背上的那种可以具象出来的触感已经飘走,任凭她现在怎么想记起,也已经没有刚刚那么清晰。

"以后我可能不会参加了,"姜可笙笑得很勉强,带着些泪意,"我一直在模联,是因为可以和你们一起并肩、谈天说地。本来这次我也不想来的,没有你们在,也就没有参加会议的必要了。"

她小声吸了一下鼻子,脸上又换回活泼开朗的笑容:"毕竟,准备会议前期要看那么多的资料,太容易掉头发了!"

一句浅浅的幽默,却没有换来另外两个人的应和。

钟意一直望着何渠琛的侧脸,微微失神。

模联是没有观众的,她能看到他们一起在模联会议上奋斗的样子,是她还没有离开模联社的时候。但那几次是校级新生练手的会议,何渠琛和姜可笙挑的都是比较边缘的国家代表席,很少说话。

虽然没有看过他正式参加会议的样子,但钟意能想象得到,他在提出自己的提案时,那自信百倍、光芒四射的样子。

陷入回忆中的何渠琛隔了一会儿才低声喃喃道:"你还真是没有梦想。"

"我就想做一条咸鱼。"姜可笙翻个白眼,一双大眼睛转向身旁的小姑娘,来了兴趣,"小钟意,你的梦想是什么?"

我的梦想啊……

钟意的视线一直停留在身形挺拔的少年身上,长长的睫毛微微发抖。

是有一天,能和他并肩。

2.

十一假期的清晨六点半,整个城市寂静无声,偶尔有几声鸟叫。

闹钟还没响,钟意一个鲤鱼打挺从床上起身,利落地扎好马尾,换上一身合身的黑色西装,再冲着衣柜自带的全身镜把里面白色衬衫的领子整理好。

一切都做好后,她在镜子前来回照了一圈,总觉得差了点什么。

走到窗边,她打开窗子,把手向外伸了伸。

秋风带着丝丝凉意擦过皮肤,钟意把有些冰凉的手收回来,关上窗,从衣柜里又拿了一件米色的薄风衣套上。

"看来你爸上次没骗我,"听到门被打开的声响,坐在客厅里削水果的钟妈妈抬头,看到钟意这身打扮,挑起眉,"还穿上西装了?小朋友,你是要出门去卖保险吗?"

"早。"被自家妈妈这么开玩笑,钟意撇嘴,不想顺着她的话继续说下去。

刚值完夜班回来的钟妈妈把削好的水果放在盘子里,站起身:"宝贝,早餐给你买好了,水果也记得吃,我要去睡觉了。"

"妈……"眼瞧着当作无事发生的妈妈就要从眼前飘过,钟意一把拉过她的胳膊,"你不送我吗?"

钟妈妈上下扫视钟意一遍,又轻轻地拍了两下她的手背,语重心长:

"你看看哪个勤工俭学去卖保险的,需要家里开车接送?既然打算经济独立了,就乖乖地坐地铁。"

钟意目瞪口呆。

钟家所在的小区离地铁站并不远,只是到学校需要换乘,绕路浪费时间又很拥挤,所以一般都是父母开车接送钟意上下学。但他们如果忙起来,她还是要乖乖坐地铁。

钟意一手拎着电脑包,一手拿着没喝完的半盒牛奶,脚刚踏进地铁站,心却已经飞向了学校。

椹南市的模联大会一共三天,第一天主要是报到注册、开幕式和第一次分组会议。她到得很早,实际上却没有什么工作要做。

正在和签到处的同学最后确认一遍流程的姜可笙,一眼就瞥到了钟意。她一手撑着桌子,抬起头:"钟意,你直接去二楼的模联活动室。"

听到这话,几个负责签到的同学齐刷刷地抬头看向钟意。

一下子成为关注点的钟意有些不自在,她换了一只手拎着有些沉的电脑包,小声应道:"好。"

钟意敲过两下模联活动室的门,男生略低的嗓音才回了一句:"进。"

听到这个声音,钟意的心猛颤一下。动作停顿两秒,深吸一口气,她才打开门:"学长好。"

因为要监督整个大会的流程工作,何渠琛和姜可笙是主席团里来得最早的人。钟意推开门的时候,他正坐在长桌旁,手在电脑上敲击着什么。

他穿着干净的白色长袖衬衫,因为不方便工作,就把两个袖子的袖口解开,挽了一些上去,露出有力的小臂。

"早上好,"何渠琛嘴上打着招呼,但还是专注于电脑屏幕上的内容,"随便找个地方先坐一会儿。"

"好。"钟意找了一个离他不近不远的位置,刚放下手中的电脑包,把风衣外套搭在椅背上,她就眼尖地瞥到他电脑边只剩一点水的玻璃杯。

还是上次那个墨绿色渐变的玻璃杯,虽然看不清里面装了些什么,但她至少能确认剩下的不多了。

想了一下,她怯怯地开口:"学长,我帮你去倒一些水吧?"

何渠琛的视线从屏幕上移开,瞥了一眼杯子,因为早起还没有完全打开的声音依旧低沉:"兑半杯温水,谢谢。"

得到回应,钟意向他的方向走了两步,弯下腰,使劲伸出胳膊才把放在他手边的杯子拿到手里。

她这小心翼翼的步伐,被何渠琛的余光收进眼底。他实在是没想到,这小姑娘这么不敢靠近自己。他是瘟神吗?她要隔着那么远,整个人都快趴在桌子上拿他的杯子?

在听到门被轻轻关上的声音之后,男生在狭小的屋子里轻笑出了声,等他再回神,电脑的文档里已经多了一串不知道什么时候打上去的乱码。

钟意一手拿着杯子,看了一眼杯里的东西,往水房走。何渠琛泡的是绿茶,闻味道,应该是刚冲过第一茬。

多兑了些热水,她摸摸杯壁,手心里传来一阵暖意。

她重新回到活动室时,何渠琛正巧活动着肩膀。接过钟意递来的杯子,他眉眼间的疲惫也舒展开了些:"谢谢。"

钟意被他看着,也不敢抬头,脸颊悄悄爬上一抹红晕,小声嗫嚅道:"没事。"

抿过一口温热的茶水,何渠琛把插在自己电脑上的U盘拔下来,递给钟意:"里面有一个标着今天日期的模联文件夹,你拷到自己的电脑上。文件夹里是一些这次会议的大背景资料,可以先做一下功课。"

因为是两三百人的大型会议,主席团配备的人手足够,钟意作为助理,主要负责审阅文书以及汇总意向条。

钟意接过U盘,正拷贝着文件的时候,余光瞥见何渠琛低头看了一眼手机,又叹气着把手机放回桌上。

她将U盘安全弹出,拔下,刚抬头要给何渠琛,只见他站起身来,正扣着袖扣。

他修长的手指拈起袖口,轻轻一捻,暗金色的扣子被稳稳地扣好,再伸展开两条长臂,黑色的西装外套被他轻松穿上。

西装的款式看上去很普通,但质感很好,剪裁也很贴合他的身材。一米八八的他身高腿长,原本看上去就很出挑,被这一身低调的西装一衬,与生俱来的气质又增添了几分。

他拾起桌上的手机,看过她一眼:"拷完了就先放桌上,我下去一趟。"

对上他的视线,钟意慌忙把眼神别开,嘴唇微微发抖:"好。"

寂静的模联活动室里就只剩下她一人,她咽咽口水,打开第一个文件看了没两行,又把西装外套脱掉,搭在刚刚脱下的风衣上。

有点热。

也许是事情很棘手,何渠琛下去了半天都没有上来。期间,主席团里剩下的几个高二学生也都来了。

这几个人都是钟意这一届理科实验班的,之前和她也有些交集,但并不是很熟。简单地打了声招呼,他们就开始各自忙着各自的事情。

签到登记一直持续到中午,看着整个会场有秩序按规划地进行着,姜可笙和何渠琛总算松了一口气,和现场的高一负责人嘱咐两句,就上了楼。

"今天可吓死我了,"姜可笙一边和何渠琛说着话,一边推开活动室的门,"怎么登记名单上少了名字?之前没有检查过吗?"

坐在离钟意不远处的现任社长身子一抖,抬头看向门口,"对不起,是我没有检查好。"

"没事,下次注意。"何渠琛跟在姜可笙身后进来,把门关上,脸上没有其他的表情。

他嘴上说着没事,但还是有些生气。

姜可笙拉开钟意身边的椅子,往后一倒,把自己狠狠地摔在柔软的会议椅里,放松地长舒一口气:"要不是那人是老何的小迷弟,估计我们就要惨了。还是市一中的学生,传出去是要捅大娄子的。"

虽然椹南市人公认的市区最好学校有六所,但这六所学校也有一个大致的排名。南华中学和椹南市一中多年来都在争夺第一的位置,表面看上去两所学校和气,交流和学习活动不断,但暗中也较劲了很久。

倘若这事儿被闹大,估计南华要被市一中的学生明嘲暗讽好一阵子。

活动室里是死一般的寂静,现任社长和副社长躲在自己的电脑后,大气都不敢出一声。

姜可笙见他们这个样子,终归是心软了些,转移话题:"明晚的社交舞会你们准备好了吗?"

大型模联会议的第二天晚上,一般都是由主办方举办社交舞会,今年也是一样。模联社在之前已经和学校沟通借下大礼堂，上次他们来布置会场那天，有一部分人就是被派去布置舞会现场的。

之前没有怎么专心听工作分配的钟意一愣，她是真的忘记了这个舞会的存在。

啊！她还没有买漂亮衣服，也没有买好看的舞鞋……

突然意识到问题严峻的钟意恨不得把自己的脑袋磕上桌子，努力抑制住心里的那份暴力涌动，右手悄悄地握上手机。

【钟意：妈，晚上带我去趟商场吧！】

她刚按下发送键，姜可笙的声音就如魔音般传入耳中："听说在毕业的成人礼上，邀请喜欢的人跳第一支舞，之后都会很灵验。"

一听这话，钟意悄悄咽一下口水，手指又在屏幕上疯狂地按着，发了两条信息：

【钟意：不要晚上，等不了了！现在！现在你替我去一趟商场！】

【钟意：要买小裙子！最贵的、最好看的小裙子，穿上之后就能美美地转圈圈的小裙子！】

可能是还没有睡下，钟妈妈回消息回得很快。

【母亲大人：家里没矿。】

钟意愣住了。

钟妈妈虽然在微信上打击了钟意，但还是去到商场给她选衣服。

会议到茶歇的时候，钟意才能通过微信与妈妈交流买哪一件，所幸中午就买到了心仪的裙子——一条比较正式的黑色连衣裙。

钟妈妈拿回去洗好再烘干，明晚钟意就能穿了。

即便没有作为代表参与整个会议，坐在主席团靠边位置的钟意还是很认真地听着每一场的每句发言，不敢有所遗漏，每一个文书和意向条她也都要看过一遍。

之前姜可笙和何渠琛已经强调过很多遍这次会议的重要性，她也不想因为自己而给他们再添麻烦。

虽然都在主席团，但何渠琛负责主持会议，离她的位置还有好几个人的距离。钟意甚至觉得这个主席团助理不如不当，还不如在下面给代表们传一传字条——工作清闲不说，还能在台下偷偷看一会儿何渠琛认真工作的模样。

　　傍晚，第二天的会议总算结束。
　　姜可笙拿着话筒，提醒着撤场的代表们晚上七点到礼堂参加社交舞会。整个会场一片混乱，钟意习惯性地把何渠琛的身影收到眼底。
　　何渠琛正整理着电脑包，动作有些慢，看上去很疲惫。
　　把自己的电脑放进包里，抽出手的时候，钟意的手背突然被包装袋的锯齿刮过。她下意识地把东西掏出来，才发现是以前放在包里的散装巧克力夹心饼干。
　　她收起手心，不动声色地把电脑包的拉链拉好，拿起自己的风衣外套，搭在胳膊上，朝何渠琛的方向走过去。
　　"你是不是有些感冒？"姜可笙拎起电脑，看向旁边的何渠琛，眼神中透露着担忧。
　　何渠琛清清嗓子，觉得手上有些没有力气："可能是冻到了。"
　　他的声音被钟意听了去，后者看看手中的巧克力饼干，抿起嘴，又收起手心，将东西悄悄放回电脑包里。
　　嗓子不舒服，还是不要吃巧克力了。
　　"要不然你回家换一身衣服再来吧。"高三时期身体才是革命的本钱，姜可笙看着何渠琛的样子有些着急，"舞会的准备工作我来盯着，正式开始时你来露个脸，就赶紧回去好好休息。"
　　何渠琛揉揉眉心，把整理好的电脑包拎在手里："没事，我上去趴一会儿就行了。"
　　钟意呆呆地看着他，这是她第一次在他脸上看到那样憔悴的表情。
　　余光瞥见放在桌上的墨绿色玻璃杯，她猛地弯下腰，比何渠琛抢先一步拿上杯子："我再去给你接点热水。"
　　何渠琛的手停在空中，愣了两秒，有些牵强地扯起嘴角："谢谢。"
　　"小钟意，一会儿直接去楼上活动室找我们。"姜可笙瞅着眼前的两人，最后说道。
　　活动楼一楼的水房离报告厅不远，钟意一边走着，一边腾出一只手从口袋里掏出手机，叫了一份买感冒灵颗粒的外卖。
　　这次，她又多兑了一些热水。

刚要拿着那杯水出水房,她的脚步突然顿住,又折回来,打开今天妈妈让她带着的保温杯,接了满满一杯热水。

活动室里的人不多,除了姜可笙,只有几个男生。

因为晚上有社交舞会,女生大多都回去换衣服了。男生在会议上都穿着西装,参会的衣服也正好可以在晚上将就。整个教室都很安静,就连敲击键盘的声音也收敛了些。房间深处,何渠琛正披着一件外套趴在桌上。

钟意随手把电脑包放在进门处的椅子上,端着水杯轻手轻脚地走过去。

盛满水的玻璃杯接触到木桌,发出一声轻响。趴在桌上的男生动了动,从臂弯里发出的声音有些闷闷的:"谢谢。"

本来以为何渠琛已经睡着的钟意吓了一跳,把手收回来时一抖,碰了一下杯子,险些洒出水来。

她又从自己的包里掏出淡蓝色的保温杯,微微弯腰,小声嘱咐:"我把保温杯放在这里了,里面是热水,学长记得喝。"

没有等何渠琛再回话,她转过身快步走到门口,拿起自己的电脑包:"可可姐,我先走了。"

中午没吃饭的姜可笙正往嘴里塞着零食,一嘴的膨化食品被嚼得"嘎嘣"响。听见钟意的声音,她连忙转过头,声音有些含混:"嗯,晚上见!"

也许是因为十一假期点外卖的人太多,钟意在校门口等了很久才等到外送小哥。

拿到那盒感冒药,钟意转过身就往活动楼里冲。

"小钟意,你怎么还在这儿?"刚把报告厅的门锁上的姜可笙甩着钥匙,正好和钟意撞了个正面。她不确定地低头看表,确定距离刚刚两人说再见才过去了二十多分钟。

钟意正愁该怎样在一屋子人的视线中把感冒药送出去,又不会在上学后听到闲话。一看到姜可笙,她就好像看到了救星。

把手中装着绿色小盒子的透明塑料袋递出去,钟意有些不好意思地摸摸后脖颈:"学姐,这个是感冒药。"

"我去送?"

没想到学姐会这么问,钟意舔舔嘴唇:"嗯。"

姜可笙一手拎着透明塑料袋，一手甩着钥匙，心情很好地推门进了活动室。

刚刚还趴着的男生已经打开电脑，正在那里看着些什么，不时吸一两次鼻子。

她径直走过去，把绿色盒子稳稳地放到他的电脑旁，一双眼睛里满是不怕事大的暗示："喏，小朋友送的。"

见何渠琛的视线转移到感冒颗粒上，姜可笙又甩了两下钥匙，"啧啧"两声："真是贴心，我生病的时候要是也有这样可爱的小学妹送药就好了。"

就是可惜了，何渠琛没有勺子。

喝他的感冒灵悬浊液去吧！

姜可笙在心里狂笑出声。

3.

只有两个小时的休息时间，钟意回家之后简单地吃完晚饭，就立刻跑回自己的房间换衣服。

她穿上到小腿的黑色收腰连衣裙，在白色的领子上用深蓝色的丝带系好一个漂亮的蝴蝶结，用带黑色蝴蝶结的发绳利落地扎起微卷的马尾。从房间里出来，她冲着妈妈嘟嘴："妈，你觉得我是不是应该再化个妆？"

钟妈妈正穿着外套，准备一会儿送钟意过去。她低头把外套的扣子扣好，连看都没看钟意，就直接道："不用，你最美。"

在客厅里的全身镜前又转个圈，钟意不满于自家妈妈的敷衍，开始拼命暗示："我觉得我的脸还不够白，一白遮百丑。"

钟妈妈蹬上鞋子，这才慢悠悠地抬眼看了看钟意："急什么，下周我去给你开完月考的家长会，你的脸就白了。"

钟意叹了口气。

妈妈，您真会说话。

这两天因为是工作人员，钟意来得早走得晚，也就没有经历校门口的拥堵状态。但这次，钟妈妈开着车倒是实打实地被堵在路口，一动不动。

实在等不及，钟意直接在路口下了车。

虽然太阳还没有完全落下去，但秋风吹过，她露在外面的一截小腿还是抖了一下。裹紧风衣，她迈开小碎步朝校门口跑去。

"小姑娘。"没跑出几步,旁边的一排车中,一个清亮的女声叫住了她。

钟意转过头,隔着半降的车窗,看清是上次和何渠琛一起去超市购物的姐姐。

她顿时感觉腿上不冷了,停下,冲着驾驶座上的姐姐甜甜一笑:"姐姐好。"

何榆把副驾驶座的窗户完全调下来,俯身把副驾驶座上放着的袋子递到窗边:"可以麻烦你把这东西送到门卫室那里吗?和门卫说一声,是高三(1)班何渠琛的外套,他一会儿下来拿。"

"好。"钟意想都没想就把纸袋拎了出来。

"真的谢谢你,这两边都停满了车,我的车又在这儿堵着,没有办法进去给门卫。"何榆抱歉地笑着,又扭头看了看前面,确定车流依旧没有动,才转回头继续问道,"还没有问你,你的名字?"

"钟意。"也许是小姐姐太过温柔,钟意拎着袋子,突然就不紧张了,"没事的姐姐,一会儿我直接拿给学长就好了,不用他再下来跑一趟了。"

"那真是麻烦你了。"前面的车终于动了,何榆从放在一旁的包里摸出一根棒棒糖,递给她,"谢谢你,钟意。"

目送小姑娘一路小跑消失在校门口,何榆脸上的笑容仍旧没有消失。

道路又再度堵起来,她拿起手机给自家弟弟发消息:

【何榆:刚刚把你的外套给了上次在超市里遇见的那个小朋友,一定穿上,别感冒了。】

【何榆:哦对了,小朋友的名字叫中意?】

【何榆:挺可爱的,姐喜欢,你以后拐回家。】

放在桌子上的手机亮起,正从保温杯里倒水进杯子的何渠琛瞥了一眼,手抖了一下。

下一秒,安静的活动室里突然爆出一声大叫:"老何!水水水!啊!我的电脑!"

"别叫了,我赔给你。"

钟意一推开活动室的门,就看见几个人挤在一起抢救电脑,还不时夹杂着姜可笙的嚷嚷。

眼尖地看到自己的保温杯,她连忙小步走上前,满脸的惊慌失措:"没事吧？电脑有没有坏掉？"

姜可笙正把一堆又一堆浸透水的面巾纸扔到何渠琛撑开的垃圾袋里。她抬头见是钟意来了，把脸上对何渠琛那蛮横劲一收，露出一个宽慰的笑容："没事没事。"

钟意暗自松了口气，刚把纸袋放在一旁的椅子上，准备帮着收拾桌面，就听到姜可笙又补充一句——

"就是我们何主席啊，手抖是身体不好的表现，该好好补补了。"

充当垃圾桶撑着垃圾袋的何渠琛睨她一眼，眼中的警告意味明显。

"你说是不是啊，小钟意？"不嫌事人的姜可笙再度忽略掉何渠琛悄悄只对她一个人施法的低气压。她转过头去看向钟意，语气里都是让钟意附和她的暗示。

钟意一时语塞，平时和唐遇打嘴炮的能力，此刻通通都被抛到九霄云外。

姜可笙正等着她的答案，何渠琛又没有什么表情，似乎是在等着她的下文。两难的境地，钟意只好左手一伸，提起刚刚放在一旁的纸袋："学长，刚刚校门口有个姐姐让我拿上来的。"

"谢谢。"何渠琛微微抬眼，表情有些不自然。

还没等他说让她先放在一边，钟意就连忙开口："我去扔垃圾吧。"

钟意不由分说地抢过装满湿纸巾的塑料袋，又把装着外套的纸袋硬塞给何渠琛，一溜烟儿地消失在活动室门口，留下两个僵住的人。

姜可笙扫了一眼还有其他人的活动室，把心中想要问出的话又咽了回去。

她舔舔嘴唇，一双手在键盘上狂飙：【姐姐应该特别喜欢小钟意吧？感觉姐姐和小钟意很像，嘿嘿！】

何渠琛看了一眼手机屏幕，视线停滞两秒，才缓缓在屏幕上输入：【你敢在何榆面前夸她可爱吗？】

姜可笙盯着屏幕，眼皮直跳，立刻回复：【姐姐不可爱吗？截图了，立刻转发给姐姐。】

【老何：我看你工作还不饱和，晚上我致辞的时候让你给大家现场清唱一首《难忘今宵》？】

【姜可笙：对不起，您永远是我的战友！一条绳上的蚂蚱！一条裤子

里的两只腿！】

【老何：？】

钟意再回来时，活动室里的气压让她有些摸不着头脑。

也不能说低，只能说……让人感觉怪怪的。

她轻轻地戳戳毫无形象趴在桌上的姜可笙，眼里满是担忧："可可姐，你怎么了？是不是电脑坏了？"

何渠琛瞥一眼装死的姜可笙，冷哼："她刚试图把两只腿塞进一个裤腿里，折腾半天，现在要缓缓。"

钟意一头雾水。

吃了药的何渠琛有些犯困，又重新趴在桌上。其余几个人见到他这一副样子，也不忍心打扰。

离舞会正式开始没剩多少时间了，姜可笙想了想，还是决定先拉着他们几个去会场，打算等时间差不多了需要主办方讲话的时候，再打个电话把何渠琛叫过来。

社交舞会在大礼堂举办，礼堂虽然空旷，但没有椅子，平日里要有活动，都要从仓库里搬折叠椅过来。平时觉得很麻烦，但在这种时候却非常合心意。

已经过了吃饭的时间，礼堂两旁的桌子上只摆了些糕点、薯条之类的食物，毕竟参会的都是未成年人，酒水也全部用果汁替代了。

钟意的视线在小蛋糕上停了良久，动都动不了，但最终她还是只拿起一杯果汁。她一直跟在姜可笙旁边，有姜可笙带着，钟意也认识了不少人。

一来二去，钟意的微信里加了不少新的人。

时间一到，播放的暖场音乐被关掉，校管弦乐团的人试过几个音，眼看着社交舞会就要正式开始，姜可笙这才想起来得给何渠琛打个电话。

"失陪一下。"姜可笙抱歉地冲对面笑笑，暗中搂了一下钟意的腰，给她一个暗示。

姜可笙刚走到转角摸出手机，会场里细细碎碎的声音此起彼伏。

钟意也听到那些议论，她小心翼翼地抿了一口果汁，抬头间用余光看向门口。

少年穿着黑色的长风衣出现，里面依旧是那一身笔挺帅气的西装，蓝黑红斜纹的领带被一丝不苟地系好。他裹着黑色西裤的长腿向前迈着，走路带起的风带动风衣的下摆。

何渠琛的面色依旧有些白,但在小礼堂提前布置好的光线下,倒也没有刚刚在活动室里见到的那般明显。

和几个相熟的朋友简单地打过招呼,他径直走到立式话筒边:"晚上好,我是本次活动的主要负责人,南华中学的何渠琛。"

他微微弯着腰,顿了顿,默默地把话筒摘下,在一片笑声中,他挺直身子,眉眼间柔和了许多:"不好意思,昨晚一夜之间又长高了一些。"

等一波笑声过去,他低沉带着些沙哑的声音才再次响起:"本次社交舞会,我们还请到了南华中学管弦乐团为我们伴奏,希望大家今晚玩得开心。"

从台上下来,何渠琛因为依旧有些不舒服,就双手抱臂靠在一边的墙上,单腿撑地,另一只腿抵着身后的墙。

他委婉地以身体不适的理由回绝掉几个发出邀请的女生,揉揉眉心,眼神却不由自主地落在不远处的小姑娘身上。

见钟意仍然把注意力放在桌上那一排小蛋糕上,他不动声色地直起双腿,换了个更加显眼的地方站着。

校管弦乐团拉着一首又一首的曲子时,钟意终于把每种小蛋糕都尝了个遍。算上晚上吃得饱饱的一餐,此刻,她只觉得自己的肚子快要把新买的小裙子撑炸。

心满意足地悄悄打了个百香果味的暗嗝,她这才打量起整个会场。

舞池里一对对璧人跟着悠扬的乐曲翩翩起舞,让她陡然间有些羡慕。

在这丝吃饱了没事干撑的而带来的淡淡忧伤里,一个长相俊朗的男生走到她面前。他看着她手里还没扔掉的叉子,一双桃花眼里满是笑意:"你好,可以请你跳一支舞吗?这么好看的裙了,不下去跳支舞就可惜了。"

突然被陌生男生搭话,钟意下意识有些慌乱。她扭头把叉子扔到小纸篓里,习惯性地抬眼看向有何渠琛的地方。

他的周围正站着几个女生,她们亭亭玉立、大大方方,像是习惯了这个场合,又与他相熟。

总归不像自己,从来都没有来过这样的舞会现场。

钟意收回视线,扬起一个笑容:"只夸我的裙子好看,那看来我是不适合这条裙子?"

"没有没有。"男生脸一红,连忙摆手,"我在会议上就注意到你了,一直不敢来搭话,好不容易鼓起勇气了,又有点紧张……"

回过神,钟意笑着摆摆手:"对不起,我刚刚吃太多了,就怕一会儿转圈的时候恶心,要先缓一会儿。很感谢你来邀请我。"

一开始就看出她眼神中的回绝,男生也不恼,只是无所谓地耸肩离开。

他前脚刚走,又有一双皮鞋映入眼帘。钟意低头抠着自己的指甲,只觉得有些眼熟。还没等她抬头,刚刚还在脑子里的人突然有了配音。

"你在这里做什么呢?不想下去跳支舞?"

哎,是她听错了吗,这人怎么还带着些怒气?

"啊?"钟意愣愣地抬起头,只见何渠琛抿着嘴,面无表情。

见她没什么反应,何渠琛盯着她一双怯怯的眼睛,无奈地叹气,声音也柔和下来:"怎么不下去跳支舞?以后这样的机会可不多,这里都是些很出色的人。"

这么说你是想让我和别的男生跳舞?

还要跳第一支舞?

我可去你的吧!

钟意越想越气,嘟起嘴巴,开始睁眼说瞎话:"都没有人邀请我,我跳什么舞!"

何渠琛没想到她突然就生气了,盯着正把自己充气成气球的小姑娘看了半天。两个人一时间僵持不下,而刚刚那首曲子也要进入尾声。

舞会的曲目是他和乐团现任团长一起一首一首核对挑选的,记忆很是深刻。

何渠琛向桌子的方向又走了几步,却是绕过钟意,给自己倒了杯水。润湿发干的嘴唇,他偏过头,一手插着口袋:"要不要下去跳一首?"

钟意没反应过来,还以为何渠琛硬要把她推下去和别人一起跳舞。她"哼"了一声,斩钉截铁:"不去!"

何渠琛把手中的纸杯放下,扭过头来笑着说:"那我去邀请别人了。"

"你去……"钟意顺着刚刚的思路说到一半,突然急刹车,瞪大眼睛盯着面前眼角含笑的男生,一时间说不出话。

何渠琛着实被气笑了,他呼出一口气,语气倒是变了变:"那行,我走了。"

"不是……"小姑娘急得满头是汗,眼看着他就要走出自己的视线范围,情急之下直接喊出声,"何渠琛!"

突然被叫大名,何渠琛还愣了一下,刚迈出的长腿停滞在空中。

钟意心里一沉,恨不得扇自己几个巴掌。她的语气瞬间就没有了刚刚那样的底气,声音小得可怜:"呃……何学长!"

被叫住的何渠琛来了兴致,把腿收回,挑了挑眉:"这位学妹有什么事吗?"

钟意盯着突然变脸的铁面无私学生会主席,心里早已经把他骂了个遍,但脸上还要保持着小仙女的笑容。她一字一句,吐字分外清晰:"学长愿意和我一起跳支舞吗?"

何渠琛垂下眼帘,刚被水润过的嗓子又开始变得沙哑。他思考片刻,说:"不行。"

钟意的笑容僵在脸上,恨不得把手里的玻璃杯捏碎。

果然男生的邀请都是一次性的!大猪蹄子!

钟意万般后悔。

眼前的男生抬起头,带着温暖笑意的一双眼睛里都是她的身影:"邀请跳舞,还是要男生来比较好。"

何渠琛把右手伸到钟意面前,颇为绅士地向前倾下身子,微微垂下眼帘:"请问钟小姐愿意和我跳一支舞吗?"

暖黄色的灯光从上打下来,更显得他鼻梁高挺,长长的睫毛在眼睛下方投下一片阴影。

钟意呆住,又很快反应过来:"好啊。"

一曲刚毕,正是换舞伴的时候,钟意随着何渠琛步入舞池。

何渠琛本就身高腿长、长相英俊,同样高挑的钟意又穿了带一点跟的鞋子,虽然未施粉黛,但五官清丽,看上去干净得很。

两人衣着又都是黑白,刚巧搭配。

中心那最亮的暖黄色灯光打在钟意身上,还没等她回过神来,一只大手便扶上她的腰。修长的手指在空中转了个圈,大手和小手再次相触时,已经是掌心相对,十指相扣。

钟意虽然个子高,但骨架小,手脚也小。何渠琛的手比她大很多,干净的指甲剪得圆润，长度刚好。

乐队没有休息太久，手风琴试拉几下后，口琴和萨克斯的声音紧接着响起。

钟意跟着何渠琛的节奏在舞池里摇曳，刚过几个小节，熟悉的曲名在她的脑内一闪而过：“*Flambee Montalbanese*？”

"你知道？"何渠琛有些意外地挑眉，心里却长舒一口气，还好他没估计错，她正好知道这首曲子，"William Galison（威廉·加利森）的曲子。"

钟意跟着他的动作顺势转个圈，黑色带着白色蕾丝边的裙摆散开来，在空中绽放着荡漾了一圈："之前偶然听到的一首曲子，口琴、萨克斯和手风琴搭配在一起真的太美妙了。"

何渠琛的嘴角弯了弯，一时间，好像周围所有的人都消失了，整个舞池里只有她和他。

还有那首 *Flambee Montalbanese*，在此时似乎变得更加好听。

钟意小时候学过拉丁舞，而何渠琛从小没少经历过舞会。虽然他们第一次一起跳舞，但两人出乎意料的默契。

看着他的脸，钟意微微失神。

她突然发现何渠琛比她记忆中的模样更加成熟。他已经成年，也已经在考虑大学，而她……想到这里，钟意又失落下去。

不过是两三分钟的曲子，她却像是度过了一个世纪。但万事终究都有它的终点，手风琴声渐渐弱下去，她也转了最后一个圈，就像灰姑娘的时钟一样，分针最后转过一圈，最后指在十二。

何渠琛因为生病，脸色比刚刚又差了一些，喉咙刚刚一直在发痒，他终于忍不住，转过头咳嗽两声。

再回头时，眼前的小姑娘正呆呆地看着他。他松开手，礼貌地微倾身，表达结束与告别："你跳得很不错。"

钟意微垂着眼帘，把突如其来的泪意圈在了眼眶里。鼻尖的酸意越来越浓，钟意死死地抿住嘴，不让眼泪掉下来。

她等他的夸奖，等了很久。

不是礼貌性的夸奖，也不是一连串的念稿。

从第一次看到他站在台上主持新生典礼时，从第一次在初中部的走廊里和他擦肩而过时，从第一次他在升旗仪式上念出她的名字时……

很久很久，很久很久。

钟意吸了一下鼻子，抬起头，脸上的笑容是如此明亮，能和她眼底的泪光一决高下。

满脑混沌间，何渠琛也微微失神。

她也许永远都不会知道，那是他第一次和除了家人的女生跳舞。

第一次，便是你。

也希望以后的每一次，都是你。

4.

剩下的国庆假期，钟意都在以生死时速补作业。

从舞会那天晕乎乎回家之后，她甚至都不能见到"何渠琛"这三个字。在她的明令禁止下，她和唐遇、程期楠的三人小群里，赋予了何渠琛一个新的称号——那个不能被提起名字的X-Man。

不管怎样求爷爷告奶奶，上学的那天总会来临。

齐时见钟意这次没有溜出教室去自习，倒是来了兴致。借着让全班同学大声通读课文的时间，他走下讲台，先是装模作样地巡视一圈，最后脚步停在钟意旁边。

好嘛，小家伙在他课上立着本语文书补觉呢！

"钟意。"齐时轻咳两声，为了给爱徒留些面子，刻意压低了些声音。

昨晚疯狂补了一晚上数学和物理的钟意一动不动，把脸埋在臂弯里装死。

"钟意？"齐时见刚刚没有效果，灵机一动，俯下身，在她脑袋上方特意将每个字咬得字正腔圆，"快醒醒，要写征文啦！"

钟意咬牙切齿。

课后，钟意毫不意外地被齐时叫去了办公室，跟她一起的还有作业没补完的语文差生唐遇。

难姐难妹，患难与共。

"怎么今天这么没精神？"齐时在自己的办公位坐下，喝了口热水，才慢悠悠地问道，"生病了？"

语文办公室在教学楼的阴面，又刚下过一场雨，此刻的办公室有些凉意。穿着短袖的钟意瑟缩一下，向旁边的唐遇身上靠了靠："没有。"

"钟意,你是不是也去椹南市中学生模联大会了?"坐在不远处的年级主任耳朵灵得很,听到这话突然插嘴问道。

钟意一直都怕这个人到中年的年级主任,冷不丁地被插进来这么一句话,她吓得话都不会说了,只是下意识地狂点几下脑袋。

"那两天温差太大,好多孩子都感冒发烧了。"年级主任叹气,把视线转向齐时,"齐老,您看看,本来是一个挺好的课余活动,最后都影响到了正常的学习生活。尤其是高三那个何渠琛,这离竞赛决赛没有多少日子了,却在这个节骨眼儿上发高烧,连续请了一个多礼拜的假,高三的那几个老师都气得不行。"

齐时转过头去,惊讶地问道:"啊?这么严重?"

"感冒受凉没好好注意,总以为自己扛一扛就过去了,结果变成了肺炎。"年级主任推了一下眼镜,"钟意啊,你可得注意。"

突然被提起名字,钟意尴尬地笑了笑,很是乖巧:"嗯,谢谢老师。"

脸上虽然笑着,但不安分开始左右乱晃的身体出卖了她的焦虑。

姜可笙本来说过,何渠琛只要上去讲几句话就可以赶紧回家休息的。但那天他和她一起跳了舞,跳完之后才不紧不慢地一个人出了礼堂。

不过是耽搁了一会儿,但她却依旧内疚。

之后的那一个礼拜,钟意再也没有去过地理教室,但她依旧是做自己的事情。

新概念的稿子已经正式破土动工,借着仍旧细节清晰的回忆,正在茁壮成长。

文章名就叫,《第一支舞》。

何渠琛的父母经常在国外出差,从小到大,他基本上都住在大姨家,也就是表姐何榆家。姨妈和姨夫一直把他当亲生儿子一样对待,而何榆,虽然小的时候没少和他打架,但长大后也越发宠爱他。

大半个国庆假期,姨妈一家三口都在照顾他。

在姨妈一家的坚持下,何渠琛回学校的那天比原定的时间要晚上大半个礼拜。再回到学校已经是十月中下旬,离十一月初的决赛只剩两周多的时间。

虽然病已经好了大半,但他还是会经常打喷嚏和咳嗽。竞赛小组里进各大竞赛决赛的不止他一个人,为了不影响其他人复习,他申请一个人在物理实验室里自习。偶尔几个老师会去实验室看看他的学习进度,帮他答疑解惑。

学校食堂清淡的菜很少,他每天的午餐都是姨妈定时定点地送来。晚饭和晚自习时他都不在学校,早些回家好好休息。突然大病一场,他就好像被隔离了一样。

重新坐上没有椅背的实验室圆凳,深蓝色的窗帘被秋风吹起,何渠琛只觉得一切都好像回到了原点。

只是这一次,只有他一个人。

与此同时,钟意一直不明白,为什么过了年级主任说的时间,何渠琛还是没有出现在学校里。

她从经常有事没事就去地理教室门口报到,偷偷在门上的窗户瞟一眼,到最后隔一到两天才去。

周五,她想着也许何渠琛该来上学了,便还是试探性地上楼。推开门,她把头探进去,扫视一圈。

靠窗的何渠琛专用位置仍旧没有他的身影,窗帘不时地被吹动着。

空空如也。

"要不然今天中午我们去看望一下老何吧。"姜可笙正叉着腿反坐着,戳戳正在埋头写题的张木云。

这声音被钟意听到,将刚搭上门把的手收了回去。

"他最近身体不好,心情也不好,我才不要撞到枪口上。"张木云嘴上嘀咕着,手却依旧在草稿纸上疯狂地移动,"要去你自己去,不就是物理实验室嘛,你又不是第一次来南华上学。"

"你个没心没肺的!"姜可笙气急,跳起来就往张木云胳膊上狠狠地拧了一下,疼得他"嗷嗷"叫。

把鬼哭狼嚎的声音关在门内,钟意在地理教室门口踟蹰片刻,随意地踢踢地上并没有的石子,又深吸一口气,拍拍自己的脸颊。

反正只是偷偷在门口的玻璃上看一眼,悄悄的,动作轻一点,又不会被发现。

好不容易说服自己,她屏住呼吸,小心翼翼地挪到物理实验室门口。

正值下课，久坐得腿有些发酸的高三学生们都到走廊里活动身体，一群又一群人经过她的身边。如果扒着门去偷看，是有点奇怪。

实验室的门上有一块方形玻璃，最后钟意选择躲在门边，又装作慢慢地从门前经过，一双眼睛却不停地往里瞟。

依旧是个靠窗的位置，何渠琛咳嗽两声，要缓上一会儿才能继续写着自己的题目。他的声音通过实验室和走廊之间那堵墙上的窗户传过来，像是要把整个肺咳出来似的。

靠在物理实验室外的墙上，钟意抱着自己的那两本书，咬着唇，听他咳嗽听了一整个课间。

她很心疼。

她从来没见过他那么狼狈的样子。

钟意再次出现在物理实验室门外是中午，下课铃打响之后她没有立刻去吃饭，随便编了一个谎言让唐遇先去打饭，一个人偷偷摸摸上了楼。

为了吃饭错峰，毕业班要比他们晚二十分钟才能吃饭。但一般情况下，那些竞赛班的尖子生都会比非毕业班的学生吃得还早，这样能够省掉排队打饭的时间。

估摸着这个时候何渠琛应该不在，钟意一路小跑到物理实验室门口，扒着门向里面看了一圈。

还好，没有人。

钟意溜到放着何渠琛的文具的桌边，从自己的校服外套口袋里摸出一张淡粉色的便利贴。

把便利贴贴到实验桌上后，她失神了两秒，又默默地退了出去。

"琛琛，今天给你做了鸡蛋炒花椰菜，必须把花椰菜吃掉。"校门口，姨妈拎着保温袋，威胁着，"花椰菜可以增强抵抗力治咳嗽，你要是敢给我剩下或者倒了，我就立刻把你姐叫回来毒打你一顿。"

何渠琛一听这话，笑了，但没笑几声，还是忍不住开始咳嗽。

姨妈连忙抬手拍了拍他的后背。

"姨妈，我也不小了。"何渠琛好一会儿才缓过来，无奈地笑了笑，接过保温袋。

"这才乖。"

听到姨妈这样说,何渠琛的笑意更浓。

我是说啊,我不小了,我姐打不过我了。

自从生病以后,何渠琛的体力一直都不好,他气喘吁吁地爬上楼,回到物理实验室的时候已经眼冒金星。嗓子里那股苦苦的味道依旧像黏在喉咙上,他根本就没有什么胃口吃饭。

他把实验室空调的温度调高一些,拎着保温袋走到自己的位置边,还没坐下便瞥到一张粉色的小熊形状的便利贴。

依旧是龙飞凤舞的字体——

要好好吃饭!多喝热水!快点好起来!

你好起来了,我就给你补语文!提高二十分不是梦!

熟悉的字体和接连五个巨大的感叹号,虽然没有署名,但何渠琛还是一下了就猜出了是谁。

他小心翼翼地将便利贴从桌面上揭下来,仔仔细细地贴在自己随身带着的本子上,眼里充满了暖意。

这孩子,不是说宁愿自己物理上八十分也不愿意给他治治语文吗?

最近缺零花钱,想要开辅导班了?

第六章
倘若我能和他并肩

编剧吗……如果是我的梦想,也可以实现吗?

——意和的微博

1.

临近期中，钟意被几个老师追得紧，语文课也不能出去自习，直接被老师抓到办公室盯着写题。钟意虽然表面上不乐意，但心里也清楚老师们对她的一片苦心。

毕竟她语文分数逆天还拿过那么多奖，不能因为其他科目跟不上就此埋没。

她心里也很着急，之前姜可笙说的话还在她脑海中盘旋。一眨眼，何渠琛明年就要上大学了，她也应该考虑大学的事情了。

她只想努力地离他近一点，更近一点。

何渠琛忙于竞赛决赛，而她一边加紧学理科，一边反复推翻着自己新概念的稿子。

时间飞逝，一下子便到了十一月中旬。

"钟意。"课间的楼梯间里，刚和唐遇从小卖部买完水的钟意被不知什么时候跟在后面的地理老师叫住。

正跟唐遇吐槽昨晚播的电视剧的钟意被这声音吓得差点没有站稳，她眼疾手快地握住栏杆，脸上的惊慌失措还没有散去："老师好。"

地理老师也被她吓了一跳，下意识伸出去要扶她的手悬在空中："你到楼上地理教室帮我拿一下河流三角洲的那几个模型，可以吗？"

钟意许忙点头。

"唐遇，你跟钟意一起去吧，有三个模型，还都挺沉的。"地理老师拿着一堆教案，冲她们两个不好意思地笑笑，"拜托你们了。"

"没事没事。"唐遇连忙摆手。

地理老师是新老师，平时留的作业也不多，唐遇和钟意打心底里还是挺喜欢她的。

但钟意比唐遇喜欢地理老师多一些，因为如果没有地理老师，就没有那间开放给他们的地理教室，就没有属于她和他的故事。

唐遇走在前面，先敲了两下门。

竞赛决赛在十一月初就已经结束，地理教室里没有唐遇想象的那么多人。她扭头才发现钟意还站在门外。

唐遇噘嘴，伸手一把将钟意拉进来："阿意，你在外面磨蹭什么呢？"这一句话引来地理教室里那零星几个人的注目。

姜可笙听到声响抬起头："哟，小钟意！"

钟意把门带上，慌慌张张地顺着声音来源打招呼："学长、学姐好，我们来拿地理课要用的模型。"

窗边的那个人也抬了抬眼，正巧望到了她。

目光接触的瞬间，钟意怔了。她用拙劣的演技将视线避开，心却"咚咚"直跳。

何渠琛回来了。

模型放在教室靠墙的那一排架子上，钟意跟着唐遇走过去。

她有些颤抖的手指扶上略冰冷的模型，摩挲着上面的沟壑，注意力却集中在了后背上。

虽然是背对着何渠琛看不到他的动作表情，但她总觉得芒刺在背。

他是不是还在看她？

模型的边角磨得并不圆润，她的手指在上面掠过去，被小小的凸起划了一下。疼经由食指进入，传到心里。

钟意连忙回神，做个深呼吸，一手拎起一个，将两个模型抱在怀里。

学习学习！她爱学习！

门被唐遇轻轻带上。

坐在前面的姜可笙回过头，好事地扫了一眼脸色阴郁不定的男生："果真是一场重感冒啊，谁跳坑谁知道。"

不知道是不是自己的错觉，何渠琛觉得钟意自从那天跳舞之后就一直在躲着他。

握着笔的手在草稿纸上随意地画两下，何渠琛的心里升起一股烦闷。

钟意和唐遇两个人抱着模型从地理教室里出来，小心翼翼地下楼。

"我终于知道你为什么经常往地理教室跑了，"下到高二的楼层，唐遇前后看了看有没有熟人，才用胳膊肘轻撞几下旁边的钟意，"我居然没有想过何渠琛也会在地理教室学习。"

瞒了这么久还是被发现了,钟意的脸一下子通红,抱着模型的手紧了紧,躲开唐遇的眼神。

"之前他都不在的,也不知道为什么今天突然出现在地理教室……"在唐遇炽热的目光下,钟意越发心虚,声音也越来越小。

编,你就接着编。

唐遇把手中的模型稳稳地摆在讲台上,拍两下手上的灰后,顺势双臂环绕在胸前,倚靠着讲台好整以暇地看着没有演技的钟意演戏。

钟意也把东西放好,从讲台上扯两张纸巾擦手,垂着眼避开唐遇的眼神,咬着嘴唇不出声。

两个人面对面僵持还不到一分钟,就被刚进班的班长打破。他走上讲台,站在钟意和唐遇的旁边清清嗓:"今天下午自习课,也就是一会儿上完地理课之后是咱们班对抗一班的男生篮球赛,大家记得下楼给咱们班的男生加油。"

"哟,程少今大要上场了,考虑考虑要不要一会儿课间把他腿弄折?"唐遇胳膊一伸,搂上钟意的脖子,笑嘻嘻地挑挑眉,"毕竟又到了为班级做贡献的时候。"

她的声音虽然不大,但被站在旁边的班长听得一清二楚。他推了一下眼镜,煞有介事地思考两秒才点点头:"我觉得这个计划可行,这样……"

他又念了一大串的名字:"这些是一班场上球员和替补的名单,你们两个注意下手轻一点,崴个脚就行了,腿部骨折有点太明显。"

钟意连忙打断班长的满口胡话,顺手整理凌乱的讲台:"这事儿还是唐小姐来做吧。我穷,把他们都整了我还不得倾家荡产,年纪轻轻就负债。而且程老板还欠着一个徕卡全画幅没给我兑现呢,要撕破脸也得等我拿到相机再说。"

唐遇翻个白眼,把钟意拉下讲台,说:"别惦记徕卡了,听说今天晚上多功能教室里有上大学的学长学姐们回学校来做大学介绍,咱们要不要也去听听?"

"这个不是每年给高三的哥姐们开的推介会吗?"钟意坐到自己的座位上,拿出自己的保温杯倒着水,有些惊讶地偏过头来。

"反正咱们两个也没有什么事做,晚上又是齐时的语文课,他晚上都不讲正课的……"唐遇一双眼睛眨了眨，偷偷从书箱里摸出自己今天刚订的凉皮外卖吃了两口，"今天这场是艺考和自主招生的推介会，我觉得何渠琛也会去的。"

"唐遇，你飘了！你居然在教室里吃凉皮？"钟意中午被叫去数学办公室，没有赶上和唐遇凑单订外卖，现在她闻到这股味道，直接抓狂，"你的偶像包袱不想要了？"

唐遇又吸溜几口，才一脸满足地收好，抽出纸巾优雅地擦擦油光锃亮的嘴角："你文章写得这么好，要不然也去试一下戏剧影视文学专业吧？以后当一个编剧也挺好的，早去问问，早做准备。"

喝了一口水的钟意听到这话瞬间被呛着，她咳好一会儿才缓过来，一双大眼睛里满是泪光："你该不会真想去考表演吧？"

虽然钟意也时常被夸好看，但从小到大，只要她站在唐遇的身边，她就只能得到"可爱"的评价。

唐遇是年级里公认的级花，和钟意的清秀不同，她巴掌大的脸上五官精致，眼尾微微上挑，有些成熟的小性感，但一双清亮的大眼睛眼距又稍宽，增加了些清纯的味道。两种截然不同的感觉在她身上融合得恰到好处，即便是在不允许化妆的南华，她的素颜也堪比银幕上的女星。

即便总是嘴上不饶人地说唐遇不去学表演真是可惜了，但钟意打心底里还是不希望她走上演艺的道路。

唐遇的成绩很好，也很稳定，考楳南市的"985"基本上没有问题。唐遇家虽然开明，但是这种涉及孩子未来发展的事情，唐家父母应该也不会任由唐遇瞎胡闹。

唐遇看着钟意这大惊小怪的模样，鄙视完她才解释道："哎呀，就是寒假的时候去考个试玩玩，要是过了呢也算是对我的一种肯定。万一我高考没考好，又不想复读，那就去读表演。"

"呸呸呸，不许自己毒自己，"钟意连忙捂住唐遇的嘴巴，摇摇头把这晦气的话呸出去，"你可是要努努力考 C9 的人！"

被钟意的反应逗笑，唐遇也跟着"呸"了几声。两个人看着对方堪比羊驼吐唾沫的模样，又突然间笑出声。

上课铃打响，整个教室渐渐安静。

钟意从书箱里拿出自己的课本时，只听见旁边的唐遇轻声道："真的不去试试吗？这样你就可以留在椹南市。"

钟意的手一顿，两只腿不经意地晃了晃。

以唐遇和程期楠的成绩，他们应该都会留在本市。何渠琛更不用说，以他的成绩上椹南市那两所全国顶尖大学肯定没有问题。

而钟意的数学成绩迫使她在"985"的尾巴上徘徊，发达城市的"985"基本没戏。如果要读"985"，势必要去更偏远的城市。她又对专业没有什么偏好，大概率就是哪个学校的录取分适合她，就报哪个。

她的未来难道就是在一个遥远的城市读一个只是听起来还不错的大学，学一个不感兴趣的专业吗？

如果能在椹南市读一个自己喜欢的专业，又离朋友家人，还有喜欢的人很近，那就是最好的选择了。

两只麻雀落在窗台上，叽叽喳喳地说个不停。

钟意望着窗外的落叶，拿着本子的手紧了紧。

地理课刚一打下课铃，还没等唐遇反应过来，钟意就冲出了教室。

钟意一向记性不好，唐遇也就当作她忘记了要去看篮球赛这件事。

已经进入深秋，地理教室里的空调很久都没有再启用。没有空调的噪音，整个教室安静得只能听见笔尖与白纸相互摩擦的声音。

钟意坐在自己常坐的座位上，悄悄地瞄一眼正在低头看书的何渠琛，小声叹气。

唐遇说得很对，何渠琛应该只会选择椹南市那两所国内最好的大学。除了努力留在椹南市，她想不到其他可以再次和他遇见的机会。

新概念的截止日期就要到了，她打开带来的电脑，开始做最后一次的修改和润色。这个故事讲述的不是真正和仰慕的人跳了一支舞，而是……

我在脑内和你跳了一支舞，从此我的世界有了目标，不再孤独。

这略有些矫情的风格不是她所擅长的，但她就好像执迷不悟一般硬是写了下去。故事的设定架空，是中世纪的一场盛大舞会，让男女主角相遇。

　　我想和你跳一支舞，不论是人生的第一支舞，还是最后一支舞，都想和你一起。

　　但那样太贪心了，所以我还是在脑袋里转圈圈吧。这样我就可以随意地控制音乐的始与终、起与伏，于是你便可以在我安排的那些节点上，将我拥入怀中。

最后一个句号落下，钟意将电脑屏幕合上，托着腮，望着何渠琛的侧影，又长长地叹了一口气，眼底写满年少青春的惆怅。

就在这种难以言喻的青春疼痛中，地理教室的门被一股大力拉开，唐遇像一阵旋风一样直直地冲钟意跑来。

她一把拉起钟意的胳膊，因为跑上楼而有些上气不接下气："你怎么还在这儿，不是说了要下去看篮球赛的吗？"

竞赛结束，教室里只有零星几个人，大多是在补决赛期间自己落下的课程。

"嘘！"虽然人不多，但钟意还是连忙把食指贴在唇边，皱着眉警告唐遇，"你小点声，他们还在学习。"

唐遇小心翼翼地环顾一周，见教室里的学长学姐们并没有什么反应，才压低声音："你又没有什么事情，跑到这里干什么？"

"我刚刚修改了最后一遍新概念的稿子，打印出来明天就让我妈帮忙寄出去。"钟意伸个懒腰，"我不太想去看篮球赛，要不然你自己去吧。"

"你胡说什么呢！程期楠今天可在楼下打球，你不去，我一个人去有什么劲？"唐遇有些激动，"赶紧收拾东西！"

"程期楠又不用我们加油助威，他那张帅气的小脸蛋儿，咱们年级多少小姑娘为他疯狂！"钟意皱皱鼻子，摆摆手，死死地坐在座位上不挪窝，"上次咱们去给他送水，硬是没挤进去。那些水都够他喝一个礼拜的了，咱俩还去瞎凑什么热闹？"

两个小女孩叽叽喳喳的，在整个地理教室里是如此明显。至少在坐得有些靠后的何渠琛耳朵里，是无比大声。

手上看了一半的书突然变得索然无味，他抿住嘴，一双眼睛虽然还盯着书，但心思早已不在那一行行的文字上面。

书上密密麻麻的英文都被替换成了中文——

程期楠、篮球、钟意、送水……

明明是在练习英文阅读，却提炼出了一堆的中文重点词汇，还驴唇不对马嘴。

何渠琛突然一阵心烦，长臂一伸从桌上拾起一支水笔。细杆水笔在他修长白皙的指尖转悠两圈，还没停稳就被他"啪"地扣在桌上。

这声音大得让不远处的两个女孩不约而同地抖了一下，一时间，整个教室都安静下来。

钟意张张嘴，最后还是选择把嘴巴闭上。

何渠琛转过身，一只胳膊搭在自己的椅背上，另一只胳膊架在桌子上仍然扣着那支笔。他逆光而坐，笼罩在阴影里的脸阴晴不定，眼底多了一份不耐烦和荫翳："要说话的话就出去说，不要在这里叽叽喳喳的，现在不是课间。"

钟意从来都没见过他这样的表情，他的声音不大不小，但像是给了她一个巴掌，整张脸火辣辣地疼。

"对不起。"她小声嗫嚅着，低头快速把东西收拾好，拉着唐遇就一路小碎步地跑了出去。

那微微颤抖的声音里，仔细地听还能察觉到一丝哭腔。

灰色的门阻断何渠琛的视线，他摘下眼镜，低头揉揉眉心。

他也不知道自己是怎么了，到底是为什么会突然对她发这么大的脾气。前几天姜可笙和张木云也说他脾气火暴，倒有些不像是之前那样温润如玉的何渠琛了。

也许是因为身体的原因吧，身体状况不好导致心情不好，没有耐心。

出了地理教室，钟意被唐遇揽着，精神恍惚。

"他是不是讨厌我了……"钟意只觉得一股恐惧包裹着自己，她拉紧唐遇的衣角，死死咬着下嘴唇，"都怪你，都怪你……"

唐遇也没想到刚刚何渠琛居然会这么介意她们小声说话，一时间也没了主意，只能好言好语地哄着钟意，顺便还是把她拐到篮球场上。

她们刚在篮球场上站了不到五分钟，穿着红色篮球背心的程期楠就压哨投进一个完美的三分球。

和队友们挨个儿击过掌，他从黄线后顺手拾起自己那瓶矿泉水，一边拧着，一边又转悠到她俩面前。

他拿着水灌了几口，用胳膊随意地抹掉额头上的汗水，才瞧见钟意那都快耷拉到地上的脑袋，跟个骆驼一样。

程期楠抬起头，偏到另一侧，指指钟意，耸肩："这孩子怎么了？"

"为了来给你加油，被学生会主席训了。"唐遇抬手揉揉钟意的脑袋，下手也知轻重，没有把形象包袱重的钟意的发型揉乱。

一阵秋风适时地吹过，带起黄色的落叶，摩擦着地面发出"沙沙"声。红蓝交替的室外篮球场上灰蒙蒙的，是风沙大的椹南市，最常见的模样。

搭配上刚刚唐遇那万分扎心的话，钟意只觉得这秋天简直就是人生绝望的代名词。

她就应该回去把稿子改一改，改成《最后一支舞》。

程期楠诧异得瞪大眼睛，把喝了半瓶的水拧上盖子，一双好看的桃花眼惊恐地看着仍旧闷闷不乐的钟意，连忙想划清界限："我……没说要让你们来给我加油啊……"

"啊？我刚刚说是来给你加油的？"唐遇反应力堪称一流，她也夸张地惊讶着，一双眼睛转一圈，摆摆手，"你听错了，我们是来把你腿打折的。"

程期楠腹诽着，你下次倒是换个隐蔽点的地方说，我们班的人都在旁边呢。

"到底是怎么回事？"程期楠打了个响指，双手抱臂把水夹在胳膊间，"先听听我理解得对不对，你跟阿意说必须来给我加油，然后被何渠琛听到了。何渠琛很生气，语气不善地说你们吵到他了，让你们出去？"

唐遇点点头，没想到程期楠居然猜得八九不离十："对啊。"

"那……"程期楠想到什么，忍不住笑了，"是不是因为钟意没有给他加过油，所以……"

眼睁睁地看着钟意瞬间恢复活力，清亮的眼睛里居然还带着傻笑，唐遇倒吸一口凉气，给出高度的评价："程期楠，你不去做妇女之友真的可惜了。"

"是少女！"钟意撇着嘴，委屈巴巴地纠正。

唐遇翻了个白眼。

篮球赛结束后，即便是齐时的语文晚自习，钟意也依旧没有去地理教室。

唐遇要补上周的周记，程期楠下午运动量也大，三人也就没有再做约饭后去操场遛弯的老年人活动。

吃饭时间的新楼里很是安静，只有那么一两个吃得快的学霸在往教室里赶，想趁着这个时间再多学一会儿。

而钟意，她正在楼梯间里浑浑噩噩地游荡着。

虽然有程期楠那句以男生角度来看整件事的推断安慰，但被何渠琛这样一凶，她还是觉得整个人都提不起劲儿，只想快点找个舒服一些的地方，趴在那里慢慢恢复能量。

空旷的楼梯间里响起一阵脚步声，她的校服外套左袖突然被人轻轻扯了扯。

钟意下意识地回头，正好对上男生小心翼翼的视线。

高大的男生站在比她矮了二级的台阶上，两只脚之间又差着两级台阶，像是匆忙追上来的。

还没等她把袖子从他的手指中抽出，只听见他低低的、还带着些许鼻音的呢喃。

"对不起。"

她那憋了好久的委屈不已的眼泪，在那一刻，如泉涌般流了满面。

何渠琛没有想到小姑娘就在自己面前死咬着嘴唇，无声地泪流满面。他一下子慌了神，另一只手伸到空中，又尴尬地停下。

他收回手，垂下眼，从西裤口袋里掏出一包方巾纸，递给面前的女孩。

刚要张嘴说些什么，他身后便响起物理宋老太太辨识度极高的声音："哟，物理学渣小朋友怎么在这儿哭了？"

钟意吸了一下鼻子，接过何渠琛递来的纸巾，偏过头擦掉眼泪，不想理此时还来火上浇油的宋老太太。

见钟意这副样子，宋老太太来了兴致。她走过几级台阶，回头才发现刚刚背对着自己的男生是何渠琛。

她的脸上闪过一丝讶异。

惹钟意哭的，是何渠琛？

察觉到宋老太太突如其来的沉默，钟意将刚刚用过的纸团在手心里捏紧，把剩下的面巾纸递还给何渠琛。她低头看着台阶，一只脚不安分地在台阶边缘处摩擦："刚刚齐老师让唐遇来找我谈，叫我写一个二十多万字的小说参加比赛。我尿，吓哭了。"

"在楼梯间里哭的时候被学长发现了,还有老师您……"钟意反应得很快,想到之前唐遇的揶揄,她立刻便编出一个看起来很合理的理由。

带着刚刚啜泣过后的颤抖,小姑娘虽然在极力克制中,但身子还是一下一下地颤着,再加上那些撒娇的语气,让宋老太太有些心疼。

"齐老头儿让你写个二十多万字的参赛作品?"宋老太太瞪大眼睛,惊讶得张大嘴巴,"不哭不哭啊!"

把手上的点心换了另一只手提着,她瞥过还站在旁边的何渠琛,突然想起重要的事情:"小何,你找几个人去门卫那里搬一下咱们刚订的二轮复习练习册,然后发下去,今天的作业就是写第一版块。"

何渠琛扫了一眼仍然低着头的小姑娘,不动声色地抿了抿嘴,才轻声道:"好。"

等何渠琛走后,宋老太太一只胳膊搭上钟意的肩膀,轻轻拍着,柔声道:"你看,还是我们物理好对不对?来,跟我去办公室做二十道选择题,只用写二十个字母。"

钟意吸着鼻子,一脸茫然地抬起头……

2.
钟意再回到地理教室,是在晚饭课间被宋老太太折磨之后。晚上是齐时的晚自习,钟意纠结片刻,还是抱着自己的理科作业上了楼。

在地理教室门口,她小心翼翼地透过门上的玻璃向里侦察一圈。

偌大的教室里,没有一个人。

如果她没记错的话,这节课似乎是何渠琛他们班的英语课。

她长松一口气,推开门进了教室,顺手把头顶上的白炽灯打开。地理教室散发着木质模型的味道,她猛地嗅了嗅,才心满意足地找到自己常坐的位置坐下。

临近学业水平考试,他们的物理习题总算没有南华老师自己出的文科拔高题,做的都是近五年来椹南市的真题,难度上降低了很多。这大半个学期过去,宋老太太也带着他们把高一学的内容都重新总结了一遍。钟意虽然偶尔还会卡在一些题上,但是至少已经没有以前那么艰难了,成绩也提高了不少。

钟意把带来的东西按照自己喜欢的方式整整齐齐地摆好,又把真题册横铺开来，冲着卷子拜了拜，就差沐浴净身再给物理卷子"嘭嘭嘭"磕上几个头。一切准备完毕，钟意掏出手机放在旁边，点开计时器开始计时。

时间一分一秒地流动，在手机屏幕上显示得那样清晰。

她已经习惯了这种紧张的计时，比起以前在考场上看到分针走动时的慌乱，如今的她已经从容得多。选择和填空最后一道题抠不出来就放弃，她也不会再像以前那样带着"尖子生"的骄傲硬要去死磕。

半套题下来，居然非常顺畅。

大概是真的做了一定量的题之后，开窍了。

做完第一道大题，钟意刚要把真题册往旁边再挪动些，地理教室的门就被推开。

不用抬头她也知道是谁，此刻沉浸在做题的世界中，她也无心再去关注何渠琛，反正他总归是会轻手轻脚地坐在他的"专属位置"上。

一套题下来，钟意的用时比平日里又少了一些。不再去关注最后一道大题的最后一小问，她关掉还差几秒钟就要响起的计时器，呼出了一口气。

活动两下已经有些僵硬的脖子，钟意拎起自己的水杯，打算出去接点水喝。

起身间，她的视线又不可救药地向那个方向看过去，他正端坐着写习题，身后是窗外那漫长的黑夜。

如果可以，她还能给他 PS 一片星空上去。

想到这里，钟意被自己逗笑，却只是偷偷地抿起嘴角。

接水回来，再次推开灰色的教室门，她习惯性地往那个方向望过去。

此时的何渠琛却换了位置，正靠着最靠墙那排的桌子，一边喝水，一边看着架子上的地理模型。

他居然突然对地理知识产生了浓厚的兴趣。

鬼使神差地，钟意也拧开自己的水杯，站在离他不远的地方，仰起头一边喝着水，一边看着放在架子上的一排精致的地理小摆件。

两个人并排站着，沉默了半晌。

钟意按捺着自己不停想要从喉咙里跳出来的心脏，稳定住气息，装作淡定而又不经意地提起："听说只要点亮地理教室中间的那个大球，天花板就会被映上星空图。"

何渠琛对新楼这个高大上的地理教室的创新点也略有耳闻，他微微偏过身去,依旧有些放松地站着:"你想打开看看吗?"

钟意轻咳一声,有些不自然地把握着水杯的手又收紧了一些:"我之前还没有看过。"

偌大空旷的教室里响起何渠琛低沉的笑声,他长腿一迈,走到墙上的开关旁边,把白炽灯全部关掉。

钟意看着他所在的方向,也看着他消失在一片黑暗里。

她一向怕黑,以前上初中时,冬天天黑得早,经常有调皮的男同学在放学的时候突然把灯关掉,她都会心惊肉跳一阵。而此刻,她居然有着前所未有的安心。

因为,他在。

开关打开又发出了"啪"的一声,钟意再回过神时,整个人都被淡淡的暖黄色光线包围。

地理教室中间的大球散发着金色的柔光,将一整片星空映射到刷成深蓝色的天花板上。大球外面的玻璃罩子缓慢地转着,带着那星空也悄悄地转着,就像一部延时摄影的小短片。

星空图的灯光亮起,何渠琛第一时间没有看那光源,而是在看钟意。女生扬起精致的小脸,眼睛里映着一整片星空。

开着的窗户透进阵阵深秋凛冽的风,吹起半拉上的窗帘。

"学长,你的地理是不是也很好?好像一般理科很好的人,文科中的地理也会相应的分数高一些。"钟意看着那片缓缓移动的星空,小声开口。

她偏过头,本来映着一片星光的双眸里,变成了都是他的影子。

何渠琛走到她旁边,和她并肩站着,也仰起头看着那"天空":"我地理一般。"

"啊……真没想到。"因为他的靠近,钟意的呼吸突然变得小心翼翼,生怕惊扰到旁边正在专注于星空的人,"不过……"

"如果研究天文的话,好像还是跟物理学专业比较挂钩。"钟意大胆地偏过头看着他锋利的下颌线。

"天文?"他挑眉,毫无预兆地转过头来,一双深邃的眼眸便直接撞进她的眼底。

钟意垂在身体两侧的手,因为紧张又猛地收紧。

还好这是微弱的暖黄色灯光,她的整张脸几乎都埋藏在阴暗之中,应该看不出不安的表情。

她故作轻松地回过头,依旧看向星空,但心里想着的却都是身旁那个人的眼眸。她舔舔嘴唇,装作自然地解释:"刚刚看你看得很入神,所以就想你是不是很喜欢天文。"

"你们应该从很小的时候就有对自己未来的路的规划吧?梦想什么的……比如成为科学家之类的……"钟意换了个更加舒服的姿势站着,两只手不停地摩挲着自己掌心的水杯,突然惆怅,"但我一直都还不知道自己的方向。"

何渠琛没有立刻接话,而是思考片刻才缓缓地开口:"没有,我一直都还不清楚以后想要做什么。"

得到与心里一直认为的并不相符的答案,钟意下意识错愕地扭过头去,却看见他有些失神惆怅的侧脸。

他微微歪着头,似乎在考虑着什么,喉结动了动:"我对很多事情都很感兴趣,但仅仅是感兴趣,其实也没有很认真地想过以后要做什么。只是在中学时期尝试了越多,越不知道自己到底想要什么。"

"你以后也会做一个外交官吗?"钟意的指尖一圈一圈地摩挲着水杯盖,心里却开始偷偷地不停计算,想着怎么样才能在未来离他更近一些,"你有模联的经验,兴趣也应该是有的吧?或许……这也是个不错的选择?"

还有就是,他形象也那么好,一定招外国人喜欢,还能给我们国家争光。

何渠琛沉默一瞬,垂下眼,语气突然冷淡下来:"不会。"

因为小的时候父母经常换国家工作,他也要跟着他们一起跑来跑去。在那个男孩子最调皮捣蛋、理应快乐玩耍的年纪,他却因为父母的工作变动而没有陪伴彼此长大的朋友。如果没有姨妈一家,也许他会比现在孤僻得多。

他现在很珍惜陪伴在他身边的人——姨妈一家、张木云,还有姜可笙。

他不想以后他的孩子也要重蹈覆辙。

"那……医生?"钟意眼睛亮了一下,突然想到了小时候经常趁爸妈值班守在电视前看的电视剧,"江直树。"

他颀长的身子套上白色长大褂,里面穿上像模联会议上一样的西装,白色的衬衫每一颗扣子都扣得整整齐齐,估计能比江直树还好看吧?

想到这里,钟意悄悄咽下口水,指尖因为激动而有些颤抖。

糟糕，好像又在脑内播放偶像剧了！

"江直树？"何渠琛在脑袋里搜索一遍这个名字，每一个角落都不放掉。听起来很熟悉，却总是想不起来。

"一个偶像剧里的男主角，很优秀。"钟意鼓起嘴巴，咬字轻轻的，每一字都说得小心翼翼。

还很帅，特别帅。

"何榆的理想型。"何渠琛总算想起这个名字。

他轻轻打了个哈欠，病刚好没有多久，浑身上下还是透着些疲累："她每个暑假都要看一遍，必须用客厅的电视看，还要各种大呼小叫，恨不得全世界都知道屏幕上的是她男朋友。"

钟意小小地惊讶一下："姐姐也喜欢这部剧啊？"

"偶像剧伤人，她到现在还是'母胎单身'。"何渠琛低头把玩着手中的纸团，冲她笑了笑。

钟意愣了愣。

巧了，她也是。

姐姐那么美丽温柔还是单身，那估计的确就是偶像剧的问题！以后她也不看了。

"你呢？"何渠琛走到刚刚站着的地方，拿起杯子喝了一口水，"你真的没有什么打算？"

"大概……当一个语文老师？"钟意仰着脑袋，一边想着，一边就说了出来，拖长的音调加上她软糯的声音，听起来倒像是在撒娇一样，"或者当一个编剧？再或者学语言？"

越想越绝望，她发出崩溃的长叹："啊——我到时候肯定是看我那分数哪个学校哪个专业要我，我就去上了。不像你，可以随便挑。"

"当编剧挺好的，很适合你。"何渠琛握着杯子走到开关旁，先打开白炽灯后，才关掉星空灯，"我的物理和数学竞赛都拿奖了，是我满意的奖。"

白炽灯有些刺眼的光线在瞬间进入钟意的眼里，她下意识地眯眼，视线里残留着他模糊的身影。

她鼻尖也因为眼部的不适而酸了一下，但那一下的刺激，似乎又将她心底那些青春年少的矫情翻了出来。

能够与他再相见的最后八个月，每一分每一秒都在流逝，如果有能让时光停止前进的机器就好了。

何渠琛走近，和发呆失神的钟意擦肩而过，声音低沉温柔："谢谢你的加油。"

获奖信息要下周升旗仪式才能公布，但是，我想先亲口说给你听。

谢谢你的加油，你的加油很有用。

温热的气息拂过，钟意慌乱地应声，手忙脚乱地回到自己的桌上，拿起笔胡乱地在草稿上画了几道，装作在算题的样子。

红晕再度爬上她的脸颊，只是这次固执得许久都没有再消失。

回到家里，钟意把剩下不多的作业写完之后时间还早，怎么也睡不够的她正要起身去洗漱，眼睛却鬼使神差地瞥见了放在旁边的电脑。

打开电脑，她去唐遇经常看小说的网站注册了一个作者号。网站是绿白相间的页面风格，看上去比较清爽。之前唐遇曾半开玩笑地提议让她来写小说，说不定以后还能出版、卖影视版权，从此成为富婆走上人生巅峰。

每次她被唐遇这么一顿忽悠就热血沸腾，却在想到要写二十多万字才能结束一本书时，毅然决然地放弃了。

但此刻不一样，她很想讲故事，讲很多很多温情、浪漫的故事。

或许是写新概念的稿子写上了瘾，又或许是今天和何渠琛站在同一片星空之下的那份悸动，她不确定到底是什么原因，但她知道，她就是想去一个能有更多人可以看到的地方，讲故事给他们听。

《第一支舞》本来是一个一万五千字的短篇，根据女主角生活的一个片段而延伸出来的小故事，其中值得扩写的内容还有很多。她不敢在一个公开的平台上直接讲述她和何渠琛的故事，那不如就把这个改编的《第一支舞》写出来。

细长的手指在键盘上飞速地跳跃着，一个个方框字在文档里迅速地填满一行又一行。音响里放着她最喜欢的歌，甜甜的，整个房间像是都要被这甜香的暖意填满。

之前写《第一支舞》时，她的脑袋里已经有了基本的剧情框架，此时写第一章三千字的时候，几乎是一气呵成。

没有得奖的压力，她不再纠结于华丽的辞藻和漂亮的字句，而是像被憋坏了的人一样放飞自我。

写完第一章按下"发表"的按钮,她闭上眼深吸了一口气。

编剧吗……听起来似乎不错。

书桌上的台灯被关上,黑漆漆的房间里只有被窝里亮着一小片光。

"你开始写网络小说了?"第二天课间,唐遇一嗓子就叫出来,连叼在嘴里的面包片都掉了。

钟意连忙捂住她的嘴,鬼鬼祟祟地环视一圈后,才打了她的肩膀一下:"你小点声,这事儿说出去多羞耻啊。万一咱们班里哪个我的小粉丝扒我马甲,跑去看我写的那些小故事对号入座了,那我可不就完了?"

"不会吧……你还真写了你和何渠琛的故事?"唐遇的眼睛瞬间瞪大,细长的手指在她面前晃了两下,"你真是着了魔了。"

"改编!改编!"钟意强调。

"又不会有什么人看。"钟意虽然嘴上这么说着,但还是有点心虚,偷偷掏出手机登录,看了一眼后台。

"怎么会没有人看?那个网站流量可大了。"唐遇一手撑着自己的脑袋,好整以暇地看着也加入偷玩手机阵营的同桌,"你就祈祷咱们学校的人不要在榜单上看见你吧。"

钟意没有理她,直直地盯着屏幕愣了两秒,转过头来,有些疑惑地看着她期待的眼神,茫然地问道:"有编辑想要找我签约,我要签吗?"

"看把你嘚瑟的!你可别签,把账号给我,我签。"唐遇拍拍腿上落着的面包屑,又拿脏手胡噜上钟意的脑瓜,眼神像是看着她小时候的小猪存钱罐,"你就专心码字,当我的小苦力,钱都给我。"

钟意面带微笑地把唐遇的爪子扒拉下去,将自己被弄乱的头型整理好,说:"你最好从现在就开始注意你自己的言辞,万一以后我火了,女主角还不一定能让你演呢。"

"老板,我错了。"唐遇立刻回道。

"哼!"

因为你的一句话,我就确定了我的人生目标。

你看,我就是那么没主见。

——意和的微博

第七章
她认识的何渠琛

我想和他一起上南大。

——意和的微博

1.

齐时每个学期都将课文讲得很快,后半个学期大多是让学生们按照进度背诵古诗文,课堂上就安排一些头脑风暴的话题,让学生开拓思维,有助于写作水平的提升。

因为是思维训练,钟意只能老老实实地待在课堂上,没有再去地理教室。毕竟有的时候齐时出一些刁钻的问题,她就是全场他唯一的托。

随着天气越来越冷,高三学生打篮球摔断胳膊的消息轰动全校。在学校的明令禁止下,高三可以参加的活动越来越少。即使是在同一个楼里,钟意和何渠琛几乎再也没有遇见过。

只有偶尔能够在食堂偷偷看上他那么几眼。

一切似乎又回到了原点,那样一个不远不近,只能偷偷看他,在心底为他打气的时候。

钟意平时还算清闲,因为想尝试以后当编剧这个可能性,也就把一些注意力放在了写小说上。父母找她谈了一次话之后,对她清楚以后自己想要做什么这一件事还很满意,也就没有管太多。

毕竟孩子对一件事情有了极大的兴趣,也是个不错的成长。

寒假过去,刚开学没有几天,就赶上了高三百日誓师大会。

"下雪了!"下午的课间,一直阴沉沉的天突然零星飘雪,坐在靠窗位置的女生尖叫了一声,整个班都望了过去。

椹南市这几年都没有下过雪,每年他们都在朋友圈里疯狂求雪,但一直都没有用。此刻这场雪一下,即便是小得几乎可以忽略的小雪,也让班里大部分的人都堆在窗户旁边叽叽喳喳。

齐时一走进教室就看见这一幅景象,他把手中的教案放在讲台上,也背着手凑了过去:"看到雪,你们能想到什么呢?"

钟意正要趁乱偷溜出去参加高三的百日誓师大会,刚溜到门口,就被转过身来的齐时抓个正着。

齐时耐心听完旁边的学生讲着自己的见解，简单点评几句，才冲那个鬼鬼祟祟猫着腰的身影喊了一嗓子："钟意，上课之前怎么又卡着铃去卫生间？"

钟意背后一凉，尴尬地笑嘻嘻着转过头来，声音越来越小："老师，我有点拉肚子……"

她胳膊抵上肚子，清秀小脸上的五官全部挤到一起，显得有些狰狞。

她以前肠胃不好，虽然说后来喝中药调理好得差不多了，但那种感觉还记忆犹新，此刻她虚弱的语气装得还是很像，足以以假乱真。

齐时面带笑容地看着钟意表演出的痛苦样子，在她快要装不下去的时候摆摆手："你去吧，一会儿别回来了，下课直接去我的办公室一趟。"

钟意一手扶着墙，仍旧把戏做足："谢谢老师。"

百日誓师每年只有高二学生和亲属参加，不像毕业典礼一样需要其他年级的学生当观众。钟意拿着自己的手机偷溜进学校大礼堂的时候，里面已经坐满了人。

她不急于去寻找何渠琛的身影，先找个最角落容易跑路的位置坐下，然后把校服外套脱下来，里面是自己的衬衫和针织衫，混在学生亲属里倒也有模有样。

舞台上的灯光渐渐亮起，在全场的掌声中，那个瘦高挺拔的身影走上木质讲台后。他调整好麦克风的高度，双手撑在台上，微微倾身，好听的声音便顷刻间充满全场："大家好，欢迎大家参加南华第三十届百日誓师大会，我是本次的主持人，高三（1）班的何渠琛。"

钟意端坐在下面，后背因为前面太多人的遮挡而挺得笔直，像是一个刚上学的小朋友。

"这个就是何渠琛啊……我听我家孩子提起过，每次考试都是他们年级理科第一名。"前面的一个家长小声地和旁边的家长说着，一边说一边"啧啧"地摇着头，"我要是有这么个孩子，得省多少心。"

"这孩子真是厉害，也没有报什么补习班。"旁边那个家长听到这话，也开始聊了起来，"我们家孩子说，这孩子有一次英语答题卡涂串了一列选择题，最后还是甩第二名快十分。"

"唉，这种孩子就别比了，纯属是脑子好。"

"也别这么想，有可能是自己请了老师补课，但不说。"另一个家长也插进嘴来，神秘兮兮地眨眨眼，"这种孩子我见多了，人家都偷偷地学。"

钟意的眼睛虽然还固定在台上的那个身影上,但耳朵却已经竖起来,偷偷地听着前面几个家长分享着自己的"补课经"。

何渠琛还上补习班?他几乎天天都在地理教室自己给自己上补习班好嘛!

虽然家长们是在夸何渠琛,但钟意心里却还是美滋滋的,比夸自己还要开心。她掏出手机,对着他的方向猛按了几下快门。

即便距离很远,拍出来的照片很模糊,但有一张算一张嘛。

"第五项,宣誓,请全体起立。"台上又走上几个钟意眼熟的学长学姐,他们一人拿着一个话筒,和走到台中央的何渠琛并肩而立。

"作为南华中学的学子,我在此宣誓——"

"我将以严谨的态度对待每一场考试——"

…………

"南华学子,永怀校诚,初心不变。宣誓人:何渠琛。"

他们念一遍,所有台下站起身的学长学姐便齐声跟着再念一遍。齐声的宣誓回荡在偌大的大礼堂里,让坐在后面的钟意鸡皮疙瘩全起。一排排人墙将何渠琛的身影挡了个结实,她只能听见他的声音。

透过音响,她听到何渠琛低沉声音中的那份坚定。

她的眼眶微酸,一双手放在腿上,手指紧紧绞着。

还有一百天,只剩一百天。

与他还能相见的一百天。

2.

后面的发言,钟意也没有什么兴趣,就在后排蜷着身子玩手机,和唐遇现场直播吐槽这枯燥无聊的讲话。但为了能把何渠琛所有的讲话都听下来,她硬是坚持到了最后一秒。

誓师大会结束之后,大礼堂里很混乱。有一些学生到台上去拍大合照,还有一些学生则跟家长和老师聚成一团,在聊着些什么。

出口处人很多,钟意好不容易从角落挤过去,在门口却一眼就瞟到何渠琛的背影。也许,这是她的超能力。

他正微微弯着腰和校长说着什么,旁边站了一个手中拎着单反的妇人。

反正时间还足够,钟意不假思索地就迈开脚步,悄悄地蹭过去。

"你要放弃保送资格?"校长是一个年近六十的老人,去年刚做完心脏搭桥手术，平时都拄着拐杖，此时他手上的拐杖一下一下地磕着大理石地面，像是下一秒就要打在何渠琛的身上。

趁着人群混乱，钟意躲在一旁，刚定下神来偷听，就听到这么一句话。何渠琛垂着头，很是礼貌："嗯，我已经决定好了。"

"全国两所顶尖学校都给了你一流专业的保送资格，你还有什么不满意的？"校长按着自己的心口，握着拐杖的手微微发抖，"我从事教育这么多年，第一次见你这么轴的学生！你是觉得自己优秀得不行，所以非要再通过高考报上你本来保送就能上的专业吗？"

"琛琛，你最好给我解释一下这到底是怎么回事。"旁边的妇人也皱起眉头，语气中多了些怒意，却强忍着让自己说出来的话更柔和一些，"是，你已经长人了，到了一个可以为自己的人生做选择的年纪。但我实在没想到，你居然在这种关键的时刻胡闹！"

"校长，姨妈，很抱歉我做了这么一个看上去不是很理智，并且很自私的决定。"何渠琛静静地等他们说完，才平静地开口，"之前报考自主招生，我只报了椹南市这两所全国顶尖的学校。之所以报考，是我觉得好像我这个分数理应去这些学校。但我从始至终都没有想好我以后要从事什么样的职业、对什么方向的研究感兴趣。"

他深吸一口气，背在身后的双手有些紧张地相互握着："以前做这些事情，我只是感觉我应该这样。但现在不一样了，我有自己真正想去学的东西。"

"你真正想学什么？还有什么专业是那两所学校不能满足你的？"妇人不怒反笑，把手里的单反收进配套的单反包里，"你跟姨妈说说，让姨妈开开眼界。"

人礼堂门口人来人往，不少人发现这边的纷争，也投来了注视的目光。

何渠琛沉默两秒，好听的声线中夹杂着一丝若有似无的叹气："我想考南大的天文专业，全国最好的天文专业在南大。"

此话一出，一直躲在角落的钟意瞬间瞪大眼睛，死死捂住自己的嘴巴才没有出声。

大厅的玻璃门外正飘着雪，他的背影融合在那背景里，在她的眼里越来越模糊。

不知道是不是巧合，但……

原来那些话他都记得。

回到教室,钟意的心还不停地剧烈跳动着。

齐时的课堂上正讨论得火热,钟意偷偷溜进去坐稳后,几次想和唐遇分享刚刚听到的小秘密,却都被齐时一个眼神给瞪了回去。

好不容易熬到下课,钟意拉着唐遇就一路奔到食堂。先在队伍后面排上位置,她才气喘吁吁地在唐遇耳畔说悄悄话:"你猜我刚刚听到什么了?何渠琛他要考南大。"

"南大?"唐遇惊讶地转过头来,瞥到钟意立刻竖在嘴边的食指,才又压低些声音,"他不是已经拿到了椹大的保送资格了吗?据说只要过了一本线,就能直接读,还都是很牛的专业。"

"他想读天文。"钟意撇撇嘴,"虽然是南大,但是对我来说还是好难,太难考了。"

"天文?"没有涉及人名,唐遇才放心地笑嘻嘻地放大些音量揶揄道,"这难道就是他去地理教室的真相?我还以为他为了你放弃最好的学校,想要和你一起上演一场浪漫的大学校园恋爱情景剧。"

明明是一句揶揄,但钟意却像是当真一样心跳漏了半拍。她一巴掌拍上唐遇的后背,红着脸轻声呵斥道:"瞎说什么呢,净会瞎编!"

说话间,钟意的身后也排上了人。

她和唐遇两人依旧叽叽喳喳的,转而在讨论有关未来的事情。

"我前几天找了一个口碑很好的培训班,只占用周末培训播音主持和表演,我在考虑要不要去看一看。"唐遇放松地向后靠在钟意身上,一双手把玩着钟意的右手,"那边也有戏文和电视编导的培训,你要不要一起去了解一下?"

钟意皱皱鼻子,连忙拒绝:"我周末都不想去补数学,你还让我去补别的辅导班?还不如杀了我。"

"不过……"钟意拉长声音,眼睛转了一圈,寻找着委婉的字句,"你真的打算报艺术类了?"

"反正也不吃亏,考的都是一样的卷子,只是考生类型不一样而已。"终于排到唐遇,她把钟意搭在她身上的胳膊移开,一个挺身从她的怀抱里站起来,"你考戏文的话,考生类型也要报艺术类。高考成绩出来以后,你要是有想报的普通专业,也可以拿着你的分数去报,走正常程序,不影响。"

"那我以后也去当个演员得了,"钟意笑嘻嘻地从唐遇刚打完饭的餐盘里抽了一根鸡柳塞进嘴里,字句被鸡肉挡着,听起来不是那么清晰,"这样不管我们是不是在同一所学校,他都能看到我,在最显眼的地方。这样的话,也许他就不会忘记我。"

钟意嚼着鸡肉,自若地转过头和食堂阿姨笑着打招呼,看上去像没心没肺地随口一说。但她却清晰地知道,她刚刚说的每一个字每一句话,都如同刀一般割在了自己的心上。

南川市,从椹南市坐飞机要两个小时左右,不算远,但也绝对称不上近。南川市最好的大学她考不上,但用她的分数去上南川市其他大学,也有些可惜,爸爸妈妈也绝对不会允许她在这个时候胡闹。

不同的气候和生活习惯,四年,一切都会改变着彼此,也会让他们逐渐忘掉回忆。

这该死的年少青春的惆怅。

"你个写剧本的,跟我们抢饭碗干什么?"唐遇嗔怒一声,不甘示弱地从钟意刚拿过来的餐盘里抓了两根鸡柳放在自己的餐盘里,趁着钟意还没发怒,拔腿就跑,"你就安安心心当一个每天为剧本掉头发的秃头怪吧,我独自美丽就可以了!"

钟意愣愣地看了一眼自己的餐盘,半晌才反应过来那本就没几根的鸡柳被唐遇抢去了两根。她深吸一口气,眼神阴鸷地追着唐遇就跑了出去。

独自美丽?

美你个大头鬼!

"老何,到你了。"女生如旋风一样从旁边卷过,站在何渠琛身后的季昀躲避了一下,才敲敲前面呆滞住的那个人的后背,"现在的孩子们还真是有活力,吃饭前还得消耗体力。"

张木云今天想吃面,就去专门的面食窗口排队了。何渠琛和季昀排队时也少有交流,好不容易结束疯狂接收知识的补习,需要把脑袋放空获得片刻的休息。

何渠琛掀了一下眼皮,长长的睫毛抖了抖,喉结微动,轻笑两声:"是我们太虚了。"

双手搭上盛饭窗口的大理石台面，何渠琛眼角弯弯，声音比任何时候都要温柔动听："阿姨，可以给我多盛一些肉吗？"

盛饭阿姨听到这低沉又温柔的声音，抬眼透过玻璃窗看了看外面，原本没有表情的脸上立刻笑开花，手上像是不要钱似的给他盛了两大勺鸡柳："多吃多吃！这马上就高考了，可得好好补身体。"

季昀沉默，一只手搭上何渠琛的肩膀，眼睛像是黏到何渠琛手里的餐盘上。他平缓一下心情，才低声在何渠琛的耳边轻吐出几个字："为了吃，就出卖自己？做人啊，可不能不要脸面。"

何渠琛一只手端着餐盘在季昀面前嘚瑟地晃晃，一只手扒拉下去季昀搭在自己肩膀上的手，冲他挑眉毛："不能喂饱自己，我要这张脸有何用？"

季昀扫了不像是在开玩笑的何渠琛一眼，接过食堂阿姨递来的餐盘，毅然决然地转身迈开腿："保重身体，多干实事。"

何渠琛放弃保送资格的事情第二天便轰动全校，钟意去上个厕所的工夫，就听到不少人在议论这件事。

有人说他与其他人不一样，有自己的追求；也有的人唱衰，说他只是想嘚瑟自己的能力，高考考砸了有他好看的。一时间，整个校园里就像是一个热搜现场，而这条新闻底下的评论区则乌烟瘴气。

钟意的眉头一直都皱着，如果可以，她真的想为他捂住耳朵，不让他听到那些质疑的声音。

她认识的何渠琛，是世界上最优秀的人。

没有人可以质疑他的能力。

回到自己的座位上，趁着老师还没有进班，钟意从书箱里掏出自己偷偷摸摸放在隐蔽角落里的手机，打开之后搜索了一下南大的本科招生界面。

梦总归是要做的，万一她高考小小地爆发了一下后，真的就踩着线上了南大呢？

她迅速划拉着手机，大致翻了一下南大近几年在椹南市文科招收的专业和分数线，却在角落里瞥到了"艺术类招生考试"一栏。

钟意第一次知道国内排名前几的南大居然还有艺术类专业，但只有一个，就是戏剧影视文学。专业最终录取是按高考的语数外成绩与校考总分各占百分之五十进行排名，前二十五名录取。

她的成绩肯定是符合招生简章上特别标注的必须过一本线的最低要求，又大概查了一下过往招收的不低于"211"录取线的分数，想到自己的数学成绩，她就有些头疼。

基本条件看上去都符合，但就是最终录取的排名只看三科。没有史地政的加持，她的语数外成绩被数学拉得简直没有办法看。

钟意拍拍自己的脸颊，把手机放下的同时，另一只手从书箱里拽出自己的数学课外题，伸手翻到连做都没做完的第一页。时隔大半年，她终于开始真正去写这本课外题。

她把心沉下来，每一道题都细致计算，不再去追求做题速度和一次就对的正确率，倒是有了一种上个学期期末学习物理时的感觉。

被叫去数学办公室领判好的上周周测卷子的唐遇回到自己的座位上，从手里的一沓卷子中先找出自己的，又抽出钟意的正要给她时，眼尖地瞥到她摊在桌上的那本数学课外题。

唐遇拿着卷子的手在空中顿了两秒："你这是……每周发数学考试卷子时候的例行发愤图强吗？"

钟意握着笔的手没有停下来，她连看都没看唐遇一眼，就直接放下狠话："以后这将变成我的日常，我要考南大的戏剧影视文学。"

唐遇看着那个埋头认真写题的小脑瓜，突然心情苦涩。

本来自己鼓励钟意去考戏文，只是因为想让她也能够留在椹南。没想到这样一鼓动，反而让她找到了坚定地考去外地的目标。

但看着钟意这样努力想要向何渠琛靠近的样子，唐遇又不知道该如何去规劝。那种戒不掉的感情，她的体会比钟意还要深刻得多。

她小心翼翼地把钟意的卷子折好，替钟意塞进书箱里，才轻声道："也算是从零开始，加油。"

温柔的鼓励，却预示着一个不祥的开端。

钟意手中的笔一顿，机械地用左手从书箱里摸出那份折好的卷子，哆哆嗦嗦地放到面前展开。

硕大的红色"56"在卷子中央靠上的位置绽开来，满分"100"的卷子，好歹也算是过了半。

真是好一个从零开始。

第八章
何渠琛，认识你的第五年

毕业前，和他拍了第一张合照。

——意和的微博

1.

空荡的地理教室，刚刚开启的冷风吹淡整个屋子里腾起的热气。空气中夹杂着桌椅和模型散发出的淡淡的木质香气，有一些苦，又有一些涩涩的，像是一本旧书在面前摊开，只是少了那些油墨的特殊味道。

每一页上，都密密麻麻地记录着那些回忆。

知了不知疲倦地叫着，透过窗子传进安静的教室里。

还未至窗边，一股复日的燥热席卷而来。何渠琛走到自己的"专属座位"旁，在熟悉的椅子上坐下。还未被冷气充斥着的教室里，靠窗的位置因为太阳的照射而更加炎热，他白皙的皮肤上渗出些细密的汗珠。

明明今天是高考结束后的第一天，高三年级来学校只是为了把教室清空。学校对于他们的着装没有什么要求，但他还是执着地穿着那身并不是很吸汗的校服西装。

他没有正经地坐着，而是侧坐在椅子上，一只胳膊架上椅背，另一只胳膊搭在桌上。

空荡的地理教室里只有他一个人，他的视线从靠墙的一排置物架上缓缓扫过，又从金色的天文投影球上划过，最终落在角落里的一套桌椅上。

在这时，他终于敢把视线长久地放在那个位置上。

以前每一次望过去，他都必定是要带着理由的，或者是装成不经意地扫过。说起来也可笑，他一直以为自己有一双长在后背上的眼睛，她的一举一动，他都能通过竖起的耳朵在心里猜个大半。

也许她一直都不会知道，有一个人，也在偷偷地关注她。

在心里为她每一次的得奖而欢呼，也会因为在办公室看到她忍着泪意的背影而揪心。

又在地理教室坐了一会儿，何渠琛才站起身，将椅子推好，拾起刚刚放在桌上的那几个厚厚的透明夹子。

裹着校服西裤的长腿接近刚刚一直被他紧盯着的桌椅，戴着深蓝色腕表的左手将夹子整整齐齐地放在灰色的桌面上。

他一直都很喜欢手表,父母在物质上从不吝啬,所以他收集了许多名贵的手表。高一时为了好好收藏这些表,何渠琛专门在家里装了一个类似专柜的展示柜。但这块展示柜里最便宜的深蓝色腕表,他却戴了几乎快一年。

每一次上学时,他都戴着。

因为有一天,她也戴了一款深蓝色的细带手表。

之后的每一天,他都小心翼翼、不动声色,因为好似是戴了与她差不多的表而窃喜。

他的眼神再次落到天文球上,一双漂亮的眼睛里满是柔情。冷气与热风交织在一起,像是春天里和煦的风。

"老何,你怎么还在这儿呢?快回班,老班要发言了。"地理教室的门口探出张木云剃成板寸的脑瓜,像是个锃亮的鸡蛋。

一早上只要看见张木云那颗脑袋就笑的何渠琛,这次破天荒地没有勾起嘴角。他垂着眼,原本按着夹子的大手离开桌面,低低地"嗯"了一声。

夹子被留在那桌面上,透明封皮底下干净平整的白纸上是工工整整的铅印字。

这些全都是他笔记的复印版,昨天考完,他窝在家里什么事情都没干,把自己的笔记一张张地复印好,装订成册。

虽然只有数学和英语两科,但全都是他自己的总结。希望这一点微不足道的小事,可以帮到她。

也许这样,她就会记得他。

不会忘。

为了让他们这些高三考生不心浮气躁,南华特地把毕业典礼的时间调到高考结束后的第一天。今年的高考正好赶上周末,也就赶着周一的升旗仪式,为南华的高三学子办成年礼暨毕业典礼。

这典礼同时也是初三的毕业典礼,不过它的主角还是高三学生。

毕竟也快到六月中旬了,这两天既没有雨也没有将要下雨的迹象,整个城市都被火辣辣的太阳直直地照着。即便是躲在树荫下,可仍然避免不了被那好似从地上冒出来的热气蒸烤。

钟意和唐遇手拉着手刚从教学楼里出来,那一刻就感觉自己好像是一道名为"冰火两重天"的菜,瞬间便熟透了。

从新楼到操场的距离并不远,但也足以让她们的后背湿透。

"今天何渠琛毕业,要不要和他合一张影?"唐遇接过钟意递来的方巾纸,一边擦着额头上的汗水,一边笑嘻嘻地问道。

钟意拿着纸巾的手一紧,抿了抿嘴,想了想才小声回道:"不了吧。"

"这可是同框的好机会。"唐遇的下巴往旁边的人群伸伸,眼睛瞪大眼神夸张道,"你看,你不做的事情别人都做了。那几个女生抱着花来的,我就不信她们是自己家的哥哥姐姐在南华当毕业生。"

钟意拉着唐遇在班级队伍里站好,对唐遇的话充耳不闻,还没心没肺地做了个鬼脸。反正打死她,她都不会直接给何渠琛送花的。

因为是和升旗仪式一起进行的毕业典礼,升旗仪式的前几项流程必然不能少。何渠琛作为主持小组里唯一的高三生,又恰逢考完试,这次的仪式依旧是他来主持。

钟意眯着眼睛,即便因为阳光进眼而有些不适,却还是强撑着想多看他一秒。他逆光而站,全世界都像是他的陪衬。

她想记下他的样子,于是在心里细细勾勒他的轮廓。

他依旧是那么挺拔,纯白色的校服衬衫在阳光下像是发着光,亦如她第一次在初一年级开学典礼上看到的他,只是当时的少年已经长得更加高大,不变的是那份优秀和让人移不开眼的气质。

同样的地方,同样的距离,同样仰头看着他的姿势。

一晃眼,就已经过了五年。

从见到何渠琛的第一眼起,一直到现在这一分这一秒,时钟每走一步,都是最后的倒计时。

钟意仰头看着他的身影,眼眶微微发酸。

也许是因为太刺眼的阳光,又也许是因为……

谁知道呢?

突然,六班的队伍里出现一阵骚动。

钟意比较高,站在全班的后排。她收回视线,看到几个人扶着脸色苍白的班长到了队尾,找站在队伍后面的班主任。

因为太阳太毒辣,每年的毕业典礼和开学典礼都会有不少学生虚脱。

"咱们班长有些不太舒服,一会儿上去送祝福千纸鹤的事情……要不然唐遇你去吧？"扶着班长的学习委员推了一下眼镜，就近拍拍正在一边站着闭目养神的唐遇。

她长得那么漂亮，上去也是为班集体争光。

唐遇被他这么轻轻一拍，下意识地抖了一下，又迷茫地眨眨眼睛："千纸鹤？"

南华每年毕业典礼上都会有祝福交接仪式。高二和初二每个班的同学都要在卡纸上写一份祝福，再把卡纸折成千纸鹤，由班长统一收齐装在盒子里，在毕业典礼上交给高三和初三的学长。

钟意所在的高二（6）班，就是送给高三（6）班的。

唐遇大大的眼睛转了一圈，在钟意有一股不祥的预感刚升起时，就扯扯她的衣角："还是让钟意上去吧，我也有点不太舒服。"

钟意刚想拒绝，却对上唐遇那不停使眼色的眼睛。

想着不管怎么说还是先答应下来，钟意冲正着急的学习委员点点头，接过他手上精致的盒子："我去吧。"

等学习委员搀扶着班长离开队伍去医务室后，唐遇才神神秘秘地向钟意的方向歪歪身子，小声道："你一会儿上去，我在底下给你拍照。虽然你和何渠琛中间隔了好几个班的班长，但也算是同框。"

"唐遇，你老实点！别说话！"还没等钟意发表对如此美好的友情的感言，站在身后的班主任大喝一声。

被这样一点名，两个小姑娘讪讪地看了一眼对方，又憋着笑转正脑袋。

快到这一个流程时，教务主任就挨班喊人到前面的主席台集合。唐遇给钟意比了一个无声的"加油"口型，然后就看着钟意的身影消失在人群中。

"下一项，请高二各班同学为高三毕业生送上祝福。"何渠琛正气定神闲地站在主席台上，说完这句话后，他向后站一步让开位置，习惯性地往上台口一瞥，却看到了那个扎着马尾的纤细身影。

那个被他埋藏在心底的人从他面前经过，带着淡淡的洗发水香气，久久未能散去。

音乐响起，钟意虽然没有事先彩排过，但也学着周围同年级班长的动作，将手中的盒子递给高三（6）班的班长。

把盒子递给学姐后，钟意冲学姐轻轻一笑，将两只手背到身后，转过身，站在两排人之中，等待主席台下学生会新闻部的人为他们拍合影。她依旧是那甜甜的笑容,只是藏在身后的左手心里,藏着一只精致小巧的千纸鹤。

随着主席台下老师的手势,两排人按照顺序从另一侧的下台口下去。

何渠琛又站回自己主持的位置,眼神却一直跟随着那个小小的背影。他抿了抿嘴唇,喉结也轻微地动了一下。

其实说不忌妒是不可能的。

他也好想知道她的千纸鹤里写了什么。

下台以后,钟意把偷偷藏起来的那只千纸鹤攥在已经微微潮湿的手心。等她回过神来时,手心里的千纸鹤已经有些发皱。

她赶忙用两只手指把千纸鹤拎起,在空气中甩过两下,才又装回自己的口袋里。

等初二为初三送完千纸鹤,后面便是高三学生代表,也就是何渠琛讲话。

钟意一路狂奔回班级队伍里,微喘着抬头听他最后一次的讲话。

他讲述的是自己第一次来到南华,以及多年之后站在这台上的故事。稿子不像往年毕业生念起来都差不多的内容,听起来是他自己写的。

毕竟已经是十八岁的人,何渠琛的声音比以前更低沉且富有磁性。他站在台上娓娓道来,没有演讲腔,也没有半点紧张,轻而易举地便让人把每一个字都听进去。

钟意站在台下,背在身后的一双手不安地相互绞着。

"感谢所有老师为我们提供的帮助,也感谢每一个曾经并肩奋斗的同学给予的鼓励。天下没有不散的筵席,我们终将会因为时间的流逝而分离。尽管以后我们将散落在天南地北,但我们永远会谨记南华的校训,克己守礼。请允许我最后再念一次当初我们许下的誓言——"

他留了一个比较久的空白,将手中的麦克风放在演讲台桌上的麦克风立架上。

每一句的宣誓,他念一遍,台下的学长学姐就自发地跟着他念一遍。一声声的宣誓,像是要直入云霄。

钟意仰头看着他,起了一手臂的鸡皮疙瘩。

"南华学子,永怀校诚,初心不变。"他说完最后一句,透过话筒传出来的声音在整个操场上空回荡。

明明是他们宣誓,钟意却湿了眼眶。

"明年我们也要站在那里了,"她悄悄地拉住站在旁边的唐遇的小手,想要寻求些温暖,"突然产生了一种共情。"

唐遇正津津有味地闭目养神做她的白日梦,听到钟意这么一说,也懒得睁开眼睛:"共什么情啊,你还有地狱般的一年,瞎操心人家已经迎来解放的学长学姐干什么?咸吃萝卜淡操心。"

钟意哑口无言。

当她没说过好了。

典礼最后一项,是高三的学生以十个人一组的形式上台,从班主任的手中接过自己的毕业证书,并合影留念。

何渠琛此时已经套上学士服,跟随着自己班级的最后九个人一起上台。

昔日暴躁的物理宋老太太慈爱地为何渠琛的学士帽捋了一下金穗,又将手中的毕业证书递给他。他背对着台下,指尖触及证书的同时,鼻尖微酸。

"孩子长大,总归是要离开家了。"老太太笑着拍拍他的肩膀,但那笑却是含着泪意的,她藏在眼镜后面的双眼正微微闪着泪光,"小何,你一定会成才的。"

何渠琛拿着证书的右手一紧,不受控制地张开双臂,给她一个大大的拥抱。

"谢谢老师。"他的下颌线紧绷着,吐出来的字句仍旧带着丝丝颤抖。

南华的音响里放的是《青春纪念册》,即便是每年南华从不换的音乐,但这一次,何渠琛真切地体会到了那份有关于纪念青春的不舍。

  给你我的心作纪念,这份爱,任何时刻你打开都新鲜。
  有我陪伴,多苦都变成甜。
  睁开眼就看见永远……

他跟着旁边的同班同学一起转过身来面向大家,一双修长的手中捧着自己那份红彤彤的毕业证书。

"咔嚓——"

台下的快门声一响,何渠琛在那音乐中双眼望向高二队伍的样子,被永远定格在了相机里。

"接下来,高三的同学、家长以及老师自由活动,在十一点前回到班级做最后的总结和告别,请其他年级的同学于上课铃响之前回到教室继续上课。"何渠琛悄悄深吸一口气,"我宣布,南华中学本次毕业典礼到此结束,请同学们有序退场。"

音响里依旧一遍一遍地放着《青春纪念册》,钟意身侧的人群开始散乱开来,她却仍站在原地,有些愣怔。

"走吧,你还在这儿回味什么呢?"唐遇一脸奸笑着,用胳膊顶了一下钟意,一双眼睛里都是揶揄,"是不是在回味何主席的最后一次公开发言?啊,他的声音好好听哦!"

她装作网络上那些粉丝的狂热样子,又开始耍宝,只不过压低声音:"何——渠——琛——看看妈妈吧!考试结束之后就好好休息,千万不要累坏了身子!不管你最终成绩如何,妈——粉——永——相——随——"

钟意无语地看着唐遇继续她那尴尬的演技,一只手搭上她正在空中乱晃模仿见到明星的小粉丝的手,狠狠地束在她的身体两侧:"唐小姐,我需要纠正一点,我才不是妈粉。

"另外,你这尴尬的演技,能考上戏剧学院就是个奇迹。"

其他年级的人大部分都已经退场,穿着学士服的高三生们几乎占据了偌大的操场。唐遇一边被钟意拉着往新楼的方向走,一边侧着身子,不老实地在整个操场上找寻着刚刚还在台上的身影。

"哎,何渠琛在那儿!"视力一向很好的唐遇一个挣扎,挣脱钟意,反手一把拉住钟意就往相反的方向跑,"这么好的机会,不让你去赶紧再混个脸熟,罢我这种好闺蜜还有什么用?"

"再——混个脸熟?唐遇,你的语文是应该补一补了。"钟意被唐遇拉着,却也没有拒绝。

嗯,"心机钟"觉得自己一会儿可以说是唐遇硬要拉她过来的,不是她自己自觉摸过来的。

反正,事实就是这样。

她们两个走近的时候,何渠琛正在收几个小朋友送给自己的花,柔声道谢。偶尔有学妹提出要合影的要求,他也都一一应下。在人群圈外面,他的四个家长都站在那里，一边看着他，一边相互聊着什么。

虽然离人群越来越近，但走到一定距离范围之内，钟意还是向后扯了扯唐遇，把速度降下来。两个人慢慢溜达几步，到达时，人群已经散了许多。

何渠琛装作不经意地扫了眼那站在不远处鬼鬼祟祟的小姑娘，嘴角悄悄地勾起。他加速道谢和合影的速度，让围在周围的人越来越少。

钟意作为一个心里胆大包天，但实际上是个缩头乌龟的倒霉孩子，经过唐遇的一阵推搡，就像是固定扎根在地上一样，硬是不肯往前走一步。

唐遇试了几次，才冷笑一声："你这最近狂吃外卖长的肉，果真都不是没用的闲肉，都有自己的用武之地。"

钟意刚要反驳，偏头就看到物理宋老太太向何渠琛走近的身影。

虽然物理会考已经结束，但宋老太太给她造成的严重心理阴影一直都没有消失。她的心里警铃大作，从唐遇的手里抽回自己的手，一个健步就蹿到何渠琛旁边。

高大的男生被她的闪现吓了一跳，还没稳住表情，只见表情凶狠的小姑娘一把扯过自己的胳膊，低头在他的手心塞了什么。

动作如此粗暴，好像是一个金刚芭比拉起了他的手。

没有想到她竟然有这样的变化，何渠琛愣了一下。下一秒，刚刚表情还十分凶狠的小姑娘再抬起头，已经挂上比今天的太阳还要灿烂的笑容："学长，毕业快乐。"

那是他从来没见过的、无比灿烂的笑容。

她那一双漂亮的眼睛弯弯，长长的睫毛在空中微闪，亮晶晶的眼底都是他的身影。

那一刻，何渠琛似乎屏蔽了周围其他的声音，耳畔只有她清脆好听的祝福和操场上音响里依旧放着的《青春纪念册》。

> 给我你的心作纪念，我的梦有你的祝福才能够完全。
> 风浪再大，我也会勇往直前。
> 我们的爱，镶在青春的纪念册……

他张了张嘴，喉咙里发出带着微微沙哑的声音："谢谢你，钟意。"

看到何渠琛的眼睛里满是淡淡的笑意，那一刻，钟意才感觉到他的笑是因为她。全部的，都因为她。

把千纸鹤送出去之后，她居然不太知道自己还能做些什么。眼看着气氛就又要冷下去，钟意又突然开始紧张起来，下一秒，几乎是落荒而逃。

宋老太太此时已经走近，望着钟意拉着唐遇迅速逃离的背影，笑着冲何渠琛狠狠地吐槽一句："我有这么可怕吗？"

"没有没有，您是魔鬼的外表，天使的内心。"何渠琛扫过那只精致小巧的千纸鹤，将它藏在手心。

因为一会儿其他年级还要上课，没多久，操场上几乎已经没有其他年级的人了。宋老太太和何渠琛聊了几句，又和他家里人说了些家常。

送走宋老太太，何父才将手中抱了许久的巨大花束双手递到何渠琛面前："琛琛，恭喜你毕业。"

何渠琛低头看向花束，僵硬着没有回答，也没有接受。

高大英俊却也透着上了年纪的疲惫的男人一愣，双手尴尬地停在空中。即便他可以在外交场上叱咤风云、觥筹交错之间敏捷地做博弈，但面对已经越来越高大，和自己越来越像的儿子，却没有了办法。

他亏欠了儿子太多，不知道该如何去弥补。

一时间几个人都有些尴尬，还是姨妈率先开口："琛琛，你爸爸妈妈大老远从国外坐了十几个小时飞机回来，怎么这么没有礼貌？"

"只是十几个小时而已，"何渠琛一只手插在口袋里，捏紧千纸鹤，抿起嘴，声音冷若冰霜，"我等他们，可是等了好多年。"

唐遇虽然平时沉迷于网络小说，但"校花"的名号可不是盖的。

离下课还有一些时间，她拉着钟意去水房接水的路上，就被好几个学长截住。明明比她们大一届，他们却特别不好意思地问她能不能合一张影。

唐遇每次都很配合，而被无视的钟意则通常是可怜的照相员。

还是不收费的。

"果然，长得好看就能有一堆粉丝。"钟意握紧自己的杯子，酸溜溜道。

唐遇斜睨她一眼，煞有介事地摇摇头，纠正她的话："这些来找我合影的人太有眼光了，万一以后我真的大红大紫，他们手上有跟我的合影不得让多少人忌妒死。这可是一种变相的投资，你这人就是短见。"

钟意翻个白眼，懒得理她。

"不过要我说，你非要当个演员是为了什么啊？"眼看着水就要接满，钟意把按在直饮机开关上的手指移开，小心翼翼地拿过一不小心盛满水的杯子，嘬了一口，"安安静静地做个人美高冷的学霸不可以吗？"

"你懂什么，我这是想要深入娱乐圈，去挖掘圈子里不为人知的秘密。"唐遇一扭腰，挤开正拧着杯盖的钟意，把自己的水杯放到直饮机上，"话说，你真的不打算和何主席合影了？机不可失，失不再来。再说了，今天找他合影的小姑娘那么多，不多你一个，也不少你一个，大方点儿。"

钟意慢吞吞地拧着自己的杯盖，没有说话。

见她这个反应，唐遇直起身，没好气儿地瞥一眼依旧有些畏畏缩缩的钟意，从鼻子里冷哼一声："你要是不主动的话，我就直接赶鸭子上架了。到时候我用什么方法让他跟你合影，还真的说不准。"

话音刚落，唐遇冲钟意做了个鬼脸，一溜烟儿地拿起水杯就往门口快走几步。

"你干什么？你淡定，你快回来！"这么一句话让钟意眼皮直跳，追着唐遇就冲了出去。

新楼里只有高二和高三两个年级，又恰逢今天是高三考完后的狂欢，整个走廊都乱糟糟的。

钟意刚跟着唐遇跑到楼梯间，迎面就撞上正一个人慢悠悠上楼的男生。他的脸色不是很好，像是刚刚愠怒过。

"学长！"不顾钟意猛扯着自己的衣角，唐遇向正微低着头垂眼的男生扬起笑容，"今天唐摄影师送温暖，免费拍照。唐摄影师出品，必属精品，过了这个村儿就没这个店儿了。"

何渠琛和唐遇并不熟，但他也知道她是钟意一直有关系还挺好的朋友。当然，全校闻名的校花名号，他也有所耳闻。

何渠琛再抬眼时，已经敛去了刚刚眼底的落寞。他上楼的脚步停下，一只手仍搭在楼梯扶手上："免费拍个人照？"

一看有戏，唐遇一只胳膊立刻拎起正要转身溜走的小怂包，直接把人提溜到何渠琛面前："不，我这人有一个癖好，还是喜欢拍多人照。"

被推到前面的钟意把手背在身后，不停地扒拉着唐遇的魔爪，急得冒了一头的冷汗。但唐遇在这种时候倒是力大如牛，怎么推也推不开。

认命的钟意小心翼翼地抬头，最终鼓起勇气，再张口时紧张得连话都不会说了:"学长,我能和你合一张影吗?"

终于把积在心里那么久的话说出来,反正也已经撤回不了,钟意心里总算畅快许多。

答不答应都无所谓了,反正她已经说出来了。

不留遗憾。

何渠琛站在稍下面的楼梯上,歪过头思索两秒才迈开长腿上了几级台阶,和钟意站到同一高度上。他微微低头,藏在口袋里的手又捏了捏那只千纸鹤,勾起嘴角:"好。"

自从高三进入最后冲刺阶段之后,钟意见到何渠琛都很难,更不要提和他站在这么近的距离里。

他就这样立在她的身边,只要她稍稍弯一下胳膊就能碰到他那有力的小臂。楼梯间里开着小窗使空气对流,整个楼道里空气流通得很好,还能闻见他身上散发的淡淡茶香。

唐遇事先带了自己的胶片机,此时也从她那鼓鼓的校服外套口袋里掏出来,调试两下。

"我说你那口袋里怎么鼓鼓的。"为了避免尴尬,钟意主动挑起话题。

因为怕晒,唐遇每次都宁愿糊上一层校服外套,宁可闷死也不愿晒死。她眯起眼睛试了一下取景器,撇着嘴,小声吐槽:"没见识。"

又被骂了的钟意翻了个白眼。

"你们两个往这边站一些。对对,就是这个地方,光线很好。"唐遇蹲下身,看着取景器里那两个别别扭扭的人,唇边的笑容不禁越扩越大,"笑一下,三……二……"

因为何渠琛站在身边,钟意连呼吸都不敢用力,头皮一阵一阵地发麻。

她憋红脸,僵硬地冲镜头笑着。

"你的字很好看,字如其人。"唐遇还没有念完倒计时,钟意的头顶便响起他低沉的声音。压低的声音,字句摩擦着喉咙,听起来更加迷人。

钟意下意识地抬眼望过去,正巧他也微微偏过头来垂眸看着她那灿若星空的双眸。

"一……"

他们离得很近,真的很近。

鼻尖都是他身上清冽的茶香，钟意感觉自己都能数清他长长的根根分明的睫毛。

"咔嚓——"老式的胶片机清脆地响了一声，将那一刻定格。

唐遇收起自己的相机，老式相机不能及时查看返图，比起多按几下快门，她更喜欢一锤定音的感觉。

只有一张图，不知道机缘巧合下的对视瞬间有没有被记录下来。

一张相片，也许就能预示未来。

快门声瞬间把钟意拉回现实，听到定格的声音结束，钟意连忙向唐遇跑过去，手脚都不知道该怎么放才好："怎么样，拍好了吗？拍好了我们就去上课吧，一会儿上课可不能迟到了。下节课是什么来着？体育老师应该没有又倒课吧？唉，我倒是希望体育老师倒课，毕竟我体育……"

她絮絮叨叨了一堆，紧张兮兮的，像极了精神错乱时说出的话。

一句连着一句，都不给其他人留插嘴的机会，跟念经似的。

何渠琛仍旧站在原地，看着慌乱的女生的背影，静静地听她说着，唇边的笑容越扩越大。

"琛琛，你怎么跑那么快？"正当钟意不知道该怎么解决眼下这尴尬时，楼梯间里响起中年妇人的嗔怪声。

顺着声源处看过去，只见楼梯尽头站着两对中年夫妻。

而何渠琛眼皮动了动，却没有说一个字。

察觉到气氛不对，钟意拉起唐遇的袖子："我们先走吧。"

转过身，她的声音细若蚊蚋："谢谢学长。"

等两个女生叽叽喳喳地跑开，何渠琛才转过身。

何渠琛是跟着姨妈一家长大的，也就只有姨妈的话他才能听进去。

姨妈看着一向乖顺的何渠琛突然这样拧着劲儿的样子，叹了口气，先上了台阶站在他旁边，抬手替他整了整因为跑动而有些乱了的领带："琛琛，那毕竟是你爸爸妈妈，不管怎样，他们还是飞回来见你了，你爸爸为此还推掉了很多工作。姨妈知道你从小就对他们很不满，但是爸爸妈妈也是为了让你能够有更好的生活……"

何渠琛的睫毛抖了抖，不动声色地将领带从姨妈的手里抽出，声音依旧是刚刚在操场上的那般冷漠："我知道，姨妈。"

他又偏过头,看向楼梯下方站着的那一对和自己有几分像的中年夫妻。因为炎热的天气而有些发干的嘴张开又闭上,他的声音不带有一丝温度:"你们先回车上等我吧,我还要回班听班里的安排。"

他回到高三(1)班的教室时,张木云正把一堆复习资料扔到外面的走廊上,等着被其他年级的学弟学妹们捡拾。

"回来了?"张木云挑眉,拍了两下手上的尘土,和何渠琛一起往班里走,"那些小学妹都解决了?"

何渠琛脸上依旧没有什么表情,掏出一直小心翼翼放在口袋里的千纸鹤,懒洋洋地应了一声:"嗯。"

坐到自己的座位上,他拿起水杯喝了一口水,水杯刚被放下,他们班的班主任便走到教室里。紧接着,姜可笙拿着班里的同学事先一起买好的捧花,上到讲台递给他。

季昀端着刚刚在毕业典礼上收到的那一盒千纸鹤祝福,挨个走到每一个同学身边,让他们随意挑一个拿着。

何渠琛随便挑了一个展开,估计是高二(1)班一个男生写的,用乱糟糟的字体写着几个简单的大字——

高考加油。

"今天,我要给大家上最后一堂课了,"老班厚厚的眼镜片背后,一双眼睛泛着泪花,"是人生课。"

何渠琛端正地坐着,看上去像是在认真听老班说话的样子,实则低着头,修长的一双手小心翼翼地拆着叠得精致的千纸鹤。

他的指尖不易察觉地轻轻颤抖着,心也随之"怦怦"跳了起来。

希望你取得自己理想中的成绩,去到自己想去的地方,然后遇到一个美好的人,从此不再孤单。

龙飞凤舞的漂亮字体,不过是短短的一句话,他却反反复复地看了千万遍。

何渠琛小心翼翼地沿着原本的折痕把千纸鹤恢复原状,从书包里掏出黑色的钱夹，将千纸鹤塞进透明卡槽里。

他偏头望向窗外，一架飞机在远处的天边缓慢飞过，在湛蓝的天空留下浅浅的痕迹。他的思绪，也像是与它一同飞离。

未来能否再遇见一个美好的人，这问题与我并不相干，但这祝福我还是收下了。借你吉言，以后一定要与生命中已经出现的那个美好的人再度相见。

老班讲完最后的话，把高三（1）班所有的人都召集到讲台上。

张木云和姜可笙去找了各科任课教师过来，又从走廊里随便抓了个人来帮忙拍照。

"高三（1）班的最后一节课，下课。"

张木云笑嘻嘻地将手搭在何渠琛肩上，前面一排是并肩而站的姜可笙和季昀。

全班六十多个人的笑容，在那一刻，连带着那些数不清的青春秘密，都被埋藏进回忆。

2.

高三返校的这天，高二年级只上半天课，又是一上午的逃不掉的数学和地理课，钟意的心早已飞到了教室外面。

"你们都已经是准高三生了，上课还是要把注意力都集中在黑板上。"数学老师在黑板上画好辅助线，再转过身时，一双眼睛紧盯着看起来就心浮气躁的钟意，"钟意，起来回答这道题怎么做。"

心早已飞到何渠琛身边的钟意被猛然这么一叫，猛地站了起来，眨眨眼睛，却不知道该说些什么。

"坐下吧，"数学老师见她这样子，把粉笔扔在讲台上，"别看那些学长学姐都已经解放了，对于你们来说，一年也很快，眨眼就过去了。到底该怎么过好这剩下的一年，给未来的自己一个满意的答卷，相信你们也都早就已经听得耳朵长茧，我就不多重复了。"

钟意向来脸皮薄，被老师这么一说，满脸通红地坐下。

被点过名后，她不敢再分神，拍拍自己的脸颊醒醒盹，将注意力全都放在面前的卷子上。

"你先下去吃饭吧，我有点事要晚一点去食堂。如果你大人有大量、人美心善,就帮我打一份饭吧,比心心!"好不容易挨到上午最后一节课的下课铃打响,钟意迅速收拾好自己的文具,一只手摸上唐遇的脑瓜胡乱揉了两下,才在唐遇的大叫中笑嘻嘻地溜出班。

走到楼上,她脸上的笑容才慢慢消失。

楼上已经是空无一人。

整个楼层都空荡荡的,她顺着每个班门上的玻璃望过去,所有的座位都被归成原位,黑板也被擦得干干净净,像是崭新的一样。

走廊里原本被他们扔得满地都是的参考书和不要的资料,都已经被学校里负责打扫卫生的阿姨们收拾干净,地板也被拖得锃亮。

就好像那些人,从来都没有来过。

钟意的指尖碰上高三(1)班教室的门把手,一阵寒意从指尖席卷全身。

南华是中考的考点,高三每个班的门都没有锁,等着两周后学校的领导们过来检查后封考场。她轻轻地转动门把手,推开门走了进去。

夏天的热风轻柔地吹拂着深蓝色的窗帘,她凭着记忆找到最后一排靠窗的位置。

有的时候,关注一个人就会不停地通过各种渠道去了解那个人。她从来没进过何渠琛的班级,但每次从高三(1)班门口经过时,她都会偷偷地从敞开的大门那里向教室里偷瞄一眼。

她知道何渠琛每一次换座位都换到了哪里,也知道最后的高考冲刺阶段,已经无暇顾及每两周换一次座位的高三(1)班学生,自选了一次座位。

而何渠琛,选择了靠窗的位置,就像是在地理教室里一样。

钟意走过去,轻轻地拉开那个座位,坐在那里发了一会儿呆。

窗外的视野很好,一眼便能看到正对着的活动楼。钟意微微眯起眼睛,却惊诧地发现,从高三(1)班的窗子看过去,刚好能看到活动楼里的模联活动室和义学活动室。

两个他经常会出现的地点,在这一刻似乎重叠起来。

他的桌面上干干净净的,没有那些被刻画的痕迹。钟意趴到桌上,因为跑上楼而急促的呼吸渐渐平缓下来。

教室的空调遥控器没有放在讲台上,终究还是抵不过六月中旬的炎热天气,她坐了一会儿便站起身,轻手轻脚地把椅子推回原位。

沿着墙,她又鬼使神差地走到地理教室门口。

教室仍旧是开着门的,她轻推一下,眼睛从何渠琛常坐的那个位置看向自己的位置。视线落到自己的桌上,钟意的身子一顿。

　　她连忙快步走过去,右腿甚至撞到了几个没有对齐的桌子边角。

　　桌上整整齐齐放着两个塑料翻阅式文件夹,钟意伸出手,指尖有些颤抖地透过透明封皮抚摸着一个个工整漂亮的字体。

　　她知道,那是他留给她的。

　　明明已经到了吃饭的时间,但她却一下子没有了饥饿的感觉。

　　钟意顾不上坐下,站在那里就打开两个夹子,疯狂地翻起来。

　　新打印的纸张还散发着淡淡的油墨香气,她越翻,眼眶越酸。直到手上最后一张纸被翻到另一边,她的双手才无力地垂到身体两侧。

　　他终究还是没有给她留下什么信息,哪怕只是一句温柔的鼓励。

　　没关系的,没关系的。

　　她又重新从桌上拾起那两个夹子,紧紧地抱在怀里。

　　没关系的,他能够给自己复印一份笔记,于她而言已是莫大的幸福了。

　　她真的不敢奢求太多。

　　只要这一份笔记就够了,真的。

　　真的。

　　六月的天,果然还是有些难以忍受的炎热。又站在主席台上被晒了很久,何渠琛到家后,就先回自己房间冲了个澡。

　　何父和何母看着他的样子,最终和姨妈姨夫商量,决定他们亲自下厨在家中吃午饭。

　　何渠琛从卫生间里出来时,卧室里的冷气总算足了一些。他赤着脚,一边擦着头发,一边走到写字台旁边。正要吹头发时,他放在桌上的手机突然响起。

　　随意地瞥了一眼,他按下接通的按键:"姐,你终于醒了?"

　　按照何榆的课表,今天上午她都没有课。但他一上午给她发了不少条消息,那边却跟死了一样,一动不动。

　　何榆嘴里还含着牙刷,一张脸占据了整个手机屏幕。她愣了一下,赶紧把嘴里的泡沫吐掉:"我刚刚就随手一拨,没想到你这么快就接了。"

　　何渠琛把手机放在桌上的支架上,对折毛巾,坐在椅子上继续擦着自己的头发。他看着何榆总算洗漱完,才酸溜溜地开口:"你自从在外面有了男人之后,连你弟的毕业典礼都不来参加。我似乎都能看到咱俩的未来,弟弟一心一意为你付出,却得不到姐姐的半点回应。"

"打住打住,"何榆拿起手机冲出宿舍卫生间,开始往脸上涂抹各种护肤品,"我那可不是外面的男人,很快就能名正言顺地带回家了。"

"呵,"何渠琛冷哼一声,"不同意。"

"你小子还不同意上了?也不知道是谁第一面见到的时候直接就喊姐夫了。"何榆翻个白眼,握起拳头作势朝着摄像头挥了一拳,"别说我了,你跟那小姑娘怎么回事?一大早上给我发了那么多条微信,我研究了半天,不会都是有关那小朋友的吧?"

昨天她和几个朋友出去玩,喝得晕晕乎乎地回来,一觉就睡到了中午。没想到醒来一看手机,她那高冷闷骚弟弟给自己发了一堆奇奇怪怪的消息——

【姐,醒了吗?】

【收到请回复。】

【我的网有问题?】

【???】

【!!!】

【!!!】

【……】

刚开始这一连串的标点符号她还能理解,可后来,何渠琛隔一会儿就给自己发一堆标点符号,不像是在声讨她不回消息,倒像是他那个时候的心情写照。

"我看你十点左右的时候感叹号挺多的啊,有什么进展?"何榆一边化着妆,一边揶揄道。

何渠琛深吸一口气,声音里满是委屈:"没有,我跟她合了一张影。但是我这里没有照片,只能便宜她了。"

听到委屈的声音透过耳机传来,何榆描眉毛的手一抖,瞬间变成歪眉蜡笔小新。

她冲着镜子僵硬几秒,才机械地拿过蘸着卸妆水的棉棒擦擦那嚣张的眉毛:"我年龄大了,对于你们这小学生交流模式没有什么兴趣。"

面对"何小学生"的沉默，他仍存良心的姐姐在处理完眉毛之后，终于大发善心地又看向屏幕。发现他贴着创可贴的食指在镜头前一闪而过，何榆不经意地皱了一下眉头："你手指怎么了？"

"没什么，"何渠琛把食指上的创可贴撕下来，随手扔到脚边的垃圾桶里，"昨天给她复印笔记的时候，被A4纸割了一下，还挺深的一个伤口。刚刚去洗澡，为了以防万一还是用创可贴缠好，防水。"

"跟你说了多少次，用纸的时候要小心一点。"何榆那老妈子的内心又浮了出来。

半晌，她突然反应过来，一脸八卦地凑近屏幕："你刚刚说'给她复印笔记'，那个'她'是谁？"

被戳透心思的何渠琛把手中的毛巾放到桌上，好笑地看着屏幕里突然来了精神的姐姐："你们女生都这么八卦的吗？"

"就是那个小姑娘？"何榆的眼神突然赞赏起来，"不错不错，我弟终于干了一件像是人做出来的事了。"

得到自家姐姐这么高度的评价，何渠琛一时间不知道是该开心还是该难过。

他沉吟片刻，像是在寻找措辞："但是，我……没有写我的联系方式，也没有写对她未来的祝福。"

何榆那边没有说话，像是在等着他的下文。

"我觉得……我不太想影响到她，所以打算等她高考之后再去加她的微信。"

说完自己的想法，何渠琛着屏幕看了很久，才确定自家姐姐的视频图像不动了，像是把手机屏幕切换到其他的应用。

对于何榆这种敷衍自己的行为，何渠琛表示非常受伤："姐，你干什么去了？怎么突然不动了？"

"我刚刚去网上给你买了个礼物，就当作是你的毕业礼物了。"何榆的图像画面仍旧没有切回来。

没想到何榆还挺有良心，何渠琛挑眉也来了兴致："什么礼物？"

"《百年孤独》。"

何渠琛无语了。

第九章
这孩子，倒是有些小何的影子

冲！拿下南大！不拿下不是南华人！

——意和的微博

1.

半年后。

"阿意,手机借我一下。"唐遇在一堆练习卷里悄悄抬眼,贼兮兮地环顾一周,才捅了捅身边的钟意,小声道。

下午第二节课之后的大课间,教室里只有零零散散的几个人。南华对于高三生一向实行睁一只眼闭一只眼的管理制度,下午大课间的广播体操他们可以不下楼活动。

二月底的北方,寒意仍浓。椹南市这大半个冬天都没有下雪,新教学楼的暖气烧得很足,在教室里待久了,像钟意这种非常不喜欢喝水的人,难免时不时地口干舌燥。

"嗯?"钟意放下笔,拿起桌上的保温杯喝了一口温水,斜眼睨着趴在桌上装可怜的唐遇,"又饿了?"

"就订个外卖嘛,保证不出任何问题。"唐遇偏过头,双手合十,可怜巴巴地盯着钟意,"我真的很想吃那家寿司!咱们第一节晚习后才能吃晚饭,就我这胃口,你也知道的……晚自习之前不吃东西我会饿死的。"

"要不是还有三个月高考了,我妈把我手机没收了,我也不会落得这个要麻烦您的下场。我还是个长身体的孩子……"唐遇演技浮夸,做作地哭唧唧之余,瞥见钟意不为所动,立刻放弃影后路线,挺直腰板,"就一句痛快话的事儿!你说咱俩……"

钟意斜睨不自觉提高声调的唐遇,褐色的眼底加深几分。

"宝,行吗?"唐遇秒怂,"宝贝?借我一下……"

唐遇一直恪守自己的做人准则——士可杀不可辱,但涉及吃的可以辱一辱。

钟意依旧保持刚刚的姿势,用余光淡定地瞥一眼教室的前门和后门,确认安全之后,才从书箱里找到手机,迅速塞进校服袖子里递给唐遇:"拿去拿去。"

动静小,速度快。

完成交易,钟意又咽了一口温水,才慢吞吞地把杯盖拧紧,放进书箱。

像是无事发生。

"谢谢我的宝!"唐遇熟练地从自己的书箱里抽出一本书打开,将其立起来,装作自己在看书的样子,另一只手点开外卖软件。

钟意甩了甩因为长时间拿笔而有些酸痛的右手,说:"给我加一份波士顿卷。"

"得嘞,我请您,"唐遇倒是爽快,"一会儿我下去拿。"

钟意无奈地笑笑,正回身子过去的同时,眼睛却有那么一瞬间的失神。

不知不觉,她就和何渠琛失去联络已经大半年了。不知道他过得好不好,有没有找到一个真心相爱的人陪在自己的左右。

在新的学校,是不是还像当年在南华一样意气风发,有没有变发型,是不是还喜欢穿白色的衬衫,身上一如既往有淡淡的茶香。

说来也是好笑,自从升入高三之后,她再也没有吃过加州卷——那份让他们正式认识的外卖。

唐遇在这所学校待了快六年,对于顶风作案早已轻车熟路,每一个摄像头的藏身之处都摸得门儿清。她成功在上课之前和外卖小哥碰头,并且完好无损地把外卖带回教室。

临近打铃,教室里的人渐渐多了起来。

趁着人多混乱,唐遇提着塑料袋混进教室,迅速摸出钟意的那份波士顿卷塞进她的抽屉里,又把塑料袋和自己点的一股脑塞进自己的抽屉里,最后才抛给钟意一个嘚瑟的眼神。

钟意一直觉得自己和唐遇这么多年友情的红旗屹立不倒,主要是因为唐遇在改善伙食这件事情上所做出的突出贡献。

她那一身的膘从不是白眼狼,可不会让自己这张嘴得罪了口粮运输专家。

两个人刚交换了眼神,齐时就一如既往地拿着沓A4纸和一本小说进了教室。他步伐稳健,眼神犀利,完全看不出来已是花甲老人。

他笑眯眯地跟坐在第一排的几个学生打了招呼,慈祥的样子每次都让钟意联想到挂在墙上的年画。可这年画老人温和慈祥的眼神刚扫到坐在后排的钟意，却立刻换了一副表情——丢了一个天大的白眼过去。

钟意心想，也不知道是怎么又惹到齐老头了。

"这次月考的语文成绩，大家想必都知道了吧？"齐时背着手站在讲台上，等教室安静下来，才用他略显年迈的声音道，"我们班的成绩还不错，除了钟意一如既往是高分，我们这次上一百三十分的有十二个人。钟意是最高分，一百四十二，两分扣的作文，六分扣的阅读理解。从大家的失分情况上来看，这次卷子的整体难度……"

"我可真羡慕你。"唐遇盯着自己一百零几的分数直头痛，而旁边的钟意已经拿出一本《局外人》津津有味地看起来，"语文课赦免权用来看书，良性循环。"

钟意可不吃这套，眼皮子连抬都懒得抬："怎么？想拿数学卷子出来瞧瞧谁是学霸？"

"钟意！安静点！"唐遇刚要回怼，就被齐时一句话噎了回去。

钟意好无辜。

学校把高三下学期的课全部并成一节一百分钟的大课，卷子讲到作文时，齐时让每一组的同学互相读对方的文章做简评。教室里讨论的声音渐渐大起来，钟意的小说也看了一半。

她很少过去地理教室自习，一个人，总归是有些不习惯。

"钟意，你的作文可以先借我看一下吗？"坐在钟意前面的女生扭过头，问道。

钟意反应了一下，才缓缓点头："嗯。"

她没有低头，只是把手伸进书箱里，盲找那张刚刚课间被她看过一眼就扔进书箱里的语文卷子。卷子抽出来的瞬间，右手不可避免地碰到寿司包装盒的边缘。

好想吃……

有的时候想吃东西不是因为饿了，而是因为……

就是想吃。

钟意艰难地做了五分钟的思想斗争，最后得出"如果现在不吃就会一直想波士顿卷想到下课，严重干扰自己读书"的结论。

再三思索之后，她的两只手又鬼鬼祟祟地伸进书箱里。

趁着教室里还有一些人在讨论作文的声响，钟意盲开寿司盒，盲挤调味酱油。一切准备妥当之后，钟意刚摸起一块波士顿卷……

"好了，时间的关系我们先讨论到这儿，我们来看一下这次的主题……"

钟意的手静止在书箱里，盯着齐时的双眼直喷火。

齐时背过身去，用漂亮的楷体把主题写在黑板上："历史的记忆。"

钟意掐着齐时写板书的时间，赶忙把波士顿卷从书箱里拿出来一块，腰稍弯，配合着迅速将其放进嘴里，完全顾不上手背被寿司盒刮出来的一道白痕。

她刚把波士顿卷塞进嘴里，齐时就转回身。他把粉笔扔回粉笔盒里，身子稍稍向左，一手指着黑板："看到这个题目……"

钟意看着正对着自己的齐时，当场蒙住，塞满一整个波士顿卷的嘴连动都不敢动一下。

齐时的视线正好扫到愣怔的钟意："钟意，别吃了！"

"这次文言文这么难你一分没扣，阅读理解简单却扣了六分，"唐遇低着头闷声直笑，就差把头埋进卷子里，"老头子不跟你玩找碴就奇了怪了。"

钟意好不容易才咽下去，压低声音："一边去，好好看你自己写出来的那幼儿园作文。"

下午的课总归是让人有些倦意，班里除了齐时讲课的声音，安静得出奇。钟意扭过身，瞄了一眼挂在教室后面的钟表，离下课还有十分钟。

她一向习惯留出一些时间写读书笔记。

大概算了一下时间，钟意在一个节点停止阅读，开始从书箱里翻找自己的笔记本。墨绿色的本子被压在靠下的位置，被抽出来的瞬间，短信提示音在安静的教室里炸开。

正低头看一沓总结考试问题的齐时敏感地抬起头。

教室里其他人的视线也齐刷刷看向刚把本子抽出来举在空中的钟意。

感受到四面八方投来的，尤其是讲台上那充满关怀的视线，钟意尴尬地笑着，用另只手从书箱里摸出手机。

"我错了我错了我错了……"唐遇这下真是把头磕在了书桌上。

平常钟意为了保险起见，都会把铃声关上的同时再把飞行模式打开，需要网的时候随用随关。

钟意刚给她手机的时候，她还奇怪怎么没关掉铃声，结果打开外卖软件之后就给忘了。她不仅没帮钟意顺手关上，连飞行模式都忘记再打开。

"吃死你得了。"声音虽小，但每一个字都是钟意用力从牙缝里挤出来的。

钟意利索地把静音键拨下，手机因为被拿起而亮起屏幕，她习惯性地瞥一眼屏幕上的提示，却在下一秒瞪大眼睛。

"还看！"齐时好气又好笑地把手里的一沓A4纸扔在讲台上，双手叉腰，吹胡子瞪眼，"钟意你想气死我是不是？"

"没没没，哪敢哪敢……"钟意讪笑着把手机扔回书箱，端正成小学生坐姿，老老实实地打开笔记本开始做读书笔记。

离下课只有不到几分钟了，钟意拿起笔，却丝毫没有心思再写下去。她只感觉全身的热气都在朝自己的脑袋里涌，甚至还带起些泪水，拼命地想往眼眶外跑。

她死死地盯着桌上那张米白色的内页纸，保持着书写的姿势，笔尖却迟迟没有落下，脑子一片空白。

下课铃响起，齐时一向是不喜欢拖堂的人。卷子也已经讲得差不多，他清清嗓子，低头收拾自己带来的教学材料："钟意，来我办公室一趟。"

"阿意……"唐遇察觉到了钟意临近下课这段时间怪怪的，虽然齐时一向不管课堂纪律，对于钟意也是喜欢得紧，很少批评她，但……

"我和你一起去……"唐遇攥紧拳头，心一横，"大不了我跟老头子承认，是我的问题。"

黑色的签字笔在钟意的手里转起，在空中划出一道漂亮的弧线。

"唐遇，"她做了一个深呼吸，声音是极度克制后才有的平静，"我通过初试了，南大。"

眼前的米白色纸上，像是浮现了那个人的背影。

钟意从小就是个随性的人，一直奉行着随遇而安的人生宝典生活——按部就班地学习，一路考上南华初中和高中部。一切都是顺理成章地按照命运的指示一步一步地走下去。

但遇见何渠琛后，咸鱼的她终于有了目标。

虽然知道可能性太小太小，但她愿意为了他放手一搏。只要能再次见到他，无论做什么，她都愿意。

十分钟后，钟意出现在办公室门外。她的左手来回摩挲着放在校服口袋里的手机，站在高三语文办公室的门外有些犹豫，迟迟不敢进去。

正值晚自习前的课间，还没有到下班的时间，所有老师都在办公室里，包括同时身为隔壁班语文老师的年级主任闫觉。

钟意迟疑间，办公室的门被拉开。

"阿意？"程期楠手里拿着一大摞作业本，被正好堵在门口的钟意吓了一跳，"怎么不进去？"

钟意张了张嘴，刚想给程期楠使眼色，他就率先侧过身子自觉让道。

面对突然之间这么自觉的程期楠，钟意笑也不是，埋怨也不是。透过程期楠让开的那块空地，她小心翼翼的眼神正好对上正往这边看发生什么了的年级主任。

钟意愣在原地半秒，才换上尴尬的笑容："闫老师好……"

她尴尬地笑着把门又推开些，弯腰打了个招呼，只好顺势进去了。

闫觉推了一下眼镜，微微点头，脸上是年级主任一贯的威严表情。

钟意长呼一口气，看样子今天闫觉心情还不错。

"钟意，你在门口磨磨蹭蹭什么呢！"她在门口待了那么一小会儿，就冷不丁地被齐时点了名。

得，老头子今天看来是真的挺暴躁的，跟吃了炮仗一样。

钟意认命地叹气，将办公室的门在身后轻轻关上。

月考之后的办公室经常人满为患，本就不大的空间挤着全年级的语文老师，还要算上他们各自班里几个好学来问问题的学生。

钟意一边穿过人群，一边在心里"啧啧"了两下。

她是真的打心底里佩服这些人，她除了成绩差或者上课开小差之后来办公室认错，很少会主动来办公室。

齐时火急火燎把她叫来，但她好不容易跨越这重重障碍之后，他又坐在那里慢悠悠地看了一页书，把她晾在一边。

见他这样，钟意也不急，侧过身子找个角度跟着齐时一起看书，看得比他还津津有味。

"你倒好，来这儿看书，把我当书架子呢？"齐时坚持着又看了一页，最终哭笑不得地把手中的书放下，吹胡子瞪眼防止自己笑场，"过初试了？"

作为南华这一届稀有的艺术生物种，钟意又是只报了南大一个专业的勇士，在年级里也算是闻名。

"齐老师，您可真是神算子。"她张嘴就是彩虹屁，一点都不带脸红的。

齐时才不吃她这套，他慢悠悠地站起身，整理了一下衣服："我带你去找闫老师请假。"

钟意这才恍然大悟。

高三生请长假需要年级主任开假条，为了去参加南大的初试，年初的时候钟意就曾经找过闫觉一次。南华从来以成绩为第一位，除了本就以艺术特长生考到南华高中部的学生，一整个年级就只有钟意和唐遇执拗地填了艺术类考生。

也正是因为参加南大初试而请长假的事情，闫觉特意叫来钟意的父母和班主任，在办公室里谈了三个多小时。

当时钟意就在办公室外面站着，绝望地以为他们准备谈到地老天荒。

所幸南大毕竟是名校，她又事先有那么多文学方面的奖项打底，钟父和钟母一直鼓励孩子全方位发展，这以后万一真当编剧，对于女孩子来讲也是一个不错的职业。

所以，即便闫觉一再强调请长假耽误课业，钟父和钟母最后还是支持她飞去南大考试。

钟意也算争气，过了初试。

"闫老师。"齐时走到离自己不远的办公桌旁，双手背在身后，脸上是慈祥的笑容，身后跟着尽量降低自己存在感的钟意。

"齐老。"闫觉从批改的作业中抬起眼，将手上的红笔放下，多了一份尊敬。

齐时是退休后校长亲自去家中拜访，好说歹说才答应返聘回学校的老前辈，学校里有几位老师也曾是他的学生，学校上下遇见齐时，总要给点面子。

闫觉扫过一眼齐时身后畏畏缩缩的小姑娘，乐了："怎么，平时跟齐老瞎忽悠的那伶牙俐齿劲儿怎么没了？"

"这不是觉得您……威严嘛。"钟意不顾老头子的哼声，扯出个狗腿得不能再狗腿的笑容。

闫觉也猜到了他们为什么事情而来，摇摇头，从抽屉里拿出假条："也不知道你们一个两个的都是怎么回事,非南大不去,拿自己的前途冒险开玩笑。"

听到这话,"钟狗腿子"的笑容僵在脸上,垂在身体两侧的手紧紧地握成拳头。

齐时一直靠着一旁的暖气片观察钟意,一时间三个人都陷入沉默,只有闫觉手下的纸笔摩擦发出的"沙沙"声。

"拿去吧。"闫觉看了钟意一眼,把手中的假条递给她,眼神柔和了很多,"加油。"

钟意接过闫觉签好字的批准假条,双手拇指摩挲了一下纸片。没有多思考片刻,她向两位老师稍稍鞠躬,声音不卑不亢:"南大是我的梦想,谢谢老师。如果没什么事的话,我就先走了。"

看起来是温和有礼,低眉又有些顺从的样子,可这话偏偏被钟意拿捏了一下语调,听起来却是火药味儿浓烈的回呛。

等语文办公室的门被拉开又合上,闫觉笑着把视线收回,冲齐时耸了耸肩膀:"这孩子,倒是有些小何的影子。"

齐时依旧靠在那暖气片旁双手抱臂,眉眼间染上淡淡的笑意:"谁说不是呢。"

从办公室出来,钟意刚揣着假条溜达到班级门口,就被站在门口的唐遇一把拉到楼梯间:"我说你怎么一直磨磨蹭蹭的,一会儿学校小卖部的点心就卖完了。"

自今年开始,学校的小卖部里总算开始卖除了矿泉水的东西——学校食堂自己制作的小点心。虽然与外面卖的盒装零食比起来,味道有些一言难尽,但对丁南华的学生来说,总算是个可以稍稍填补一下肚子的新鲜玩意。每天下午一下课,小卖部总会排起长队。

"我说你不都已经吃了寿司了吗,怎么还要吃点心?"钟意被唐遇拉着,无奈地问出口。

"你懂什么,人的胃有无限的潜力。每天学习都已经消耗了那么多的体力,我需要吃更多的东西填补回来。"唐遇冲她挑挑眉。

"呵,"钟意冷笑,在被拉出教学楼的同时被冷风一吹,也瑟缩了一下身子,"小心到时候把你招进去的老师,一开学看见你胖成猪头之后给你劝退了。"

唐遇在今年的考生类别也选的艺术生,只不过她是趁着南华上六天休一天的周末去考的表演和播音。报考的学校也是椹南市有名的大学,她只是随便去碰碰运气,不用请长假,也不用培训。

虽然还没有下发合格证结果,但是唐遇一路过关斩将,进了最后一轮面试,希望还是很大的。

唐遇抿嘴看着钟意欲言又止,一双漂亮的眼睛里满是嘚瑟和暗示:"小朋友,姐姐我吃不胖。"

自从上了高三之后已经胖了五斤的钟意,微笑着打量了一下自己仍旧瘦削的朋友,微唇轻启,发出爱的回应:"滚。"

小卖部门前的队伍实在是太长,钟意不愿意去人群里挤着,没良心地把唐遇扔在队伍里,一个人插着口袋在不远处溜达。

这两天天气莫名的好,带着丝丝的暖意,风也没有之前那么喧嚣。她眯着眼睛,一脚踏上马路牙子,不安分地在上面走着独木桥,百无聊赖地等唐遇买完吃的。

草丛里靠路边有一排公告栏,钟意漫无目的地走着,脚步也就不由自主地走到公告栏前。她双手插在口袋里,视线顿住。

钟意站在两个公告栏中间,左边的贴满上一届学生的毕业照片,右边的则是上一届的毕业生去向表。

她不用再去找何渠琛的脸,自从那照片在上个学期被贴出以后,他站在哪个位置,早已深深地烙进了她的心里。

毕业生去向表是按照每个人的高考成绩从高到低排列的。

何渠琛是上一届南华的最高分,拿着可以考椹南市最好的两所大学的分数,却是第一列里面唯一一个没有去这两所大学的人。录取学校那一栏里面,南大那几个字是那么显眼。

南大。

钟意在心中又默念了一遍。

上次初试的时候她就去过那所古老的大学,偌大的学校又正值大学生放寒假,她没有遇见他也是情理之中。

这次,她真的好想在那古色古香的教学楼前,遇见手里拿着课本,或者骑着车意气风发的他。

一直放在校服外套口袋里的手机微微振动了几下,钟意找个没有摄像头覆盖的死角偷偷看了一眼。

给她发消息的,是她在网络上认识的一起写小说的朋友。

【南格:宝贝,你之前让我写的那个故事,被一个网剧剧组看上了,我过两天就要去签合同了!但是不知道你介不介意卖版权这个事情,你的那些同学有可能会看到这个剧。】

【南格:按照之前咱们约定的,这本书卖了版权之后的钱,一人一半。】

钟意的作文经常被拿去在各个班点评,她那写故事的叙事风格和惯用的语句结构,早就已经被各班语文老师分析透彻。

这一年多,她已经在网络上写了几本小说,成绩不错。但总归一直都是在写别人的故事,她也很想写一写自己的故事。

刚巧碰上南格灵感枯竭,钟意就把自己的故事写成大纲给了南格,让她用自己的叙事风格来讲这个真实存在的故事。

本来只是想把这个故事记录下来,但令钟意没想到的是,这故事居然在连载期就火了。南格也从不是小气的人,稿费对半分也一直都言而有信。

但这次,居然发展到要卖版权了……

等剧播出的时候,她也应该高中毕业了。即便是认识她的同学看到,也只会以为是在追忆青春吧。

至于何渠琛,他才不会看这么无聊的网剧。

钟意舔舔嘴唇,一双手在屏幕上慢慢地打了一个字:【好。】

2.

飞机抵达南川市的时候,已经是深夜。南方的城市没有暖气,刚刚下过薄雪的城市湿漉漉的。

为了少影响些课业,钟意是结束了一天的课程,只翘掉晚自习飞来南川市的。在飞机上稍稍睡了一会儿,她的精神倒还算充沛。

钟意推着行李车乖巧地跟着母亲去机场的租车点,刚一踏出航站楼,刺骨的寒风就让她伸出去的那半条腿又默默缩了回来。

比起干冷的椹南市,湿冷的南川市还是让她有些不适应。

毕竟只住两个晚上,又只有两个人,她们带的行李也不多。钟母这人一向干净利索，没有必要的东西就尽量不带。两人只拿了一个行李箱，各自又背了一个包。

好在起飞前和租车点再次确认过，即便夜色已经有些晚了，但她们还是顺利快速地办理好租车手续。

因为南大的复试是明天一天，钟母和钟父商量过，不想明天考完试就立即飞回椹南市，怕累坏了钟意。所以钟母打算后天带着钟意在南川市开车转一圈，让她体验当地的生活后，再决定是否要报考这里的大学。

正好也让钟意能在备考期间稍微透透气，转换一下心情。

其实说白了，就是没抢到当天回椹南市的时间合适的机票。

他们当然没告诉一心备考的钟意实情，而是用刚刚的那一套说辞把可怜孩子骗得团团转。钟意就差空中来个七百二十度转体，一把抱住他俩的大腿哭得十几层楼都能听得见。

因为下手得太晚，钟家父母不仅没有订到当晚回椹南市的机票，离南大比较近的几个宾馆也都已经满员。

好在最后选的宾馆离南大只有三千米多一点，开车也不算远。省去等计程车的时间，还能让她们两个早上去考试的时候不用太着急。

初试已经来过一次南大，她们对南大已经有些熟悉，这次也就没有事先去学校踩点。

到宾馆的时候已经是晚上十点了，钟意草草地洗个澡，就乖乖地爬到床上好好睡觉。

那晚是她进入高考一百天以来睡得最香甜的一次。

她梦见何渠琛站在南大校内的孔子雕塑前，扣上自行车的车锁，调整好自己背上的书包，抬头就和她的眼神撞了个彻底。

不过是梦中虚拟的那么一眼，她的心却荡漾了一整晚。

醒来时，白色的枕套上还有些湿乎乎的印记。

她真的很想见他，很想很想。

刚下过雪的南川市的空气比椹南市清新得多，蓝天白云的，是钟意记忆中早已模糊的冬天应该有的样子。

她背上装着资料和笔盒的书包，站在宾馆门口眯起眼睛看着天空，深吸一口气。

"你别太紧张,也别太有压力,"钟母将从宾馆楼下买好的早餐递给坐上后座的钟意,看到她那拼命做着深呼吸的样子,柔声安慰道,"前两天你们班主任给我打过电话,说你最近数学成绩有很大的提高,到时候裸分冲一冲市内的好大学也不是不可能。"

钟意打开塑料袋,一股蛋香便弥散在整个车里。

"你除了数学和地理其他几科都还挺稳定,语文又是你的优势,趁着这最后几十天,说不定真的能有个飞跃。"钟母依旧说着,眼睛却认真地看着前方的路段,"所以啊,你不用为这事情紧张。咱们只是来试一试的,不管是什么样的结果,咱们也不指着这一个大学上。"

钟意一边看向窗外倒退的银白景色,一边大口地嚼着早餐。

她不是紧张这考试,文学基础和文学创作这两科对于她来说从不构成威胁。

她紧张的是……

也许今天就能见到何渠琛了。

活的。

不是梦里的他。

钟意虽然心里这样想着,但还是嚼着蛋饼,含混地应着母亲:"知道了,我一定不紧张。"

但她还真是只指望着这一个大学上。

钟意虽然已经提前三十分钟到考场的教学楼前,却没想到有不少人比她来得还早。

还没有打进考场的入场铃,教学楼还是封闭的状态,几个挂着"志愿者"牌子的学长学姐正在那里维持秩序。见到蒙住的钟意,一个长相可爱的学姐招招手让她过去排队。

队伍是一列排满之后再新排一列,钟意到的时候,刚好就成了新一列的排头。她乖巧地站在那里,从包里掏出文学常识参考书,做着最后一次的复习。

"你听说了吗,前段时间咱们校园论坛上火遍全校的那个校草排行榜里,有个男生要去拍电视剧了。"都是高三的学生,也已经不小了,没有什么好维持秩序的,站在台阶上的那几个学长学姐便聊了起来,等着这些考生入场之后，就收工回宿舍睡觉。

"学校的人要去拍电视剧？"旁边的男生吃惊得张大嘴巴，"难不成是咱们专业的人写的本子，他过去友情出演？"

"好像还真不是咱们学校的人写的本子。"刚刚挑起这个话题的学姐噘起嘴，思考了一下，"听说本来剧组的人是过来采风取景的，逛到教室的时候，没想到就正好碰上他们下课。据说当时那个男导演一瞬间就被他迷住了，软磨硬泡又是强塞给他剧本，这才磨了下来。"

"而且还选择暑假的时候拍，就是为了能跟他的时间错开。"学姐又"啧啧"两声。

"你说这导演图什么呢，又不是科班出身的，拍戏还是有风险的吧？"另一个学姐还在震惊中没有缓过来，"而且还要配合他的拍摄时间，估计给的钱也不少吧？"

"那个帖子我也看了，那男生长得是真的不错，身段也好。要是真去了银幕上，估计你们全军覆没，大喊真香。"另一个男生也加入话题，他从口袋里掏出手机，"不信的话我给你们找那个帖子，看第一眼你们就会爱上他。"

几个人叽叽喳喳地说着，钟意虽然正忙着背书，但还是竖起了耳朵。

可能女人天生就有一种八卦心理，尤其是这八卦与帅哥有关。和天生以为自己是个仙女的唐遇不一样，钟意从小就认为自己是个俗人。

大俗即大雅。

她悄悄地从参考书前探出两只眼睛，正想借着他们转换手机的角度也偷瞄一眼，进考场的铃声便打响了。

刚刚还正在手机上点着的学长立刻把屏幕按灭，将其收进口袋里。

在钟意失望的眼神中，他冲台阶下整整齐齐站着的队伍喊了一嗓子："大家按顺序来，从我右手这一列开始有序进入。还有，把你们的准考证和身份证都拿在手上，如果忘记打印准考证，可以去对面的超市打印。"

钟意的嘴角弯起一个自嘲的弧度，把参考书收进包里。再拉上书包链时，她的手上已经拿好专门用来考试的透明文件袋。

何渠琛那性格要是去拍电视剧，她就吃一辈子的胡萝卜，一周至少吃三顿。

上午和下午两场考试，题目不难，都在钟意的可控范围之内。她提早交了卷，一瘸一拐地走出考场楼。

和上午的考试结束时一样，门口已经有一大批家长聚在警戒线以外候着。

钟母猜到了钟意会提早交卷，特意挑个离出口很近的地方站着。

她家这姑娘平日里干个什么事都慢吞吞的，也就唯独在写作上手快得很。平日里语文考试，别人才刚写作文不到一半，她就已经把整个卷子检查了一遍了，然后可以趴在桌上睡快一个小时。

如果前一天复习数学复习得晚了，她就会提前跟后座的同学打好招呼，先睡四十分钟，到时间再把她叫起来，她再继续写。

"走吧，为了犒劳你，你爸事先给你在市中心订了大餐。"在其他父母艳羡的目光中，钟母一把揽过钟意，将钟意随意围着的围巾整理好。

钟意仍旧一瘸一拐地走着，闷闷地应了一声："嗯。"

"怎么考个试还把腿给弄坏了？你难不成是用脚丫子写的卷子？"钟母见她走路的姿势觉得很神奇，拉着她站定，还专门按了几个地方为她检查了一下，"这里痛吗？这里？"

钟意任由职业病犯了的妈妈捏着自己的腿，一脸生无可恋："妈，教室里没暖气。我只是脚冻僵了，还没缓过来。"

钟母白了她一眼。

上车后，钟意趴在车窗边，一动不动地看着外面的校园。

正在倒车的钟母瞥到她这样子，轻笑了一声："看来你挺喜欢这个学校的，是因为之前在网上看了南大的照片？"

钟意垂下眼，没有说话。

南大一共有三个校区，这个校区占地四千多亩。

四千多亩，相当于二十多个南华中学。

一天的时间内在这偌大的校园里遇见他，是一件概率多么小的事情。

"这楼还挺漂亮的。"车子开过，钟母瞥了一眼不远处红色与青灰色交织的教学楼，随口说了句。

大楼背冲着她们，分不清院系。

钟意无趣地把头扭回来，低头打开微博，在屏幕上按了几下，没有说话。

遇不到的你。

"老何啊老何,杨教授的那个项目组可是说了破格要你,你真的不去啊?"男生从自行车上下来,拎起放在车筐里的书包,随口问着随后骑车到达的室友。

"先不去了。"何渠琛随意地将书包挂在肩上,睨了一眼正在锁车的男生,身后是红色与青灰色相间的教学楼。

楼前刻着几个金色的大字——天文与空间科学楼。

"啊?为什么啊?这么好的机会。"男生追上他的步子,将包拎好。

"我暑假已经有安排了,"何渠琛耸肩,"我跟教授说等多学了些知识之后再过去。"

"你暑假干什么去啊?"

高大的男生站在楼前的台阶上,转过头,居高临下地看着像问十万个为什么一样的男生,扯扯嘴角:"跨界赚钱。"

后来当我以学生的身份站在南大的新生典礼上时,那种不能描述的心情,不知道你会不会懂。

我坐在偌大的体育馆看台上,周围黑压压的,全都是人。

讲话的是一个大四的学长,他站在临时搭建的主席台上,离我很远,我看不清他的脸。

他的声音很好听,如果不是你的声音早已经烙在我的心里再也不抹去,也许我会认为那就是你的。

我着了魔一样背井离乡不听劝,只为了在一个新的城市里,遇见新的你。为了做一个不切实际的梦——和你开始一段新的故事。

唉,我又在做白日梦了。

只有上天知道,我有多爱你。

——意和的微博

第十章
我真是个蠢蛋

再遇见，意料之外，却又是情理之中。

——意和的微博

1.

钟意打了个哈欠,把圆木桌上散落着的自己的东西认真地放进包里收好。

她仔细地把书包的拉链拉好,撇开淡蓝色衬衫的袖口,看了一眼那块表面已经有不少划痕的深蓝色手表。

时针稳稳地指向七点,刚刚做读书笔记太过投入,现在都过了她往常吃饭的时间。

将那本红色带着暗金花纹封皮的书放回书架前的回收柜中后,钟意一边扣着外套的扣子,一边走到楼梯间里,一圈一圈地下楼。

每下半层,她都伸一下纤细的胳膊,左手食指俏皮地点上触摸灯光按钮。

清闲中,带着自己那一点小小的乐趣。

临近期中结课,她也开始动工一个将经典文学作品改编成剧本的作业。学期初公布这门课结课作业的时候,她备选的经典文学作品有很多。但昨天她躺在床上无所事事翻看自己的微博时,不知怎的,突然想起了那本丢失在文学社里的《霍乱时期的爱情》。

趁着热情高涨,她今天下了课就直奔图书馆,先通读整本书做读书笔记。

毕竟很久没有看这本书了,有些细小的剧情还是有些记不清。这样先通读一遍,画一个剧情的思维导图,她晚上回宿舍后可以思考一下剧本的整体设计。

总归是想做出一些新颖的东西来。

——昨晚,他写信时突然停下笔,最后看了她一眼。他说:"请用一枝玫瑰纪念我。"

也不知为什么,今天她的脑海里不断盘旋着文中的这句话,久久不能散去。那就一会儿去吃饭的时候,在一楼花店带一枝玫瑰回宿舍吧。

正好前两天去宜家的时候,她新买了一个好看的玻璃花瓶,正愁不知道该放些什么好。

刚踏出图书馆的大门,钟意的脚步就停顿下来。

站在屋檐下,望着外面的瓢泼大雨,钟意的嘴角扯出一个无奈的笑容。

来到南市就读已经大半年,度过了这个陌生城市的秋天与冬天,她还是不适应这里的气候。即便已经入春,但这大雨还是带着丝丝入骨的寒意。

宿舍里的四人早已熟悉,每个人都有自己的生活,也很少捆绑着出来活动。她今天又没有带伞,估计是要淋透了回去。

她不抱希望地在宿舍群里发了一条微信,站在屋檐下,想等着雨稍稍小一些后,如果还是没有回复,再考虑要不要跑回宿舍。

女生宿舍离这里大概有一千多米远,跑回去只能是最坏的情况。

时间一分一秒地流逝,她握紧手机,却没有感受到手心的振动。估计那几个人正在忙着,没有看消息。

钟意叹了口气,把肩上的书包放下来,正准备抬到头顶。

"同学,你要伞吗?"好听的带着些戏谑的声音响起,让钟意下意识地循着声音看过去。

是她没见过的一个男生,个子高高的,留着清爽的板寸。

见钟意没有说话只顾着打量自己,江励把手中的黑色折叠伞往女生的方向又伸了伸:"我可不是卖伞的。今天多了把伞,就先借给你一把。"

钟意正犹豫间,男生就直接把伞往她正捧着准备遮在头顶避雨的书包上一放,干净利落地从自己的包里又掏出把深蓝色的折叠伞:"我明天和后天一整个下午都在逸大楼上基础课,明天是二楼A308,后天是四楼B405。"

他冲她笑笑,露出一口整齐的大白牙:"下这么大雨,别淋湿感冒了。"

"谢谢。"钟意看着手里的伞,手指收紧。

她刚想起来要问男生的名字,他就撑着伞跑进了雨中。

瓢泼大雨,路上几乎没有行人。钟意的耳畔只有豆大的雨点打在青石板上的声音,闻着湿漉漉的泥土味,让她仿佛回到了多年前的那个夏天。

没有送出去的伞,还有那颗极速跳动的少女心。

钟意猛吸一下鼻子,跺了两脚缓缓被冻得冰凉的身子,纤细的胳膊使了些力气撑开伞,也迈开腿跑进雨中。

星期四钟意正好在逸夫楼上《大学英语》这门基础课,她今年的运气好,抢到了那个最宽松的老师的课。通常这个老师讲课比较快,能早下课五到十分钟。

英语课在六楼,她下到四楼之后,昨天那个男生的班级还没有下课。

她背着书包靠在墙边,低头看着手机静静地等着男生下课,手里还依旧拿着中午吃完饭从食堂一楼带的那枝玫瑰。昨天因为大雨,她的计划泡汤,今天中午吃饭时才顺路买的。

学院里正在发"互联网+"竞赛的通知,她作为班长把这消息转到班里,并要求每一个人收到回复。

正忙着,有些刺耳的铃声便响起。

钟意换了条腿支撑靠墙站着,双眼离开屏幕,看向教室的门口。

"我说一会儿要不然去二食吃吧?我有点想念那家的牛肉盖饭,牛肉香软入口即化,而且每次阿姨给淋的汁都丝毫不吝啬。饱满的米粒颗颗入味,美好得有些不真实。"江励随意地单肩挎着书包,正和一帮朋友戏精般地说笑,倒着从教室走出来,"每次上完《电路分析》这门课,我都想用这盖饭来弥补一下我空虚的内心。别的什么,都不能填补我脆弱易碎的心灵。"

倒着走到门口,江励右手拉上自己的书包带,刚要转身正常走路,视线便扫到站在不远处欲言又止的钟意。

"嗨。"他立刻抛下还在教室里没出来的同班同学,快走两步,阳光地跟她打个招呼。

"你好。"上大学后也在学生组织里历练了快半年,钟意已经习惯与陌生人打交道,当年的那些羞涩和紧张已经所剩不多,几乎看不出来。

钟意把手中折得工工整整的雨伞递给江励:"谢谢你昨天的伞。"

"没事,昨天正好我室友回宿舍的时候还没下雨,我以为我没带伞,就让他给我把伞留下来了。"江励拿过伞在手中掂了两下,倏地笑了,"你怎么也有强迫症,这伞折得那么整齐,可怕。"

"不管怎么说还是要谢谢你,"钟意垂在身侧的右手手指有些不自在地绞上衬衣衣角,"要不然我请你吃饭吧?"

"没事,不用,举手之劳。都是南大的学生,别那么客气。"江励眯眯眼睛,大大咧咧地笑了笑。

话音刚落,他就扭过头,冲身后的教室门口喊了一嗓子,扬扬手中刚拿到的黑伞:"哎,老何,你的伞。不是我弄丢了,是真的借给图书馆的小姑娘。你要是不信,就来看。"

江励的身子侧过去,原本被他挡住的教室门口,又重新出现在钟意的眼前。

高大的男生正穿着黑色的长款薄风衣,手上夹着两本书迈出教室的门。听到江励的声音,他抬眼望过去。

只是一眼,却像是隔了千万年。

"你要是真要谢谢的话,还是跟他说谢谢吧。"江励冲愣住的钟意挤挤眼睛,移开身子一把将何渠琛扯过来。

何渠琛比以前更瘦了些,身形却更挺拔了,像是健身之后肌肉紧实了很多似的。已经二十岁的男生与当初相比褪去了一份青涩,棱角分明的脸上更多了些成熟的魅力。

他骨节分明的大手从江励手里拿过那把折好的伞,伞在他手里显得是那样的小巧。

"忘了自我介绍了,我叫江励,是天文学空间科学和技术大二的学生。"江励拍拍比自己稍微高一些的男生的肩膀,"这位是何渠琛,我室友。"

钟意动动嘴唇,半晌才从嘴里挤出几个字:"学长好,我是戏剧影视文学专业的钟意,大一。"

一句"学长好",何渠琛等了快两年。

何渠琛敛在眼皮下的眼神微动,再抬眼时,他看了一眼江励,又看了一眼钟意。

小姑娘瘦瘦高高的,原先的马尾已经变成披散着的长发,还染成了柔软的浅栗色,衬得她皮肤更加白皙。

她穿着浅蓝色的衬衫裙,外面套了一件针织衫,背着和高中时差不多的书包。干干净净的,整个人很是清爽。

只是……

他的视线扫到她手上那枝娇艳欲滴的红玫瑰,眼神暗了暗。

"好久不见，"他一只手夹着书和刚刚那把黑色的雨伞，另一只手插进风衣口袋，声音有些冷冷的，"钟意。"

钟意微垂着眼，听到何渠琛这样的语气，一时间有些错愕。绞着衣角的手不自觉地把衣角弄皱，她的手心里已经满是紧张的汗水。

她不知道是哪里出了问题，和以前比，他就像变了一个人。

"啊？啊？啊？什么好久不见？你俩之前认识？"江励眨两下眼睛，不知所措地看着何渠琛离开，快速地向他的位置横着移动几步。

他望着何渠琛的背影，又猛地扭头看看愣在原地咬着嘴唇的钟意，只能抱歉地冲钟意笑笑："他这人就这个脾气，你别见怪啊！"

"学长，"钟意鼓起勇气，"可以加一下你的微信吗？有时间请你们吃饭。"

江励呆了两秒才从口袋里掏出自己的手机，调出二维码界面："好。"

"我先走了哈，改天约饭。"等钟意扫完，他才又拽一下自己的书包带，扭头追上何渠琛，"老何，你又闹什么别扭呢？琛琛？小琛琛？"

听着江励带着玩世不恭的语气渐渐走远，钟意咬着唇的样子才有所放松。她深吸一口气，四肢才慢慢恢复知觉。

隐去眼底的失落，钟意背着包跌跌撞撞地下了楼。

时隔一年遇见已经在记忆里住了太久的人，你会怎么样？
反正，我除了问好，什么都不会说，也说不出。
我真是个蠢蛋。

2.

"我们看了你最近几次模考的成绩，是非常不错的分数，相对弱势的科目都有稳步提升。照这样下去，以椹南市的报考政策，你很有希望考一个和南大不相上下的大学，"面试官手里拿着那本被装订成册的个人简历和作品集，声音停顿片刻，"还是普通类的专业，说出去要比艺术类专业好听得多。"

"所以，你为什么想要来报考我们的专业？"他又翻了两下手中的简历，镜片后的一双小眼睛紧紧地盯着坐在面前有些紧张的女生，问道。

钟意虽然在熟人面前古灵精怪，平日里也有工夫和齐时侃大山侃得他血压飙升。但她是个只对付熟人,在陌生人面前就泄了气的尿包。

平常与人寒暄都成问题,更不要提这种一对三的面试场合。

都怪她自己,当时唐遇叫她一起去蹭艺考补习班的放飞自我面试训练时,她被懒惰冲昏了头脑,硬是没有答应,准备自力更生。

要多想不开就有多想不开。

钟意的腿上还放着一个塑料翻页文件夹,她一双手死死地卡着文件夹的边缘,过于紧张的嗓音听起来像是年久失修的机器,发着干涩沙哑的声音:"因为……"

因为一个人。

她最后还是答了官方得不能再官方的话,无非是"我觉得南大的学术氛围非常浓厚""之前有听学长学姐的介绍,所以对南大很有兴趣"……

只是因为说谎而有些紧张的手,要依靠文件夹在指尖留的勒痕才能恢复些知觉。

"你这夹子里的是什么?"另一位考官扫到她紧握着的那份夹子,看上去和每个考官手里的薄厚都不太一样,突然有些好奇,"多准备了一份?"

钟意的手抚摸上夹子的封皮,垂下眼,视线扫过第一页上的数学公式。

她沉默半晌才缓缓地开口:"这是我的护身符。"

不管大大小小的考试,不管是哪一科的考试,她都会带着它。

手机的闹铃声响起,钟意猛地睁开眼睛,映入眼帘的是被贴满星星贴纸的宿舍天花板。

她呆滞两秒,才在室友不耐烦的声音中关掉闹铃。

已经接近期中,好几门课都已经结课。钟意今天上午没有课,就打算带着东西去图书馆写结课作业。

她从床上爬下来,轻手轻脚地拿着自己的东西去洗漱。

她最近总是会梦见很多过去的事情,不管是以前何渠琛在学校时发生的种种,还是何渠琛毕业的那一年里她所经历的所有事。

钟意不得不承认自己就是一个偏爱于吊死的人,就抱着那么一棵树不撒手。毕竟都打算吊死了,为什么不找一棵优质的树呢?

你说是不是这个理?

她一进学校就知道天文学院也在这个校区,但两个学院之间隔着十万八千里。钟意实在是没有那个胆子专程跑去天文学院"参观",而且大一大二大多又是在通用教学楼里学习基础课,在这么大的学校里想要靠缘分找一个人,实在是难为她了。

只不过……

没想到这次月老开了眼,还真让她无意中遇到了他。

钟意含着牙刷,低头看了一眼江励通过好友申请的微信界面,弯弯嘴角。

怎么说也算是一个还算不错的开始。

"昨天那个小姑娘找我要微信了,该不会是对我一见钟情吧?"课间,江励不知道从哪里冒出来,一屁股坐在何渠琛身边。他把双臂放在桌上,右胳膊肘撞了撞正在看书的何渠琛。

何渠琛的睫毛轻颤,缓缓抬起头,眼神里满是冷淡:"你在咱们学院待久了,好久没有被要微信了吧?"

这一句话正好戳到江励的心痛之处,他趴到桌上,就差在桌上打滚:"早知道当初就报个什么文学院、法学院之类的了,实在不行学医也挺好的啊,都比咱们这个和尚庙好。"

"尤其是自从和你成为朋友兼室友,我的光芒无处发散。"江励趴在桌上,眼神里充满怨念和怒火,提到这里他就气不打一处来,"每次咱俩走在路上,为什么只有你被要微信?她们就不知道雨露均沾吗?嗯?我不比你温柔阳光多了?"

"现在终于来了个开眼的了,不找你要微信,找我要。"江励美滋滋地一只胳膊托起脑袋,胳膊肘杵在桌上,冲何渠琛挑挑眉,还欠揍地弹舌,"气死你。"

何渠琛的眼神总算动了动,他把书向后翻过一页,却依旧是刚刚没有波动的声线:"江励,她是我的学妹。"

"什么意思?"江励摸了一下自己的板寸,没有反应过来。

"她可能是怕联系不上我,才找你要你的微信。"何渠琛拿着自己的杯子站起身,另一只大手也怜爱地摸摸江励的板寸,嘴里吐出残忍的事实。

"快滚。"江励佯怒,冲他狠狠丢块橡皮过去,"你就是忌妒!你不说,我也知道。"

江励才不信那小姑娘喜欢何渠琛呢,现在的女孩子都太容易被外表所蒙骗。何渠琛这种性格恶劣的人，但凡她们深入了解之后，绝对不会继续喜欢。

毕竟这种每天冷着脸，偶尔憋出一两句能噎死人的话，还对陌生美女打招呼视而不见的无礼男人，天底下就没人能降服得了。

可他江励就不一样了，阳光大气小太阳，带回家天天温暖你的心房。多好。

丝毫没有被何渠琛打击到的江励依旧趴在桌上，一只手从口袋里掏出手机。

昨天加到钟意的微信之后，他们两个人只是简单地问了好。他昨天晚上有个实验需要检测，忙完已经很晚，怕打扰到她，就没有再跟她多聊两句。

江励舔舔嘴唇，怀揣着激动的小心灵，一双手颤颤巍巍地发送出一条消息——

【嗨，你今天去图书馆吗？】

上大学之前，不管怎么说他也是高中的级草，这点小手段还是熟悉的。

第一印象一定要把自己塑造得尽可能完美，比如介绍自己是研究浪漫的天文系学长，而不是说自己每天头发掉一大把只会算数，论文一个字都憋不出来；再比如，在这种时候塑造一个自己特别喜欢去图书馆的好学形象。

钟意正在图书馆用电脑写着剧本，突然屏幕下方的微信标识闪烁了两下。她以为是学校下达的需要班长转到群里的通知，立刻便点开。

视线从对话框上扫过，她有些紧张地抠了两下自己的手指，才一个字一个字地回道：【我现在就在图书馆，学长有什么事吗？】

【江励：我一会儿十点下课之后想去图书馆自习，但那个时候就没有位置了，想问一下你能不能帮我们占个位置。如果太麻烦的话就不用了，希望没有打扰到你。】

钟意的视线被"我们"这两个字狠狠地擒住，她下意识地咬了一下嘴唇，心突然狂跳起来。

他们……

是指他们两个吗？

钟意问：【是几个人的位置？】

【江励：两个就行了，我，还有老何。你应该认识吧，就是昨天那个

臭脾气幼稚鬼。】

被江励这个描述逗笑，钟意捂着嘴巴在安静的图书馆里强忍着不发出笑声。

她抬起头看了一眼周围，南大的图书馆很大，这一层目前还没有完全坐满。她找的是一个比较僻静的地方，这里总共就只有两张大圆桌，被层层书架挡着，还有四五个空位。

【钟意：图书馆七楼，我在F区的小角落，这边有好几个空位。】

怕江励找不到，她还专门翻出之前保存的图书馆平面图，圈出自己的位置发给了他。

江励回道：【谢谢，我们下课就过去。】

钟意回了一个表情包，看着没有动静的微信界面又愣了两秒，突然想起什么似的，从座位上跳起来。

椅子和地板摩擦发出一声有些大的声响，猛地将她拉回现实。

她小心翼翼地观察一圈周围的人是否有反感，见他们都在埋头学习没有对声音有什么不满，才悄悄在心里松了一口气。

从自己的包里翻出口红和餐巾纸，钟意一路小跑去了卫生间。

只是这一次，她的动作轻多了。

她把手心打湿，用潮湿的双手捋了一下头发，让发型尽可能地整齐。

钟意站在卫生间的巨大镜子前，挺直背冲镜子里的自己眨了两下眼。

底妆没有问题，眉毛也还在，今天运气好腮红没有搞成猴屁股，睫毛也没有苍蝇腿，就是口红因为早餐吃掉了一些。

她拔开口红盖子，细致地涂抹了嘴唇一圈，又伸出纤细的食指抹匀些。

美丽，美丽，十分美丽。

如果她是个男人，她一定会爱上这镜子里的姑娘。

钟意欣赏着镜子里自己的美貌，冲着镜子拍了一张照片发给远在楱南市的唐遇。

不知道为什么，我觉得自己真是越长大越美丽。每一天都是自己颜值的最高峰，从来都没有上限。

正当她自我陶醉间，唐遇的消息就来了——

【蝶形布光法显脸小，你这是去商场在梦幻般的灯光下，被导购忽悠得把脑子扔在宿舍里了吗？】

【唐遇：你这是在哪个商场啊？怎么这大理石装潢看起来那么像厕所？】

【唐遇：难不成你们是在拍作业？拍作业为啥要布厕所的景啊？在厕所里架灯真是难为你们了。】

【钟意：滚。】

【钟意：我就是上完厕所之后觉得身轻如燕气色好，特地发一张照片，让你忌妒忌妒。】

【唐遇：这你就不懂了，仙女都是不上厕所的。】

【钟意：您还不是对方的好友，请发送好友验证后再继续聊天，谢谢。】

微笑着退出微信界面，钟意打开另一个软件，发出一条微博。

等待自己喜欢的人是一种什么滋味？

虽然回到了座位上，但钟意的心早已经不在那书本上了。她时不时地看一眼放在旁边的手机，因为手心微微湿润，在手机屏幕上连按出几个带着指纹的汗渍。

他们再不来，她就要脱妆了。

"好像是说在这边，这犄角旮旯的都能找到，你的小学妹还真是厉害。"

不远处的那排书架后响起轻轻的脚步声，尽管已经尽量压低声音，可江励的吐槽还是一个字不差地落进钟意正竖起来的耳朵里。

小姑娘一惊，手机像是个烫手的山芋立刻从手上弹开，又乖乖地躺回桌上。

钟意双手迅速攀上键盘，十根纤细的手指在键盘上不停敲击着。

她挺直后背，那架势好像是与论文与得顺畅无比，时速六千，但实际上文档上出现的字句连她自己都读不懂。

"嗨，钟意。"江励路过钟意的位置，稍稍弯腰压低声音跟她打了个招呼。

钟意这才把手从电脑键盘上拿开，脸上的表情像是刚刚才发现他们已经到了，有些惊慌失措："你们来了。"

"给你们在旁边占了两个位置。"她抬起头，看一眼站在江励身后不远处正在书架选书的男生，微微失了神。

江励的视线扫过钟意按照个人习惯整整齐齐码在桌上的文具，挠挠头，不好意思地笑笑："谢谢。"

"没事。"钟意含着笑摇摇脑袋，在江励离开身侧的同时，眼神又不受控制地望向那个人。

虽然下雨的那一两天很冷，但毕竟也是春雨，今天气温就已经回升。

何渠琛穿着白色T恤和黑色运动长裤，斜挎着一个帆布包，正捧着那本刚刚从书架上拿下来的书，微低着头翻看前面几页。

他的前额有些细碎的黑色头发，眼神里满是专注。他漂亮的手指轻轻抚过纸张时，钟意看得不由自主地屏住呼吸，满脸通红。

钟意感到自己脸上的温度越升越高，等到烫得有些熏眼睛时，才回过神，装作若无其事地看回电脑屏幕。

看着屏幕上的一堆乱码，她抿抿嘴唇，默默地把那一大段话删掉。

正给自己做"好好写剧本，不要分神"的意念催眠时，一阵沉稳有力的脚步声响起。

她的耳朵不由自主地又竖起来，凭着声音的大小判断何渠琛的路线，判断他和她之间的距离。

数学差生只有在暗恋一个人时，才会在心里做计算题。

何渠琛手里拿着刚刚选好的一本书，没有在钟意身边停留，也没有和她打招呼，而是径直走到江励身边的位置，将手里的东西轻轻放在桌上。

见他坐到自己对面，钟意恨不得把整个脑袋都藏在电脑屏幕后面，紧张得头皮发麻。

"刚刚江励随手给你带的。"何渠琛从帆布包里掏出一盒柠檬茶，线条漂亮的小臂向她的方向伸了伸，脸上却没有其他的表情。

钟意这才小心翼翼地从屏幕后面探出头，她的视线从他青筋明显的小臂上扫过，最后停留在他手腕上戴着的深蓝色手表上。

她舔舔嘴唇，站起身拿过，坐回自己的位置之后，又朝江励的方向提了一下嘴角："谢谢。"

江励动作很快，已经都准备好，在写第一道题了。他从纸张间抬起头，手中的笔一顿。

说时迟那时快，他只觉得自己的右小腿被狠狠地撞了一下。

江励眨了下眼睛，刚刚面对卷子时还很严肃的表情，瞬间绽放成一朵花。

他这充满暗示的眼神，直让钟意看了发毛。

他张张嘴，半天才找到自己兴奋得出走了的声音："没事儿，应该的。"

何渠琛低头在优秀学生申报表上填好自己的名字，又填上几项信息之后，才抬眼望向对面。

江励虽然平时经常没个正行，但毕竟也是能考上南大王牌专业的人，最大的优点就是该收的时候能收得住，学习时沉下心也快。

只是对面那小姑娘……不知道什么时候又把额头以下的脸，全都藏在了电脑后面，坐姿堪忧。

余光瞥见她电脑旁的那本红色暗金花纹的书，何渠琛的睫毛动了动。

高考完回学校的那天他只记得带笔记，把那本书落在了客厅的茶几上。后来他一直想送还回去，但这几个假期都是去国外跟爸妈一起过的，也就一直都没有时间还给她。

他从包里拿出日程本，小小薄薄的一册，也就比他的掌心大了一点。

下次再见她，要记得把书带过来。

3.

半个上午，长达两个多小时，三个人一句话都没有说。

虽然刚刚在等他们的时候，钟意就写不下去东西了。但后来她才确定，这写不下去的原因不在于何渠琛来没来，而在于他。

只要有关于他，不论他是到了还是在路上，她都一样的没有心思继续学下去。

钟意虽然躲在屏幕后面，但还是会借着查书或者喝水，又或者是看一眼手机的工夫，悄悄地把视线从目标物体上挪开，装作不经意地从他的位置上扫过去。

即使已经过去一年多，但他依旧像高中那样，写字时的坐姿像是小学时老师一定会表扬的那种——整个动作都很舒展，让人看了就觉得这男生有一股与周围人截然不同的气质。

多了一份书卷气的儒雅，是一个干净得招人喜欢的男孩子。

在这两个小时里，钟意的手速直线下降。原本时速六千的手速能变成一个小时打六十个字，她都谢天谢地了。

可能是太久没有相见，她恨不得把他的每个动作都记在心里，一定要是那种回宿舍之后，还能在手绘板上复制出来的深刻记忆。

实在是写不下去严肃的剧本改编，钟意自暴自弃地切出自己专门用来写小说的文档。

她已经是小说网站上有名的作者，和南格两个人都被誉为屠榜的"大神"。每次她们快要开新文的时候，都有不少作者盯着她们，计算着哪天开文能够避开和她们抢榜单的惨烈现场。

她刚刚完结一本书不久，照例应该休息两三个月熬过期末之后，在暑假这个流量最好的时候开新文。

只是……

这次她突然想立刻开一个新文，暗恋文。

对着那张帅脸，写言情小说可比改编名著有手感得多，钟意正流畅地写着故事大纲，周围有几个人已离开自己的座位，拿着东西去食堂吃饭了。

接近下午一点，江励把最后一个数字写好，伸个懒腰后顺势趴在桌上。趴了不过两秒，他屁股带着椅子又向何渠琛的方向挪了挪："老何，我们去吃饭吗？"

何渠琛正看着手中的英文原版书，又翻过一页，才低声缓缓道："去三食堂？"

南大有五个食堂，三食堂离图书馆最近。里面大多都是入驻的商户，现点现做，也是为数不多的这个时间还能吃上饭的食堂。

"钟意，你要和我们一起去三食堂吃吗？"江励跟着何渠琛站起来，在何渠琛已经走了几步快离开自习区时，他还是转过身，走到钟意旁边小声问了句。

正写着校园小甜饼大纲的钟意沉浸在自己构建的满是粉红泡泡的世界里，被江励突然凑过来的脑袋吓了一跳。肌肉条件反射地拉紧，她的食指猛地按下最小化的按钮。

做完这一切之后她才意识到自己的反应有些过激了，她舔舔嘴唇，一时间有些尴尬："好啊，正好这顿饭我请。"

三食堂这个时间可以选择的档口不多,钟意跟在他们两个身后,打算看他们吃什么,自己也随便买一份吃。

她不挑食,除了胡萝卜。

"钟意,你想吃什么?"江励扭过头来,主动询问一直在身后默默不出声的小姑娘。

钟意抿嘴,挤出一个笑容:"都可以,看你们了。"

何渠琛站在最前面,一手插着口袋,听着他们的对话却没有说话。

两秒后,他突然走到不远的一个档口前,身后那两个跟屁虫见状立刻跟上。

"我要一份胡萝卜、土豆炖牛腩。"何渠琛扫了一眼桌面上的菜单,垂着眼让人看不清他眼底的神情。

江励把脑袋凑过去,迅速看了一遍菜单,点点头以表同意:"我也要一份胡萝卜、土豆炖牛腩吧。"

说完,他又转过头来问抿着嘴巴的钟意:"你吃什么?"

"三个胡萝卜、土豆炖牛腩?"档口后面的阿姨大声嚷嚷着,生怕他们隔着块玻璃听不清。

"阿姨,不要胡萝卜,不要胡萝卜。"钟意回过神,连忙嚷嚷回去,也生怕阿姨耳背,真给她做一份胡萝卜、土豆炖牛腩盖饭出来。

她咬着嘴唇,拿过另一份菜单看了一眼。

钟意很少在三食堂吃饭,平日里不是在离教学楼最近的二食堂吃饭,就是回宿舍点外卖吃。说实在的,这家店味道到底怎么样,她还真摸不准。

不想让那两个人等太久,她内心挣扎着,随便点了一道菜:"阿姨,给我来一份干锅花菜吧,然后里面加一些千页豆腐,我可以加钱。"

听到"花菜"两个字,何渠琛低头玩手机的身形一僵。他机械地转过头,意味深长地看了一眼钟意。

钟意不知道自己惹到他哪儿了,回看过去,神情有些不知所措。

"我看你今天写得还挺带劲儿的,在写读后感吗?"趁着等饭的工夫,江励为了避免气氛尴尬,随口找个话题,"我们这两个语文差生,倒是挺羡慕你们随意就能写个几千几万字的能力。"

一提到刚刚在写什么,钟意就有些心虚。她把双手背在身后,两只握着手机的手微微渗出些薄汗:"不是读后感,是一个把文学作品改编成剧本的作业。"

"《霍乱时期的爱情》？"江励挑眉，没想到之前随意注意到的东西此刻派上了用场，"听起来很浪漫。"

"嗯。"提起文学作品，钟意眉眼间柔软的笑意慢慢漾开，"昨天因为这本书里的一句话，我就跑去买了一枝玫瑰花。生活就应该有点浪漫，有点诗意才好。"

"你昨天拿的玫瑰花是自己买的啊？"江励一下子笑出声，眼睛比刚刚更亮一些，"我还以为是男朋友送的。"

这一句话直接戳到"母胎单身狗"柔软的心脏，钟意生无可恋地晃了一下身子："那估计等我七老八十了，都收不到玫瑰花。"

"钟意。"正揶揄着，一直沉默的何渠琛突然开口，让她的心脏猛地一跳。

男生侧过脸，终于不再是那副冷淡的表情："之前季昀说他那里有一本你的《霍乱时期的爱情》，一直没有时间还给你。他过两天正好要给我寄些东西，我让他顺便把你的书寄过来。我加一下你的微信，找个时间把书给你。"

钟意愣了一下，拿着手机的手不由自主地攥紧。

她的嘴唇微微颤着，良久，才缓缓地点头："好。"

外表波澜不惊，心里却早已托马斯全旋外加一个横跳，小世界的天空里满是漂亮的礼花。

没有想到何渠琛会主动提出来加自己的微信，钟意慌忙拿出手机去扫他的二维码，手抖得像是个从没有用过智能手机的小孩子。

他的头像是一只杰尼龟，可爱得看上去一点都不像是他的微信头像。

扫完，她把微信自动设定的加好友的那句话删掉，小心翼翼地打上几个字——

【学长好，我是钟意。】

倒有些公事公办的样子，比平日里还要更严肃，就好像加他是秉公无私的，一点都没有心中的那份小悸动。

刚按下发送键，她就后悔了。

应该加个卖萌的表情才对，这么几个字不是陡然拉远了他们的距离吗？

钟意倒吸一口气，痛苦地闭上眼睛。单身十九年的原因在此刻暴露无遗，她真是觉得自己没救了。

没给她暴打自己脑袋的机会，何渠琛拿着手机看了一眼，立刻便点了通过。

档口的阿姨依旧在爆炒着他们点的菜，香气慢慢从玻璃的一边溢到另一边。干锅花菜的辣椒香也被炒出来，钟意猝不及防地被那味道一熏，咳嗽两声，眼泪差点流下来。

不过就是刚爆香出来的一瞬间，她第一个喷嚏还没有打出来，右胳膊就被一股大力拉到档口的另一边。

"小心点。"何渠琛极具辨识度的声音在她头顶响起，下一秒，她的喷嚏作为回应立刻便打了出来。

惊天地泣鬼神，恨不得把整个肺都喷出来。

何渠琛又下意识地向后挪了一步，等她打完喷嚏才从包里掏出一包方巾纸。

钟意接过，胳膊上的触感让她的脸和脖颈通红。

短暂的接触后，两个人没多说什么话，更多的是江励在中间缓和着气氛挑起话题。

何渠琛看着钟意被江励一次次地逗乐，动了动嘴，却还是什么都没有说出来。

几分钟后，钟意端着煮好的饭菜，想都没想就坐到了何渠琛的对面。从他手里接过自己的那份餐具，指尖从他的掌心轻轻划过，她低声悄悄地说了一句："谢谢。"

那声音小小的，要不是他递出去的餐具，他都不知道她是在跟谁道谢。

何渠琛收起手掌，掌心被她指尖划过的轻轻一道触感仍旧那样明显。

他拿起自己的筷子，眼神暗了暗。

饭间，江励饶有兴致地看着旁边这两人细微的表情变化。

一个吃着胡萝卜、土豆炖牛腩盖饭，一个吃着干锅花菜。两个人都时不时地抬头去看对方，然后在瞟到对方的饭菜时，眉毛不经意地皱起。

头顶的灯明晃晃地照着，小姑娘吃饭的动作看上去正常，但仔细一看又有些不对劲，像是在极力克制着自己的动作，筷尖微微颤抖着，有几次花菜都险些掉下来，完全没有在享受美食。

这两人一定有什么故事。

"我下午要去实验室，就不去图书馆了。"察觉到江励一直盯着钟意看，何渠琛手执筷子，没有停住吃饭的动作，直接开口道，"谢谢你上午帮我们占位置。"

手中的花菜有些没夹稳，直直地掉在碗里，钟意垂下眼，慌忙拿出纸巾擦掉溅到桌上的油汁。

她一下一下地擦着，到最后像是做着无意义的擦拭动作，重复一遍又一遍。半晌，她才找回自己的声音："好。"

"你要去实验室？"江励一双筷子随意地扒拉着剩下的那几块土豆，想都没想就抬头冲他笑笑，眼神里满是奸诈和欢乐，"那我和钟意一会儿回图书馆，你吃完就先走吧。"

感觉旁边的气压瞬间便低下去，江励的笑容一僵，清清嗓子来掩饰自己心里陡然升起的不安。

何渠琛拿餐巾纸擦拭一下嘴角，视线慢慢从他的脸上扫过，像是要把他每一个毛孔都要看得清清楚楚："江教授说让我带着你一起去做项目。"

"江教授？"江励立刻瞪大的双眼放着光，也不再故意去逗弄何渠琛。

江励不敢置信地双手扶上何渠琛的肩膀，幽幽地从他身后探出一个脑袋，惊讶地又确认一次："他说了让我和你一起去？"

江教授是目前为止他们学院里最年轻有为的教授，为人亲和，是很多人的理想导师。他除了带硕士生和博士生，偶尔也会关注本科生，会精挑细选几个本科生作为提前培养目标，进入自己的研究项目工作。

每年大三、大四的学长学姐为了进入江教授的项目组，都抢破了头，综测成绩大战的惨烈景象他更是早有耳闻。

而何渠琛是少中又少，被江教授直接邀请进入项目组实习的大二学生。江励虽然平日里会拿这个事情和何渠琛插科打诨，但他心里总归还是羡慕着，也想有机会能够进去。

"把钟意送回去之后，直接去实验室。"何渠琛整理好餐盘里的碗筷，把眼神移到正低着头乖乖吃饭的女生脑袋上。盯着她的头顶看了一会儿，他才缓缓垂下眼。

钟意低着头，知道这话不是对着她说的，但吃饭的速度还是加快了些。

她以前和磨磨叽叽的唐遇一起吃饭，一直都对自己的进食速度引以为傲，却没想到此时自己成了三个人之中唯一拖后腿的那个。虽然很想再跟何渠琛多坐一会儿，但总归是不能给他添麻烦。

从三食堂回图书馆的路并不远，三个人并肩走着有一搭没一搭地聊天。江励站在最中间，不时把话题分给旁边的两个人回答。

钟意偶尔应着，余光却不停地越过江励的身子，看向那个气定神闲走着路的男生。

像是记忆里多年前那样，永远都要隔着几个人的距离才敢偷偷看他。

"江励！"迎面走来几个看样子是刚打完球，穿着球衣、抱着篮球的男生，为首的那个冲他喊了一嗓子，招招手。

"你们两个先走，我一会儿追上你们。"江励一见到是自己打球的兄弟，拉了一下自己的书包带，快走两步蹦到那群人面前，几个人说说笑笑起来。

电灯泡终于离开，何渠琛和钟意之间的距离随着不断向前走的步伐，不知不觉间越越近。

钟意垂着眼，掩住一双不停左右晃着的不安的眼睛。

明明不敢偏过头去看他，却不知道是不是开启了什么特异功能，她的大脑居然开始盲算她和他肩膀之间的距离。

越来越近，越来越近。

甚至超过了安全距离。

钟意的呼吸越来越小心翼翼，心底的红灯明晃晃地亮起，不停地发着警报声。她愿意称这一刻为爱情奥特曼的发热预警。

手背不小心碰到他的，钟意的红灯像奥特曼胸前的灯耗电完毕一样，瞬间灭了光亮。她猛地跳起来向旁边挪了一步，全身上下都微微地发烫。

啊，她不行了。

以前在南华中学的时候，她也不小心蹭过他的手。但那是在高中，又是穿着校服，脑子里不会蹦出那么多奇奇怪怪的想法。

但到大学以后，大家都换成自己的衣服。并肩走在偌大的校园里，也变得像是一对校园情侣经常会做的事情。

没想到小姑娘会吓得跳起来，何渠琛微微偏过头，看向她的头顶，将手往自己的方向收回："我没想到你也会来南大。"

他有想过等钟意毕业之后找她的联系方式，看她考到哪个城市的哪所大学，再考虑用什么方式和她继续高中的那段故事。

可他没有想到，她居然也努力考到了南大。

"为什么来这里？"何渠琛的步伐为她而放慢些，明明是个问句，声音却低低的，像是在呢喃，"椹南的好大学那么多，离家里也近，为什么要选择南大？"

钟意没有想到他会问这个，呼吸一滞。

她舔唇，一双手背到身后不安地绞起来。沉默了一会儿，她才压抑着不安，尽可能平静地开口："南大的戏剧影视文学是'985'里数一数二的。我想学这个专业，我爸妈想要'985'和'211'这两个牌子，所以就选在这里了。"

她微垂着头，长而卷翘的睫毛微微地抖着。

在梦里多次练习的话终于被说出口，钟意只觉得自己把这话所需要的表情和语气都演得非常饱满。

她不敢告诉他，她是为了他才来到这里。

也不敢告诉他，她有多么喜欢他。

只好编一个充分的理由，装作若无其事一样，扯着荒诞的谎言和他说一切都是因为这学校的牌子好听。

何渠琛又看了看那头顶，张了张口，却没有说话。

他把钟意送进图书馆一层，在钟意扬着淡淡的笑容向他挥手告别时，盯着她那双清澈的眼睛，轻轻弯起嘴角："等季昀把书寄过来，我再联系你。"

钟意盯着他看了半晌，才慢吞吞地应道："好。"

这一次不再是她看着他转过身去的背影，钟意一直强忍着回头的想法，迈开脚步，双手却悄悄在身侧紧握成拳。

在电梯门的倒影中，她看见他的身影一直没有在图书馆入口处消失。

电梯到达一楼，钟意随人流进入电梯，却被挤到最里面。她艰难地想要从人群里探出个头和他再挥挥手，却在好不容易找到空当可以踮脚看到他时，电梯门刚好缓缓关上。

后背靠着电梯冰凉的内壁，钟意咬着嘴唇，眼底满是失落。

"你们怎么走得这么快？"江励再追上来的时候，电梯门已经关上，他站在何渠琛身边,一手搭上何渠琛的肩膀,"钟意呢,上去了?"

何渠琛这才把视线收回来,转过身就往外面走:"嗯,上去了。"

"你们两个到底是什么关系?"江励狐疑地看着像是丢了魂儿一样的男生,发出来自灵魂深处的疑问,"江教授那儿你不是说暑假有事,往后推了些日子吗?"

何渠琛没有正面回答第一个问题,在图书馆门前找到自己的自行车,解开锁:"暑假突然没事了。"

原本他为了找她而初步答应网剧路演的事情,想去她在的大学做路演交流会,告诉她,他演了这个故事。但既然人现在已经在眼前,那种容易招惹女粉丝又耗费时间的路演就推了吧。

何渠琛把包放到前甪的车筐里,半眯起眼睛,长腿一伸便跨到车上。

　　距离首播,还有七天。
　　钟意,我演的,是一个那么像我们身上已经发生过的故事。
　　你会不会知道,我的那些良苦用心。

第十一章
数学差生的计算题

　　暗恋一个人大概就是……

　　我一个痛恨数学的文科生也能主动盲算我和他之间的距离，也会翻遍与他相关的社交账号，用自己那点可怜的逻辑思维默默地分析。

　　因为他的回复而开心，也因为分析结果里，他应该没有女朋友而雀跃。

　　我的数学能力，也就只有在涉及他的情况下，才能厉害得像是超能力。

　　　　　　　　　　　　——意和的微博

1.

南川市的天气一直都是个谜，钟意前一天穿着薄外套，第二天穿短袖还满身是汗。不过还好的是，她终于把改编的剧本写完，将那个肥硕的文档发送到老师的邮箱，不用再满头大汗骑车去图书馆。

宿舍里只有她一个人，她庆幸上个学期手气好，连抢到好几门轻松的选修课，这个学期课就能少上一些。

她站起身来，将空调调低些温度，一头扎进自己的被窝里。

裹着小被子吹空调，简直是人间享受。

上次见过何渠琛之后，她就突然想写一本暗恋文，也就顺手发了一条微博。

钟意玩了一会儿手机，在朋友圈和豆瓣论坛都刷过一圈，才逛到自己的作者微博里。

因为同时写严肃文学和网文容易精神错乱，她已经有两个多月没有开新文，一堆读者在评论区看见她终于更博，叫嚷着嗷嗷待哺。

【大大，你新挖的坑，做鬼也要填！】

【你看今晚这美丽的月色，像不像大大刚刚挖的坑？】

【失踪人口回归了，您的小天使已经没有粮吃要饿死了！大大你忍心吗！】

钟意在自己的小床上打个滚儿，捧起手机，一个狠心切回到自己的常用微博号——意和。

她不是不想更新，只是时候未到。

好吧，她就是"懒癌"犯了不想明说只能装死，怕危及自己的生命安全被黑化的小大使追着扎。

顺手转发了一条最近新上映的皮卡丘电影消息到微博里后，钟意罪恶的右手伸向几个推荐帅哥的微博号。

这个时候，今年的艺术生合格证名单已经下发，各大微博号已经整理出每个学校表演、音乐剧和播音专业的第一名名单。日常关注这些微博也是钟意课业的一部分，如果以后做联合创作，选角也会方便得多。

提选角还是太早了，现在主要还是为了满足眼福，看看帅哥。

没良心的钟作者正美滋滋地拿着手机刷满屏的帅哥美女，微信的消息框便弹了出来。她扫一眼消息，本来在屏幕上随意划着的手突然一滑，狠狠地摁在屏幕上。

钟意连忙移开大拇指，将摔了一跤的拇指摁回微信消息的通知。

看着那个加了几天好友却一动不动的头像，此刻突然出现在她的聊天界面里，她的心也跟着手机的振动而猛颤一下。

【何渠琛：你明天有空吗？】

【何渠琛：书到了，我拿给你。】

钟意下意识地咬着左手大拇指的指甲，紧张得不知道该怎么办才好。

有空啊，什么时候都可以。

不行，这样的回复是不是显得自己不太矜持？

钟意摇摇头，赶忙把所有的字删掉。

应该可以的。

看上去又有点勉强，好像也不太好。

钟意双手像是捧着圣杯一样高高地捧着手机，忍不住从嗓子里发出巨龙的怒吼。

没有恋爱经验的她遇到这种事情，即便是平日里用文字让笔下的男女主角甜到令人流泪的大神，也不知道该回一些什么。主角换作自己，她就恨不得给别人递笔，让他们帮忙写这个故事。

拖着不回总是不好的，钟意死咬着嘴唇，改改删删才颤颤巍巍地打出几个字：【嗯，好。明天中午或者下午我都可以。】

"老何，你在那儿低头沉思什么呢？"学校另一端的男生宿舍楼里，江励"嗷"的一嗓子，把正一手握着手机，一手摸着自己的下巴，表情呆滞的男生叫回现实。

回过神来的何渠琛迷茫地看了冲自己挤眉弄眼的江励一眼，刚要开口的同时，手中的手机振动了一下。

"哟，估计在等哪个小姑娘的消息吧？"江励旁边正打游戏的男生瞥了一眼何渠琛飞快地在屏幕上按下又抬起的拇指，"啧啧"两声。

被揶揄的人忍无可忍，起身一左一右在两个脑袋上狠狠弹个暴栗。他看回手中又没有动静的聊天界面，再次失神。

刚刚何渠琛忐忑地看着界面上"对方正在输入中……"好几分钟，到后来索性什么提示都没有，消息也没有回复，害得他以为钟意那边突然出现什么情况。

他总算是体会到了等待一个人回复时的煎熬。

而屏幕那端的钟意打完那一行字，闭着眼睛将手机拿得很远，才盲人摸象似的按下了发送键。

她刚按下没有一秒，手机就瞬间从手中弹了出去，自由落体到耸起的一团被子上。

她像是没事人一样吹着口哨看看天花板，又转头看看纹丝不动、没有被室友推开的门，最后，视线才颤悠悠地落到手机上。

两分钟，心惊肉跳。

三分钟，期待减弱。

四分钟……

手机倏地亮起，她连滚带爬地从床上捡起手机，按捺着狂跳的心，猛地吸了几口气，才终于敢往屏幕上瞟那么一眼。

【何渠琛：明天中午我也可以，我上午在逸夫楼上课，中午不知道你离哪个食堂稍微近一些？】

钟意又深吸一口气，才敢把接下来的话全部打上：【我上午也在逸夫楼，要不然我们下课之后在逸夫楼一层大屏幕旁边碰面吧？】

【何渠琛：好。】

回了一个刚刚好适合在这种情景下回复的表情包，钟意连忙一个跟头从床上爬起来，直接跳下床。

要见他，就要穿一身既能体现自己活泼灵动，又稳重端庄不失气质的衣服。

南川市的天气预报说明天天气不错，钟意咬唇，从柜子底部找出自己那条浅灰色格子连衣裙。

漂亮的木耳袖，在腰后打结的蝴蝶结还可以收腰，是去年夏天她最喜欢的一条裙子。

"我回来了。"就在钟意拿着衣服在自己身前,冲着门后贴的全身镜比画时,猝不及防地,宿舍的门被打开。

"吱呀"的木门声连带着钟意的一声惨叫,顿时回荡在整个宿舍上空。

"怎么,要约会去?"看清钟意在干什么,室友捅捅她的腰,冲她挑起眉毛,笑容愈渐猖狂。

她们整个宿舍里一共四个人,钟意是外形条件最好的,却也是宿舍里唯一一个没有男朋友的。

南大是偏理工类的学校,学校里的男女比例严重失衡。钟意不乏追求者,但每一个几乎都在半个月的努力之后销声匿迹。

她们刚开始以为钟意只是太害羞,不知道如何回应。晚上夜聊的时候,她们也会语重心长地传授些经验。但后来到了大一的后半学期,她们渐渐发现钟意不是害羞不知如何回应,而是……

她的心里一直都住着一个人。

钟意捂着刚刚被门磕到的额头,转过身挪到一边,为室友让出进宿舍的位置。

听到"约会"二字,她的脸条件反射地憋得通红,连忙摆手,紧张得都快要跳起来:"不是,只是想找出来春夏的衣服,看看自己胖没胖,还有哪几件能穿。"

"啊!懂,我懂了。"室友把手中的外卖放在桌上,挑着眉,点头安抚着都快紧张得爆炸了的钟意,"看看还有没有能穿去见男神的衣服。"

"乱讲!"

好不容易制定好明天的穿搭计划,钟意再爬回床上时,脸上的表情已经近乎于痴笑。

她盘腿而坐,一只手托着腮,失神地望向窗外,表情看似惆怅而呆滞,实际上心里已经在疯狂地冒着粉红泡泡。

她幻想着在人来人往的逸夫楼大厅,穿越人海,奔向那个在大屏幕前站着的高大身影;幻想着他在抬眼看到她的那一刻,眉眼一瞬间溢出来的笑意。

啊,梦里的人生总是那么美好。

钟意光是幻想就脸红了,她受不了自己似的一脑袋扎到被子里,闷笑出声。

"钟意，我刚刚带了炸串回来，你要不要下来也吃一口夜宵？"刚进门不久的另一个室友把脑袋上的头戴式耳机摘下，将椅子向后挪挪，仰起头冲钟意扬着手中的包装袋，"按照老样子点的。"

正在床上维持着朝拜姿势的钟意猛地直起腰，在看向室友的同时，舔了一圈嘴唇。

望着那好像是胜利女神像手中的火炬一般闪闪发着光的炸串，钟意艰难地咽下口水，慢慢地开口："不了，我减肥。"

明天这么重要的日子，她绝对不会让自己的小肚子挑这个时间出来溜达一圈。

"今天是什么日子，钟意居然不吃夜宵了？"室友还举着手中的炸串，脸不敢置信地看向旁边最先进来的室友，"她今晚是吃了三碗饭，喝了两碗粥，又吃了两根玉米吗？终于吃撑了，所以没有胃口？"

"不，都不是。"被问的女生跷着二郎腿，优哉游哉地啃着手里的苹果，声音含混不清，"是终于要去见小哥哥了。"

"不会吧！"

钟意受不了被窝外那三个女人对自己这个"母胎单身狗"的歧视，哼哼唧唧几声之后，把整个脑袋都埋进被子里。

半晌，她一只胳膊又鬼鬼祟祟地伸出来，从床上摸到自己的手机，迅速地拿进被窝。

她的被子薄，仍然会透着宿舍里的光。她解锁手机，屏幕没有自己想象中的那么刺眼，上面依旧是刚刚没有关掉的聊天界面。

本来是想再切回微博界面看帅哥的，但她的手却不受控制地点开聊天界面里左边的那个头像。

她进到何渠琛的朋友圈里，把他这几年来只有二十条的朋友圈全部翻看了一遍，并且认真分析和判断，再用雷达般的双眼来回扫了好几眼他的头像和微信昵称。

看上去不像是有女朋友的样子。

钟意抱着手机"嘿嘿"一笑，顺势躺在床上来回翻滚两下。

一直到快被被子焐得憋过气去，她才猛地撩开被子，大口呼吸几口，脸上带着不知道是因为憋气，还是因为什么别的而产生的红晕。

2.

其实那天上午,钟意没有课,但为了能和何渠琛约上时间,她撒了一个小谎,得以睡个懒觉,再化个精致的妆,穿上自己精致的小裙子,掐着时间去到逸夫楼。

又为了让上完课的感觉更加真实,她先坐电梯上到六楼,在六楼转了一圈之后,随着下课的人群一起挤着电梯,再下到一层。

在能把人挤成筷子的电梯里,钟意不安地握着手里的手机。

虽然说期待与何渠琛的接触,但那也只是在幻想里逗逗能。

她一直是个幻想上的巨人,行动上的矮子。

"叮——"

电梯到达一楼的提示音响起,把钟意的思绪拉回现实。

随着人流向逸夫楼一楼大厅走,明明还隔着整个中央大厅,她的视线却已经锁定在屏幕旁边的那个男生身上。

他穿着深蓝色的短袖T恤和浅棕色的宽松休闲裤,斜挎红蓝配色的帆布包,正一手拿着手机,一手插着口袋,低着头,不时地看一眼手机屏幕。

在南川市,何渠琛的身高在人群中更显优势。偶尔有几个过路的人和他打招呼,他才抬头,报以一个礼貌的笑容。白皙的皮肤和棱角分明的脸庞,在春日的阳光下显得他整个人都更加温柔,让人如沐春风。

钟意深吸一口气,脚上踩着不太合脚的新鞋,迈着坚定的脚步向他走去。那郑重其事的样子,甚至有些滑稽。

"钟意。"何渠琛刚和几个学院里的人打完招呼,扭过头的时候,正好看到那个人群里显眼的女生。他弯弯眉眼,将手里的手机放到口袋里。

钟意被他的视线盯得有些慌张,连忙小跑几步到他身边。她扬起脸,扶着挎包包带的手紧张地收紧:"学长好。抱歉,刚刚坐电梯的人有些多,你是不是等得有些久了?"

"没事。"何渠琛从包里拿出那本暗红色的书,手指在暗红色的映衬下显得更加白皙,"你看一下有没有什么问题。"

身后人来人往,虽然钟意知道这其中很少有她认识的人,但还是有些慌张。也许是在南华读书留下来的后遗症,她总是会在和何渠琛面对面时,因为周围人投来的视线而感觉到不安。

她低头从何渠琛手里接过那本书,指腹轻轻地摩挲着纸质粗糙的封皮,轻轻翻开第一页，上面就是她高中时期那张狂而又嚣张的签名。

中二少女从小一直做着哪天开签售会的梦，于是早早地在别人写的书上练习着自己的签名。然而中二少女没有想到，那份偷着乐的嚣张，已经全被她最在意的人看到。

钟意有些窘迫地闭了闭眼睛，恨不得劫持一辆时光机回到过去把自己暴打一顿。

她连忙合上书，抬起头，给一直看着自己的何渠琛一个有些尴尬的笑容："没什么问题。"

"那就好。"何渠琛点头，把背包的扣子扣好。

他低头间，熟悉的淡淡茶香又萦绕在她的鼻尖。

不知道为什么，明明是清冽的味道，她却突然红了眼。

两个人一时间陷入沉默，并肩往逸夫楼的门口走。

钟意把手上的书页随意地翻过两下，咬了咬嘴唇，才鼓起勇气叫住他："学长，中午我请你吃饭吧？"

比起钟意立刻停住的脚步，何渠琛多向前走了两步才停下。

听到她叫他，何渠琛半扭过身，愣了两秒才笑出声："今天下午我也没课，不如你请我吃顿好的吧？"

听到他这句话，钟意连忙跑几步跟上他。仰起头看着自己日思夜想了许久的人，她的双眼里满是星光："行啊，我们出去吃，去吃火锅怎么样？"

"吃火锅？"走出教学楼，外面的太阳烈得晃眼，何渠琛下意识地抬起右手挡了一下，眯起眼睛，"你想吃的话，我没意见。"

南川市的天气说起来也是奇怪，今天的太阳毒辣得让人不敢置信。可能这就是南川市传说中的没有春天和秋天吧！

"那……吃点清爽的？"钟意从包里摸出一把太阳伞打开，抬高胳膊，想要让伞可以容纳下他们两个人。

何渠琛太高了，虽然她不矮，但总归是穿的平底鞋，即便是别扭地举高太阳伞，她也只能小心翼翼地控制着高度，才能勉强不让伞直接顶在他的脑袋上。

"你想吃什么都行。"字句摩挲过他的喉咙，带着些笑意在她的耳边炸开。

一只骨节分明的大手握上细细的伞柄，钟意下意识地撒开手。她满脸通红地用手扇了两下风，找个理由掩盖自己脸上的红晕："今天天气好热哦，哈哈。"

　　尴尬而又不自然的语气，说了还不如不说。

　　何渠琛把手中的伞又朝她的方向倾斜了些，另一边肩膀暴露在毒辣的太阳下："我们去坐地铁？"

　　"嗯。"钟意其实也没想好去吃什么，她先胡乱地应着，接着找出手机开始搜索最近好吃的东西。

　　她来南大不到一年，因为认识的朋友们都有男朋友，平常几乎约不到人一起出门玩。自己又是个不太敢一个人去探索未知世界的小尿包，平时很少出学校，所以对周围的吃喝玩乐根本就不熟悉，知识储备到用时才发现来不及。

　　钟意泪流满面地查着，一查就查了一路，甚至在不知不觉中跟着何渠琛上了地铁。

　　她连这趟地铁是去哪个方向的都没注意，等到想起来的时候，已经坐了两三站。她抬头看看车门上方闪烁的站点信息，反应过来："我们下一站下，那边有一家挺好吃的川菜店。"

　　"这么喜欢吃辣？"何渠琛低头把太阳伞的每一个褶皱都细致地捋好，最后用伞带绑扣好。

　　"无辣不欢。"钟意不好意思地笑笑，一只手随意地握上扶手，"你能吃辣吗？不能吃的话我们就换一家店。"

　　地铁转弯让她站不稳，慌忙倒了几下小碎步，想要稳住重心。就在她要向后倒下去的时候，一只手先伸过来，一把捞起了她。

　　何渠琛的小臂很有力，温暖而又干燥的大掌握着她纤细的手肘，微微一使力便把她跌向的方向改作自己所在的方向。

　　眼看着就要撞上他的胸膛，钟意也没愣着，硬是在慌乱的小碎步中伸出了坚定的一脚。她的左脚死死地横着杵在地上，给冲进他怀里的自己来了一个急刹车。

　　何渠琛垂眼看着她骤停的动作，把下意识想要伸出来扶住她的另一只手收回去，弯弯眼角，笑着评价："你还真是眼疾手快。"

　　钟意愣了愣。

回想起自己小时候因为反应迟钝没有迅速伸手把下巴磕青过好几次，每次都被唐遇嘲笑自己长了胡楂的壮举，钟意就恨不得咬碎银牙。

这该死的眼疾手快怎么该来的时候不来，不该来的时候非要来？

她能摔死吗？

能吗？

她也就只能在他的怀里快乐地死去。

感受到刚刚握着自己肘部的暖意渐渐消失，钟意不好意思地轻咳一下，一双眼睛来回转着，想要转移话题避免尴尬："你想吃川菜吗？"

地铁门打开，何渠琛把手放在感应器前，示意她先出地铁门。

在她之后下地铁，他调整好下车时被后面的人撞歪的包："吃点清淡的吧，容易长痘。"

钟意正低头给唐遇发着消息，听到他这话就随口应了一句："好。"

有的人表面上波澜不惊，实际上已经在私底下跟自己的闺蜜号了好几嗓子——

【钟意：哦，我的女神"小萝卜特唐遇"！你猜怎么着，我和何渠琛去学校外面吃饭了！】

【钟意：我提议去吃川菜，但他说想吃清淡些的。啊啊啊，怎么办！到底吃什么好！】

【钟意：嘀嘀，美女在吗？在吗，美女？】

【钟意：我就知道你是因为忌妒才不回我消息，实际上已经捧着手机默默吃着狗粮。】

钟意调出乘地铁的二维码，刚过闸机，手里的手机便疯狂振动起来。

是唐遇的消息——

【唐遇：和男神约着去吃川菜？你是想让他辣得泪流满面说不出话只扇风，还是想让你辣得吐字不清人舌头当喷火龙？】

【唐遇：真是疯了，活该单身一万年。】

暂时选择性看不见唐遇那些损自己的话，此时的钟意像是个虚心请教问题的乖宝宝：【哦，我的老朋友，我就知道你靠谱！那我该怎么做？】

【唐遇：去吃日料，环境好的那种。两个人喝点小酒，再加上那暖色的灯光，啧啧……】

【钟意：流氓！】

【钟意：可是我喜欢！】

把手机屏幕按灭，钟意转过身等被人群隔到后面的男生跟上，双手有些紧张地背在身后："我们去吃日料吧，我请你。"

紧急把刚刚那股和唐遇说话的翻译腔换作正常。

男生走近她，沉默两秒才缓缓开口："你是想请我吃不带鱼子酱的加州卷？"

在人来人往的地铁站里，钟意第一次有了想顺着人群逃跑的想法。她尴尬地扯扯嘴角，心里的话到了嘴边，又硬生生地咽回去。

趁着何渠琛撑开伞的工夫，她悄悄地侧过身，用手机发了条微博。

世界上最浪漫的事情，就是一份加州卷。
我吃外面的那层紫菜皮，你吃紫菜里面的饭团心。

两分钟后，钟意站在何渠琛撑起的伞下，一脸享受地看着自己不停振动的手机。

【唐遇：你微博上那土味情话真的够了，我见过恶心腻歪的，没见过你这么腻歪的。】

【唐遇：看看你发的，什么玩意儿啊！】

见钟意没动静，两分钟后，唐遇又试探性地发了一条：【姐妹，接着直播你们两个破镜重逢的故事，我刚去做了烤瓷牙，不怕柠檬！】

【钟意：他说要请我去看电影。】

【唐遇：我终于悟到了命运的无常——拥有绝世的眉毛又有何用？柠檬树下还不是只有我！】

【钟意：眉毛？早八的课趴桌子睡觉，眉毛还没掉？】

【唐遇：美貌！美貌！美貌！】

3.

还是何渠琛带钟意找到那家日料店的，据说是之前张木云来找他玩的时候，两个人一起去过。

正是工作日的午饭时间，他们两个又稍微耽搁了一阵，店里的人并不多。

习惯了椹南市各大商场里的熙熙攘攘人头攒动，在只能听到日式居酒屋里播放音乐的开放式包间里，她一时间还有些不适应。

第一次真正和何渠琛两个人面对面吃饭，钟意慌张得不能自己。

这算是她第一次和同龄的男孩子单独出去吃饭，当然，程期楠在她眼里从来都不是男孩子。

为了给何渠琛留一个很好的形象，钟意每吃一口都竭尽全力地让动作看起来文雅。以至于在不久的以后，她只要一想起来那时候的自己，就恨不得穿越到那个时候给做作的自己几巴掌。

"我刚刚已经买好票了，还有半个小时开场。"何渠琛把手机放在桌上，眼神扫过对面仍然在细嚼慢咽的女生。

钟意其实已经吃得很饱了，只是无意识地想和他多待一会儿，才细嚼慢咽地试图把剩下的东西也吃光。

毕竟女生有一个超能力胃，在必要的时候会根据特殊场景任意伸缩，控制容量。

"啊？"钟意手里的筷子一抖，她眨眨眼睛，一时间没有反应过来。

她以为何渠琛在地铁上只是客气一下，却没想到他真的买了电影票。

隔着一张日式木桌，何渠琛看着她，笑了笑："没事，还有半个小时，你再吃一会儿。"

钟意一双腿在桌下荡了两下，当机立断把筷子放到瓷碗上，右手迅速在木桌的另一端一勾，抽出几张餐巾纸。她恶狠狠地擦擦嘴唇，说："吃饱了，不吃了。"

何渠琛没想到她反应这么大，顿时就乐了："真的吃饱了？"

忍住想要打一个震天响饱嗝的冲动，钟意从榻榻米上找到手机："吃饱了。"

日式图案的门帘把小包间和外面的大堂隔开，钟意动作利落地从榻榻米上爬起来，整理好衣服。

何渠琛仰头看着她，好笑地摇摇头。

"下次可以来尝尝他们家的清酒，很好喝。"在钟意整理衣服的空当，他弯腰从桌上拿起她的小挎包。小小一个，在他骨节分明的大掌里显得更加小巧。

钟意跟在他身后也走到台阶处坐下，穿着自己的鞋子："那你为什么刚刚不一起点了？"

她刚提了一下鞋跟，何渠琛的脸倏地偏过来，距离近得她都能看清他脸上的细绒。

他笑了一声，比当年更加低沉而又成熟的声音在她耳边响起："因为我怕你一会儿想冲到银幕前，抱着空气，坚定地说自己一定要领养一只皮卡丘。"

钟意蒙了。

她是做了什么事情，让他对她产生了这么大的、认为她脑子不好使的误会？回宿舍之后，她一定要好好反思一下。

电影院人也不多，钟意实在撑得不行，也就没有买零食和饮料。

两个人到得早，坐在对应的位置上一时间不知道该说些什么，都各自玩着手机。玩手机的姿态各不相同，但屏幕上的软件界面倒是完全一样。

【张木云：还真答应你去看电影了……】

【张木云：对于这个看脸的世界，我真的无话可说，再见。】

【何渠琛：出现问题的时候不要总找世界的理由，找找自身的原因。】

【张木云：能有人喜欢你这副说教的嘴脸，可真不容易。】

【何渠琛：我只对自家孩子严加管教。】

【张木云：滚蛋。】

钟意竖起耳朵听见坐得离自己那么近的男生轻笑两声，心里一沉。她保持着原来的姿势，一双眼睛小心翼翼地往右瞥了瞥。

视角受限，她不能把他的人看完全，只能看到他那双在手机上按着什么的大手。

好像是在聊天，还很高兴的样子。

钟意把视线收回来，咬住下嘴唇。

【钟意：他现在坐在我旁边，却在和别人聊天，还笑了。】

【唐遇：大快人心。我很喜欢这种反差的结局，回来吧，妈妈养你。】

【钟意：……】

【钟意：你不是想听我直播吗，我一会儿给你直播全程的剧情，不剧透死你我不姓钟。】

正聊着，整个放映厅突然黑下来。

钟意把手机屏幕摁灭，扣放在自己的腿上。

这个场次几乎没有人，他们前排更是一个人都没有。从他们的位置看过去，钟意觉得这更像是两人包场的放映厅。

只有银幕散发出来的昏暗光线，让气氛不知不觉增添一丝暧昧。她把坐姿调整得笔直，像是一个规规矩矩的小学生安静地坐在那里看电影。

皮卡丘具体演了什么她没有关心，她那点小心思全都在他身上了。

听说电影院是总能一键触发感情的关键圣地，比如两个人都把手放在离扶手很近的地方，看着看着就腻歪到一起去了；再比如，有的"老司机"可能趁着黑灯瞎火，两个人就亲上了……

钟意越想脸越红，这红晕趁着昏暗迅速爬满整张脸。

在心里暗骂一声自己装满废料的脑袋，她刚刚偏离右腿一点点的右手，又默默向自己的方向挪了挪。

像是有些不自在似的，到最后那两只手不知道怎么回事，就跑到脖子上了。

双手抱着脖子，钟意以这个安全的看恐怖片的姿势，看完了整场皮卡丘。她觉得当时被室友骗着在宿舍里一起看《闪灵》时，自己的动作也不过如此。

真是好一场《闪闪皮卡丘精灵》，简称《闪灵2》。

那一刻，钟意突然意识到了什么叫戏中戏。

她现在就处于大型恐怖片拍摄现场——《百年孤独之单身狗钟意的深深虐恋》，而且拿的是女主角剧本。

带着苦涩的内心终于熬到电影散场，灯光一时间全部亮起，让她的眼睛有些不适应。

"你刚刚是冷吗？"何渠琛从座椅里直起身，有些关切地看看她，眼神愧疚，"我今天没有带外套。"

虽然不过是春夏之交，但放映厅已经早早地开了空调。何渠琛没有什么感觉，转念一想，可能女孩子的感受还是不太一样。

钟意连忙把还黏在自己脖子上的双手挪开，手忙脚乱地摆手："不是不是，就是一个下意识的动作……"

她将包背好，一边走出放映厅，一边飞速另找话题："你暑假要留校做实验项目吗？"

从狭窄的通道里出来，何渠琛快走两步和她并肩。

他思考片刻，才低低地应了一声："嗯。"

"快到下一届高考了，学校不是让我们这一届刚毕业没多久的学生录高考加油视频嘛，齐老头……老师，"说顺嘴的钟意连忙改口，尴尬地笑笑，"他专门来找我，让我也录一条。"

去年的加油视频，何渠琛是站在南大历史悠久的校门前给钟意这一届录的。那四十几秒的视频，她反反复复地看了几百遍。

一直到现在，她换了手机，却依旧保存着他的那个片段。

"你打算去哪里拍？"何渠琛双手插进口袋里，挑眉，"商场里似乎不太好。"

钟意向前跳两步，一个活泼地转身，看向他，眼底闪着光，说："一会儿去校门前拍吧，南大的标志建筑物。你帮我拍，平时我也找不到智能三脚架。"

智能三脚架？

被她挡住去路，何渠琛停住脚步，低头宠溺地看着她，缓缓开口："好。"

回到南大已经是下午五六点钟了，太阳没有之前那么热烈而刺眼。何渠琛把伞收起来，掏出自己的手机。

钟意一直记得他站的那个位置，大一新生报到的时候，她专门等了很久，才在那个位置留下了第一张自己与南大的合影。

不用拿出手机调出何渠琛当年的视频，她朝着那个了然于胸的站位点走过去。

其实，来拍这个视频完全是她临时兴起。钟意本来是打算找时间让室友帮忙拍的，此刻根本没有准备好要说些什么。就算她平日里再能扯，在他的镜头前，她的大脑还是一片空白。

强行控制住疯狂想要舔上刚补好口红的嘴唇的自己，钟意急得背后直冒汗。

要不然就直接说一句"高考加油，我在南大等你"？

"老何？哟，干什么呢？"江励他们正抱着篮球要出校门，一眼就看到那个尽职尽责蹲下来拿着手机，像是在给女朋友拍游客照的何渠琛。

他把篮球扔给身后的同伴，两三步走到何渠琛身边，用脚背轻轻踢踢何渠琛的屁股。

"帮我高中的学妹录一段视频，给更低一级的学弟学妹高考加油。"何渠琛皱起眉头，杀人般的目光从江励的脚上转移到他脸上。

江励表示了解地挑眉，用摸过篮球的脏手握上何渠琛的小臂，一把将他拉起来，又笑嘻嘻地抢过他的手机："不是给学弟学妹们录视频嘛，一起拍啊！你不也是那高中的吗？两届学长和学姐的祝福，双份的祝福，多么具有意义。"

小臂接触到江励还带着汗的脏手，何渠琛的右眉下意识一跳。

眼看着他也没干净多少的左掌就要按上自己的后背，何渠琛面无表情地喝止："你要是敢把那只手碰到我衣服，回宿舍之后，你的下场就会是赛场上的篮球。"

何渠琛一字一句地威胁，没有任何表情的样子看上去一点儿都不像在开玩笑。

江励尿尿地咽下口水，脸上顿时绽放出一个温暖明亮的笑容："我这不是给你俩创造机会嘛。"

没有得到回应，江励保持着脸上灿烂的笑容，一直目送何渠琛向镜头拍着的方向走去。

"你也要拍吗？"钟意没有听见刚刚那两个男生之间的小算盘，看到何渠琛向自己一步一步地走近，有些惊讶地向后退一步。

何渠琛低头整理自己的衣服，声音无比轻松："你就正常说，到最后我再跟你一起说'我在南大等你'。"

比起面对着何渠琛的镜头，他站在自己的身边还是让钟意压力减少了不少。

"……相信自己还有老师们的努力，上考场一定不要紧张，南华的学生一直都非常优秀。在最后这一个月里，一定要好好地调整作息，饮食均衡，保持身体健康。高考加油。"她扬起一个明亮的笑容。

"我们在南大等你。"两个截然不同的声线却出奇默契，像事先彩排过一般融合到一起。

一股热浪席卷而来，吹起钟意柔软的长发，挡住她微微带着红晕的脸颊。

视线被棕色的发丝遮住了些，钟意没有去理会，只想着多停留几秒笑着的表情，好让片子的结尾不会太突兀。正克制着自己想要去捋头发的手，她眼前的发丝突然消失不见。

带着温热的指腹不小心摩擦到她的耳尖，钟意的耳郭顿时红了个彻底。

那绺头发被别在耳后，钟意下意识地偏过头，抬起眼看向何渠琛。钟意望着他那一双只倒映着她的脸的眼睛，耳畔只有"沙沙"的树叶响。

好像突然梦回到多年前的那个夏天，他的双眼里也映着她身影。

江励之后的一句"录好了，你们过来看一眼"的话，仿佛和那一刻隔了一个世纪。

好久不见，再次让我心动的何渠琛。

第十二章
满天繁星，不及你的眼睛

想和你说一句喜欢，但有的时候发现好难。
所以我找到了最适合我的方法，嗯……
那就是让你发现，对你，我有多么喜欢。

——意和的微博

1.

"听说这次寒假,好多上一届学长学姐们都回来看老师了。"高三时的某个中午,吃完饭,钟意一如既往地被唐遇强拉着在操场上转了一圈又一圈。

她中午吃得有些多,正挺着个肚子眯起眼睛,晒着冬日午后的太阳,声音有些懒洋洋的:"这跟我们又没什么关系,那一届老师都去带高一了,又不在一个楼。"

自从何渠琛毕业之后,钟意读高三的这一整年都活得像个出家人。

清心寡欲,一心扑在学习上,潜心修行。

"据可靠消息,下午的学校介绍宣讲会里,有南大。"程期楠被钟意突然投向自己的眼神吓了一跳,"你们班主任没告诉你们这事儿?"

钟意和唐遇迷茫地和对方交换了个眼神,都表示没有收到类似的消息。

"就是下午五点开始,一共开一个半小时的介绍会,好像是自愿参加。"程期楠耸耸肩,"可能是你们班老师不想让你们心浮气躁吧,反正我们班好多人都打算去参加那个会,还想着怎么样占座比较好。"

钟意咬住嘴唇,双手不自在地别在身后,小声问:"何渠琛会来吗?"

"不知道。咱们年级的公告栏上都贴了每个来宣讲的学校的海报,我是从那里看到了南大的海报。"程期楠顺势揉上钟意的头发,笑出一口大白牙,"但具体是不是他,我就不知道了。"

后来,钟意去了那场宣讲会,却没有看到何渠琛的身影。

那天,钟意失落地抱着何渠琛留给她的笔记提前退场。站在报告厅门外,她仰头望着昏暗的天空,发愣了许久许久。

何渠琛毕业之后,就从未在南华中学出现过。

没有回来看看老师,也没有参加宣讲。

她跑去南川市两次,也从未见过他。但就是那样没有见过他哪怕一面的一年,她依旧没能忘记他的样子,甚至连在记忆里模糊一点都舍不得。

她把她曾经偷拍他认真学习的照片打印出来夹在书里，也设置成了自己的手机锁屏。当学习累了的时候就找出他的照片来，当想玩手机的时候就看一眼屏保。

经过这样的一年，他脸上每一处棱角都深深地烙在了她的心里。

闭上眼睛，她甚至都能在心里描绘出他脸上的每一个特征。

钟意将思绪收回来，把和何渠琛并肩在校门口录的视频保存好，坐在自己的位置上伸了个懒腰，活动一下因为长时间伏在电脑前而有些僵硬酸痛的肩膀。

她的思绪还飘在回忆里。

而正对着她的电脑屏幕上，剪辑软件工作区的那一栏，视频素材正定格在最后的一帧。

男生还没来得及收回的手指，正轻拈着女生浅棕色的发丝。他温柔带着笑意的双眼对上女生偏过去的惊讶的脸，嘴角的笑容和煦而又温暖。

风轻轻扬起女生的裙摆，也吹落一地海棠花瓣。

钟意的手不由自主地攀上腿边的书桌抽屉，一张被小心翼翼塑封好的照片，正安安静静地躺在半拉开的抽屉里。

唐遇一直都喜欢玩胶片机，也狠得下心在胶卷上烧钱。这张照片是唐遇高考之后亲手冲洗的，拿到录取通知书那天，她还专门跑来钟意家送给钟意。

虽然唐遇的冲洗技术不怎么样，但毕竟有胶卷本身的加成，她误打误撞冲出来的颜色倒是多了一些年代感，像是一张珍藏了许久的老照片。

钟意至今还记得何渠琛压低了的略带沙哑的声音，还有在自己耳边说的那句"你的字很好看，字如其人"。

她突然有感而发，切换出微信点开微博，刚要发消息，却看到自己的账号有"99+"消息。

平日里她有强迫症，不喜欢锁屏上一堆消息通知，就把除了微信，所有软件的消息推送都关了。

点开界面，"99+"全部集中在"赞"那一栏。

看到自己平时的生活记录号突然收获这么多的点赞，钟意的心里顿时"咯噔"了一下。

难道是她的微博作者号暴露了自己的小号？

充满想象力的大脑顿时阴谋论了不少自己被扒皮之后，评论区的尔虞我诈，以及整个网文小甜饼圈的风起云涌。

本来瘫在椅子上的人一个鲤鱼打挺坐好，激动之余，右腿膝盖狠狠地磕在打开的抽屉上。

钟意吃痛地叫了一声，这狠狠的一磕，差点让她的眼泪全都喷出来。她泪眼汪汪地揉着膝盖上的青紫，左手别扭地在手机上点击查看那些小红点。

【水巨木锯大树关注了您。】

【水巨木锯大树点赞了您的微博。】

【水巨木锯大树点赞了您的微博。】

【水巨木锯大树点赞了您的微博。】

…………

所有的原创微博几乎都被点赞，包括那些羞耻而又矫情的句子。

那一刻，钟意突然想一头撞死。

这个微博号只有唐遇知道，粉丝列表里也只有唐遇这一个人，她赶忙把这个界面截图发给了唐遇：【这是谁，是不是从你的微博账号那里引过来的？】

毕竟也曾经是动用过自己的关系想查何渠琛社交网站账号的人，钟意有一种直觉，这人她一定认识。

被发现了秘密基地的钟意大脑一片空白，似乎一眼就能望到这些思春句子被截图，再被发到以前的班群，当作青春疼痛短篇小说给昔日的老同学们免费阅读。光是想想她都尴尬不已。

唐遇除了睡觉，几乎手机都不离手。钟意发出去消息没多久，就收到了回复。

【唐遇：这人没关注我。】

【唐遇：你不觉得……这名字看起来有些熟悉吗？】

【唐遇：水巨木？】

水巨木……

钟意一遍又一遍地念着这三个字，像是有什么魔力一般。

她的脑袋早就已经被应激反应占领，想的全都是暴露自己矫情小作文后的对策，此时对这三个字，反而连思考都不屑一顾。

在处迷茫中，她对床的室友突然尖叫一嗓子，打断了她慌张的思绪。

钟意和其他室友一起转过身去，齐刷刷地将视线聚焦在正戴着头戴式耳机，双手托着腮姨母笑的女生身上。

也许是感觉到芒刺在背，蒋白将头上的耳机摘下来，转过身，用试探的眼神环视宿舍一圈："我……是不是吵到你们了？"

钟意装模作样地抠着耳朵，痞笑着挑眉："你说呢？"

"姐姐们，我错了。"蒋白双手合十，冲着其他三个人挨个鞠躬，脑袋上的丸子头随着她的动作一动一动的。

和蒋白同一方向的室友邓涵予站起身，一边捶着自己的后背，一边趿拉着拖鞋走到蒋白身边，俯身在她旁边站定，看向电脑："看什么呢，笑成这样？"

"今天刚开播的一个网剧，我真的甜哭了！"蒋白激动得一把拉过邓涵予，只拉一个人还不够，她还扭过头冲身后那两个疯狂"安利"，"那男演员真的太帅了，举手投足都是男主角的气质啊！演的就是高中少女的暗恋故事，独白句句戳我心窝。我当年读书的时候，怎么就没有这么一个好看的学长啊！"

"《漫游暗恋宇宙》？"邓涵予站在蒋白身边，嗑着瓜子眯起眼睛聚焦到左上角的剧名，"这名字听起来还挺甜的。"

钟意揉着大腿的手一顿，这名字她熟悉得很。

一年多以前，网站上就流行这种甜甜的书名，她和南格商量了很久，最后才敲定下这个名字。

她就是一个住在暗恋星球上的飞行员，每天想着怎么样才能飞到他居住的小星球上去。

没想到这书从卖版权到成片发布比她想象的要快很多，南格这阵子正忙着更新自己的新书，又赶上大三实习忙得不可开交，也就没事先告诉她。

之前听说这部剧的男女主角都是新人演员，钟意突然来了兴趣，想知道演自己的那个人漂不漂亮。她顾不上白己腿上的那一片青紫，也凑过去。

蒋白见宿舍的人都凑了过来，也就把耳机线拔掉，声音外放出来。

等视频广告的时间，钟意低头刷新微博。毫不意外的，#漫游暗恋宇宙甜甜甜#已经迅速登上微博热搜，还在前排。

还没点进去看,钟意就嘚瑟地切回到微信界面。虽然知道最近南格忙,但她还是美滋滋地屁颠屁颠跑去微信嘚瑟。

【钟意:老哥,火了!火了!全网夸甜是一种什么感受我总算感觉到了,呜呜呜!】

【南格:就这?你要是什么时候把男主角原型搞定了,我就宣布这是个真事,到时候就全网夸你甜了。】

【钟意:不需要宣布,我本身长得就甜。】

【南格:……】

【南格:等我忙过这一阵儿,我们见面吧?】

钟意没想到南格突然这样说,她紧张地咬住嘴唇,停顿两秒才慢慢打出一个字:【好。】

"南意,十一的时候市中学模拟联合国会议轮到我们学校举办,你有没有兴趣参加?"

南意,南川知我意。

钟意猛地抬头,一模一样的台词,明明知道那是电脑里剧集播放的演员声音,但居然和她记忆里当年何渠琛的声线重合在一起。

脑袋"嗡"地炸开,钟意不顾还在手心里疯狂振动的手机,机械地抬起头。

视线绕过蒋白的肩膀落在电脑屏幕上,钟意的眼睛紧紧地锁住出现在屏幕里的男生。

何渠琛正淡笑着看着镜头,只有他一人的近景镜头里,他的脸庞比起当年她眼里的样子,已经褪去不少青涩的痕迹。

而不变的,是他眼底的那一池比白日还要闪耀的星光。

画面定格,片头曲在上集片段播放后响起。

钟意的手机在第一个音符响起时,应声从手中滑落,狠狠地砸在她的脚趾上。

2.

下午录完视频之后,钟意和何渠琛撑着伞,慢慢溜达到她的宿舍楼下,两个人一直有一搭没一搭地聊着。

聊南川市与椹南市的不同，聊刚刚的电影，聊学校反人类的作业量……

在和何渠琛"约会"之前，钟意从来没有觉得校门距离自己的宿舍楼这么近过。毕竟在偌大的南大校园，她这个平衡感不好的人，都被迫学会了骑自行车。

这样和他简单的聊天，却是她梦寐以求的事情。如果不是一直在偷偷地掐着自己的胳膊，钟意一直以为自己是在梦里。

但如果这真的是一场有痛感的高级梦，请一直不要让她醒来。

钟意贪凉，稍稍有些热，就会不要命似的吹空调、喝冷饮。来南川市之后，她更是受不了这里的天气。

在这种闷热的下午，她平时都恨不得冲回宿舍里对着空调一顿猛吹。只是这次，她远远地看见那幢灰蓝色的小楼，第一次出现了排斥感。

如果硬要形容此时的钟意，最适合的应该是——因为不想回家而恨不得在地上打滚的熊孩子。

就算走得慢，也总是慢慢地到达终点。

站在宿舍楼门外的屋檐下，何渠琛把伞收起来折好，递给钟意："刚刚录的视频，我一会儿回宿舍发给你。"

他微低着头看着她，唇边带着淡淡的笑。

"嗯，好。"钟意含混地应着，却没有伸手接过他递来的伞，她有些别扭而固执地想和他多待一会儿。

宿舍楼的玻璃门被推开，几个女孩说说笑笑地从楼里出来。何渠琛向旁边挪几步的同时，伸手挡了一下钟意，怕她被后面那几个女生撞到。

突如其来的淡淡茶香让钟意的身子一滞，任由他将她拉到一边。

何渠琛盯着咬着嘴唇没有说话也没有动作的女生。半晌，他才云淡风轻地将视线移开，装作若无其事地看向外面的道路："钟意，你平时用哪个视频软件比较多？"

"嗯？"钟意没有想到他突然会问这种问题，有些迷茫地抬起头，"都用，都有会员。你要借用我的会员吗？"

面对她无辜双眼的何渠琛一时不知道该说什么。

钟意和何榆在脑子缺根弦这种事情上，有着说不出的一致性。有的时候，何渠琛怀疑女生都是这样的，还是说这是只有他身边的女生才有的特殊性。

"平时都用？"何渠琛挑眉，忽视掉刚刚钟意的问题。

钟意点点头，想到之前那一堆好不容易都解决了的作业，叹气："最近忙着几门选修的结课作业，好久没看视频了。但是平时在宿舍里吃外卖什么的，或者晚上休息的时候，都会看看剧。"

"怎么突然问这个？"她还是有些好奇，睁大眼睛没话找话似的问道。

面对女生充满疑问直接望来的双眼，何渠琛有些不自在地偏过脸，轻咳一声："我选修了一个传播学的课，在考虑要不要做视频软件的用户画像调查。"

"哦。"钟意心不在焉地点点头，视线在他不停抟着太阳伞的漂亮手指上停着，"你选修了传播学？"

她以为何渠琛这种典型的理科生，是打死也不会学这种比较枯燥的文科理论的。

"江励拉着我选的。"何渠琛丝毫没有心虚，垂着眼仔细抚平伞上的褶皱。

没有他的视线，钟意终于壮着胆子敢直直地去看他。即便是站在阴凉处，他的额头上还是有一层细密的汗水。

钟意虽然还想和他再多待一会儿，但还是心疼，不想让他暴露在这燥热的空气中。

从女生宿舍回学校另一端的男生宿舍还有一段不短的路程，钟意的手钩着自己的衣角，双脚不安地微微踮起又放下，小声嗫嚅道："你拿着伞回去吧，外面太晒了。"

"不用。"何渠琛把伞扣好，"你明天还要用，而且我打一把浅紫色的黑胶伞有点奇怪。"

想到他一个人打着带黑色蕾丝边的浅紫色太阳伞的样子，钟意笑出声，接过伞："那好吧。"

钟意还停留在刚刚那想象中，眉眼飞扬，一颦一笑中带着属于钟意的青春活力。

何渠琛微微失神。

钟意故作大方地轻轻拍了他肩膀一下："你走吧，谢谢今天请我看电影。"

"回去多喝水，今天太热了。"何渠琛眨了一下眼睛，掩饰住刚刚的失态，嘴角也跟着弯了弯。

伞上还带着不知道是刚刚吸收的阳光热度，还是他掌心的余热，钟意的手收紧了些，才又扬起一个笑容："好。"

她一直站在宿舍门口，看着那个俊朗的背影走入阳光中。

他转过身来，又冲她轻挥了两下手，少年感十足。

一直站在宿舍里的钟意盯着电脑屏幕上熟悉的脸，收回思绪。今天回宿舍后她还疑惑为什么何渠琛要问她用不用视频软件，此时此刻，她才反应过来他话中的意思。

伴随着手机落地的声音，钟意的右脚小拇指瞬间传来钝痛。

她的鼻子紧跟着酸了一下，眼泪也湿了眼眶。

不知道是因为被砸得太疼了的条件反射，还是因为其他的什么。

钟意猛吸了下鼻子，弯腰从地上拾起手机。包着全包壳的手机没有任何损坏，只是钢化膜上多了几道浅浅的裂痕。她有些心疼地用手擦了一下有些脏的屏幕，垂下的眼带着长而卷翘的睫毛微微颤抖着。

是巧合，一定是巧合。

钟意，你不能自作多情。

她一遍一遍地说服着自己那颗躁动的心，抿着嘴努力让自己的头脑清醒。手机因为扫过她的面部认证而解锁，刚刚的微博点赞记录就直直地撞进她的眼底。

水巨木……

渠。

钟意实在是不知道自己该哭还是该笑。

当那些秘密都被他发现，她终于可以长呼一口气。

曾经的那一杯带着她的心意的奶茶，阴错阳差地没有送到他手里。还好这一次，他知道了她所有所有喜欢他的痕迹。

钟意曾经和唐遇说这是生活记录的微博，其实是个借口。她把这些心意都公开发在微博上，其实只为了有一天能够被何渠琛发现。

比起三两句轻描淡写地勾勒她对他的喜欢，她想这样会更加直观。

初恋总归是要有一些仪式感。

"这不是咱们学校天文学院的那个学长吗？之前好像他还在学校BBS上挺有名的，"蒋白按下空格键暂停，抱着玩偶坐在位置上指着屏幕，半天终于想起来这张脸怎么这么熟悉，"好像叫何什么来着……"

"何渠琛。"另一个室友邓涵予打了个响指，"当时咱们进校的时候，那个帖子都过去大半年了。后来BBS上说咱们这一届颜值不行，就又把他的照片拿出来对比了一下，还盖了高楼。"

"他……这么火的吗？"钟意蒙了，她几乎从来没有逛过南大的BBS。

校园论坛作为十年前的校园产物，现在除去二手闲置版块，已经很少有人在用了。论坛的样式也没有更新，对于钟意这种对美感有着莫名执着的小姑娘来讲，登录论坛，在一片花花绿绿中网上冲浪，简直是一种对精神的折磨。

"他好像也是椹南市的，读的是南华中学？"邓涵予看向钟意的眼睛发着光，唇边的笑容越扩越大，"小钟意，你是不是也认识他？以他这种长相，当年应该也挺轰动的吧？"

"真的，你要是不说他是咱们学校的，我还真以为是电影学院出身的演员，台词功底不错。"一直没有说话的宿舍老四终于开口，默默地表达自己内心的惊讶。

"呃……"钟意一时语塞，不知道该说什么。

"你俩也真是逗，"蒋白见钟意为难的样子，有良心地帮她解围，"椹南市那么大，他们又不是同一届的，你们就别幻想什么近水楼台的言情故事了。"

钟意尴尬地冲室友们笑笑，借着蒋白给的台阶点点头，拿着手机闪回自己的座位上。

握着手机的手心微微有些汗意，她纠结了一会儿才把手机放在面前，颤颤巍巍地伸出右手食指在屏幕上点了几下。

想给何渠琛发一条微信祝贺他的电视剧开播，但又不知道该怎么说才能把自己的那点小心思都遮掩住。

纠结间，她点进他的头像，去看了她每天都要不停刷几十次的他的微信朋友圈。

他真的很少发朋友圈，内容少得可怜，看多了之后，她甚至都能完整地背下来哪年哪月哪日他发了什么。
　　只是……
　　五分钟前,他居然更新了朋友圈。
　　没有图片,只有两行文字——

　　　　有一天,一个飞行员降落在我独自居住的星球,从此点亮了我的整个宇宙。

　　"这本书我看过,我超喜欢简介里的那句话——我就是一个住在暗恋星球上的飞行员,每天想着怎么样才能飞到他居住的小星球上去。"邓涵予和蒋白依旧因为剧情而尖叫着,不停地讨论着原书和电视剧之间的区别,"真是暗恋女孩的内心真实写照啊!"

　　在宇宙中横冲直撞了数年的飞行员终于在目的地降落,而你,也终于知晓了我的那些心意。
　　怯弱的飞行员终于有了冲出舒适圈的勇气,飞越遥远的距离。还好找到了你,还好我没有放弃。

　　钟意抱着手机,终于泪流满面。
　　视线模糊间,她返回到朋友圈界面,指尖微颤着发了一条——

　　　　漫天繁星,不及你闪着光的眼睛。

第十三章
答案，是你

飞行员坠机了。

——意和的微博

1.

曾经在南华中学读书的时候,唐遇问过钟意为什么会特别关注何渠琛。他看上去光芒万丈却又拒人于千里之外,他的周围站满了椹南市最优秀的同届生,丝毫不给普通人落脚的地方。

那天,钟意在自习课上刚刷完答案被老师撕掉的数学练习册,正利用课间的时候偷偷拿出手机查题,猛地听到唐遇这个毫不避讳的问句。她看着握在手心的手机,壁纸是她偷偷拍的何渠琛的背影,陷入了沉默。

"你倒不如问我,我最关注男生的点是什么。"半晌,钟意笑嘻嘻地收起手机,嬉皮笑脸地凑近唐遇。

唐遇冷笑一声,翻了个白眼:"那有什么难猜的,长得高的,帅的。"

"不不不,这些都不重要。最重要的是,他有至少一件喜欢并且擅长做的事情,可以是学习,也可以是烹饪,抑或是演奏一种乐器……有句老话不是说嘛,认真的男人最帅。"钟意调皮地眨眼,"当然了,你刚刚说的那一条,还是占百分之八十的比重。"

唐遇的眼神立即变得极度嫌弃,她甩开钟意的手,唯恐避之不及似的一边摇头,一边向后闪躲。

钟意也收手不跟她闹了,拾起放在练习册上的黑色水笔,认真地将笔帽盖好,轻声道:"第一次见面的时候我就觉得,我想写的故事里,所有设想都有了脸——就是他的。"

钟意一个跨步翻身,膝盖猛地撞上墙。

在吃痛中醒来,她的鼻子酸了一下,也不知道是撞疼了,还是让那梦给心酸的。

她伸手从床边的架子上摸到手机,按亮屏幕,眼睛眯了一会儿才适应黑暗中的光线。将飞行模式关闭,她看过一眼微信消息界面。

凌晨的时间,依旧没有收到一条来自于他的新消息。

她深深地叹口气，恹恹地把飞行模式再度打开，将按灭屏幕的手机随手扔到床的另一边。

一晚上，她都做着自己即将脱单的黑夜梦，像个傻子一样抱着手机不停刷新消息列表，甚至还以为网络有问题，在宿舍的无线网和自己手机的网络之间来回切换。

是她自作多情了吧？

钟意抬起右胳膊，挡住自己的眼睛。

一股酸意哽在胸口，她猛吸气，极力克制住心里莫名其妙又涌上来的那股酸楚。

她想起来了，她第一次见何渠琛是在小升初那年的南华中学开放日。那天正赶上南华中学初一办演讲比赛，他们几个想考南华中学的小朋友来了兴趣，也就去观摩了一会儿。

也就是在那不过十几二十分钟里，她看到了站在礼堂台上的何渠琛。

那时的他还没有长开，身高也就是普通初一男生的高度。但他一出现在台上，挺拔的身子和熨烫得一丝不苟的衬衫，以及被他系得整整齐齐的领带和举手投足之间与同龄人截然不同的气质，就让钟意一眼便记住了他。

时隔那么多年，钟意已经忘了他当年演讲的内容，但她依旧记得那时小小的何渠琛站在台上，穿着最普通的校服，却像是在发光。

那一刻，礼堂的灯没有全开着，在一片黑暗中，所有的聚光灯都打在他的身上。

年幼的钟意也是在那一刻决定非南华不考，因为她也想像他一样，成为闪闪发光的人。

虽然后来钟意不得不承认内向的自己做不来这样的事情，但也正是因为来到南华的这个选择，她才更深入地了解何渠琛。他几乎没有不擅长的事情，校广播台、升旗仪式、各大晚会、模联大会、校辩论队……所有可以吸引学生时代孩子们目光的地方，都有他的身影。

钟意觉得自己当初形容的特别关注何渠琛的理由，其实并没有解释透彻。

刚开始，她觉得她的理想型有了脸，她的理想型是何渠琛。但后来，她才渐渐地明白，何渠琛的一切都变成了她对理想型的要求。

不再是一道开放题，她的理想型有且只有一个答案——

何渠琛。

从那之后,每一个人问起她这个问题时,她都如此坚定地、毫不犹豫地如此回答。就比如昨晚,蒋白她们追完了刚更新的那两集之后讨论到这个话题,钟意便毫不避讳地指着屏幕,像是一个执着要买玩具的孩子一样大声道:"他。"

结果……

当然是收获全宿舍的附和。

一下子,她默默藏在心底的人已经俨然成了大众情人。

有些心酸,又有点……暗爽。

这只能证明,她从小到大的眼光一直就保持在一个非常高的水准上。

清早,钟意毫不意外地顶着巨大黑眼圈去上了早八点的英语课。

"不是吧,昨天你还真看何渠琛看上瘾了?"一下课,蒋白她们约好一起去吃迟来的早餐,在逸夫楼一层见到钟意这样子,她着实吓了一跳。

早上她们几个叫了钟意好几遍,最后都打算放弃她了,以为她今天打算翘课。早上没发现,现在倒是看见钟意那大得吓人的黑眼圈。

"去吃什么?"钟意白了蒋白一眼,示意她赶紧闭嘴,一边打着哈欠,一边先迈腿往楼外走。

"老样子,小笼包。"蒋白和剩下的两个人使了个眼色,笑嘻嘻地跟上钟意。

坐在老位置上,钟意一边往嘴里塞着小笼包,一边刷着微博。

《漫游暗恋宇宙》的热搜挂了一天,到现在热度依旧没有减。点开评论,里面一水儿的都是在夸何渠琛颜值和声音的,甚至已经扒出来他是南大天文系在读高才生,还是当年樘南市高考状元的事情。

很多人开心演艺圈里又多了一个有实力又有颜的演员,但更多的人却是疑惑。

有南大知情人士透露,何渠琛早在电视剧播出之前就已经破格被空间技术领域的人牛江教授邀请进入自己的团队,明明科研的道路未来可期,怎么突然想着要来演艺圈走一遭。

正看着底下各个网友的猜测,钟意的手机突然一振。

是南格发来的微信消息:【我今天中午到南川市,想和你见一面,有

时间吗？】

一看是要见网友，钟意条件反射地因为紧张而咬住嘴唇。

半晌，钟意才慢慢地活动手指，回了一条消息：【好。】

钟意和南格约在了南大的残街，残街是南大学生都知道的有名小吃街，因为这条街被学校截去了中间一段，才被称为残街。

学校周围其实也没有什么好吃的，钟意索性就请南格在残街的小馆子里吃顿晚饭。反正南格和她都是大学生，也都应该习惯了这种生活。

天已经转热，到了晚上，好几家馆子都把桌椅支出来，推出来架在柜子上的电视里正播着球赛。烧烤和火锅配着一箱一箱高高摞起的啤酒，是钟意很喜欢的烟火气息。

以前上中学的时候，她故作矫情地看了不少矫情的书，以为不食人间烟火才最美。但后来也不知道什么时候开了窍，发现人间烟火其实才是世界上最美的东西。透过雾气去看那些人畅谈的笑脸，她也能悄悄地提起嘴角，感叹人生快乐。

南格就住在残街边上的连锁快捷酒店，钟意特地等锅上来，才叫她下来点菜。

"你好，我是南格。"循着暗号找到这一桌，钟意的面前坐下一个短发的女生，她眉眼弯弯，笑起来就露出两颗可爱的小虎牙，"或者你可以叫我徐悦和，真名。"

徐悦和是标准的既酷又可爱的女孩，大大的眼睛配上落在下颌线上方长度的头发，灵动可爱，有点像是《这个杀手不太冷》里面的女主角，但又带着一些自己的韵味。

钟意将菜单递给徐悦和，眯起眼睛："叫我钟意就好了，也是真名。"

两个女生相视一笑，像是相识很久的现实朋友。

"我已经很久没有吃学校周围的馆子了。"菜上得很快，徐悦和像是饿得受不了一样，飞快地拆开筷子夹了一口塞进嘴里，一脸满足地嚼两下，"你现在住在宿舍，还是搬出来在外面住？"

"住宿舍。"钟意将冰镇汽水的拉环打开，抿了一口，也愉悦地眯起眼睛。

"没想到你还挺节俭，这部剧的版权费咱俩对半分，也不少了。"徐悦和不知道为什么，就是莫名地对钟意有一种好感，越看越喜欢，"这部剧，我之前跟组了一段时间，你放心，质量还是有保证的。但我说的是拍摄中……后期制作可就不是我能把控的。"

"后期做得不行，观众就都去骂后期制作方了。只要故事讲得好、选角选好了，基本上就能打出我们的口碑了。"钟意之前知道徐悦和在椹南市读摄影，两个人从一开始在论坛上认识，一直都很投机。

说完，钟意眼神有些闪躲，装作不经意似的问道："你们……是怎么发现这个男一号演员的？"

一颗心因为自己那点小小的不能说出的秘密而有些不安地狂跳，为了抑制住乱蹦的心脏，她拿起刚喝了几口的汽水，又灌了一大口下去。

"你不说我差点忘了，那个男主角是你们大学的。"徐悦和立刻点头，一脸八卦地将视线在钟意的脸上扫了几遍，"当时导演组他们来这边踩点，恰巧在路上碰见何渠琛，觉得他虽然不一定适合这部剧的角色，但是外貌和整个人的气质都很适合演青春剧，所以就先强行塞了个名片。"

"据说刚开始何渠琛是拒绝的，连名片都不想要。可是当时那个导演挺执着的……毕竟想拍一个能火的作品嘛……就又在学校里蹲了好几天，硬塞给他这部剧的剧本，让他有时间读一读。"徐悦和嘟起嘴巴，扭头冲老板要了两瓶啤酒，又接着说道，"结果也不知道是中了什么邪，过了几天之后何渠琛就主动联系剧组了，可能是我写得太好了吧。"

"刚刚我还在想这个漂亮的小姐姐不太像我认识的南格，你一定是冒名顶替来的。"钟意笑了，"现在我确认了，你果然还是这么臭屁。"

"但也有可能，是你的故事让他想起了自己以前的时光？"老板娘将两瓶啤酒放上桌后，徐悦和笑嘻嘻地打开一瓶，仰头灌下几口，一双紧盯着钟意的眼睛里满是暗示，"拍摄前期我不是跟组了一段时间吗，他跟我协调，加了很多的情节。"

徐悦和把另一瓶啤酒向钟意面前推了推："钟意，你老实跟我说，他是不是你的故事里真正的男主角？"

钟意刚刚还坦然畅谈的样子骤变，抿起唇，垂下眼，没有说话。

"何渠琛，椹南市人，南华中学那一届的学生会主席，椹南市中学生模联尽人皆知的重要人物。当年过了Top2自招，却放弃名额南下学习天文，恰巧还是你所在的南大的天文系。"徐悦和又喝了一口，唇边的笑容扩大，"他这两天上热搜，被网友扒了资料。当然，刚刚后面那半句是我加的。"

"钟意,你瞒得了网友,却瞒不了我。"徐悦和向后靠到白色塑料椅子的椅背上,温柔地笑笑。

钟意没有说话,只是伸手拿到刚刚徐悦和递来的啤酒。

啤酒是冰镇过的,墨绿色的瓶子上还带着些水珠。钟意将手中的瓶子晃了一下,盯着啤酒瓶里不断上升的气泡,在徐悦和以为她不会喝的时候,猛灌了几口。

半瓶啤酒下肚,钟意把啤酒瓶放回简易小木桌上。她打了个饱嗝,一双眼睛紧盯着徐悦和,毫不否认:"是。"

就是他,那个如今少女们都在讨论的故事里的男主角的原型就是他。

胆大的飞行员想要去寻找的,是他。

她喜欢了多年却不敢说的人,也是他。

2.

南川人口味偏甜,南格看上去吃得并不尽兴。她索性将筷子放下,又找老板娘要了几瓶啤酒:"我没想到你会承认得这么干脆,既然这样,我再告诉你一个秘密好了。"

"你要跟我说,你也喜欢何渠琛,我现在就把这些啤酒都砸你脑瓜上。"钟意喝了酒之后,胆子倒是大了些,也敢威胁对方了。

徐悦和听到钟意这样说,没忍住,又笑了:"哪敢。"

她换了个更舒服的姿势坐在椅子上:"何渠琛给这部剧加了一些戏,而之所以加这些戏……你知道《一吻定情》吗?"

"知道啊,入江直树和相原琴子之间的故事,"钟意笑了笑,手里握着只剩下几口酒的啤酒瓶,"小的时候看过。"

"《一吻定情》漫画是取自原作者自己的故事,在她去世之后,她的老公翻拍了这个漫画。后来在接受采访的时候,他说这一版与其他版本的不同是,他为入江直树加入了男生视角的一些小互动和心理。"徐悦和拿着啤酒起子,将老板娘刚刚拎上桌的几瓶啤酒都撬开瓶盖,"因为他想让在天堂的妻子知道,在很久之前,他就已经开始在乎她。"

钟意虽然有些醉了,但脑子还在线。她晃着啤酒瓶的手一滞,难以置信地望向徐悦和。

徐悦和的眉毛一挑,将双手摊开,做了一个无辜的表情。

在钟意震惊的模样中,她笑着耸肩:"我今天来找你,不是单纯为了和你见一面。何渠琛之前答应了会参加这部剧播出后的宣传活动,但前段时间突然说不去了。而这两天他在网上的热度,你也不是没有看到。"

"你想让我去说服他?"钟意的脸色一变,微哂,"你也太看得起我了。"

她差点忘了,徐悦和怎么说也和她一样,都是写故事的,这种小情节不是信手拈来就可以随便编一下,让她开心之余就答应这种事?

"我们只是卖版权,后期宣传不关我的事情,也不关你的事情。"钟意收起刚刚的笑容,"你这么上赶着,是为什么?"

"等这部剧播到一个话题热度足够的时期时,我会在微博上公布是以你为原型创作的故事,"徐悦和忽视掉钟意突然的冷漠,依旧保持着刚刚亲切的笑容,"这样以后你和我的版权都会卖得更高一些。如果我不说,你以后怎么卖电视剧的版权?"

"南格,你的好意我心领了。但是何渠琛……我说不动他,也没有资格劝他。"钟意摇摇头,坚定地拒绝,"如果真如你所说的,他也对我有意思,那我更不应该拿着这份信任,去劝他做他不喜欢的事情。更何况他心属科研,跑来拍网剧只是因为一时兴起。"

"我承认,我喜欢他,喜欢得可以把喜欢他排在喜欢我自己前面。"钟意深吸一口气,试图平静地说完接下来的话,"也正是因为我喜欢他,所以我绝不会逼他去做他不想做的事情。何渠琛的选择从来都没有出过错,我相信他可以很好地做出判断。"

钟意把剩下的话说完,仰头将啤酒瓶里剩下的酒一饮而尽。

再正过头来的时候,两人对视着,没有再说话。

饭桌上一时间冷了下来,良久,徐悦和才缓缓点头:"唐遇果然说得没错,你值得被优秀的人喜欢。"

"唐遇?"钟意还沉浸在刚刚的话题里,一时间没转过弯来。

"她是我师妹,但读的是制片,之前我拍作业的时候认识的。"徐悦和拿起筷子,又吃了两口,一边嚼着东西,一边笑着说道,"我今天过来,她还让我给你带个话。"

"你足够优秀,也足够配得上他,没必要自卑,如果真的喜欢,那就去争取。别磨磨叽叽的,现在就给他打个电话,约他出来吧。"徐悦和挑眉,"这话真是唐遇说的。"

钟意抿着嘴,没有去拿手机,而是越过手机,从徐悦和码好的一排开好的啤酒里又拿了一瓶。

她刚仰头喝了两口,手中的啤酒瓶突然被另一股力握住。

钟意还没有反应过来,下一秒,一个低沉且带着些愠怒的声音从头顶响起:"徐悦和,我说了很多遍了,这部剧的后期宣传我不会参加。你跑来这里灌醉她,是什么意思?"

在钟意脑袋里辨识度最高的声音在耳边低声炸开,彻底将还没从啤酒的苦辣劲儿中缓过来的钟意炸蒙。她依旧保持微仰着头的样子,墨绿色的瓶子已经被那双骨节分明的大手握住。像是使了很大劲一样,他露出的小臂上青筋突起。

啊,他一定是护士姐姐最喜欢的容易抽血的人。

钟意抿唇,跳脱的思维早已经不知道跑到哪儿去云游了。

感受到何渠琛的怒意,徐悦和倒是坦然地笑了一下,又吃了几口才将手中的筷子放下:"要不要坐下一起吃?"

何渠琛把手中的啤酒瓶放到简易的木桌上,又拽过几张粗劣的餐巾纸,擦拭着干净修长的指节上不小心溅到的液体:"吃过了。"

虽然嘴上说着吃过了,但他下一秒长腿向后一勾,将一旁的塑料椅勾过,稳稳地坐在那上面。

钟意选的这张桌子并不大,三个人一人一边地坐下,倒显得有些拥挤。

"你别那么紧张,我只是这两天正好去安南市玩,从南川市到安南市坐高铁也就一会儿,我就顺便过来和钟意见个面。"徐悦和与何渠琛之前就在剧组认识,虽然她没有跟组到杀青,但以她那自来熟的性格,也和大部分工作人员都混了个熟悉,"她和我是写文认识的朋友。"

徐悦和漫不经心地又夹了粒花生米塞到嘴里,余光瞥一眼何渠琛,看似随意地打趣道:"怎么,这么宝贝她?"

何渠琛没有正面回应徐悦和的话,反而转过头来严肃地盯着以头顶示众的钟意。他深吸一口气,将双手叠放在跷起的左腿上:"怎么,学猛汉对嘴吹一瓶啤酒下去?女中豪杰?"

钟意有些不好意思地轻咳一声,一直盯着短裤的双眼不停地来回转动着:"我……"

"我不来,是你扛徐悦和回去,还是她扛你回去?"何渠琛的眼神始终没离开那低着头的小姑娘,"你这才见她第一面,就敢把自己灌醉?等着被人卖了,然后给人家数钞票?"

"喂,"徐悦和恨不得把手中的筷子飞出去,直中何渠琛的后脑勺,"我还在这儿呢。"

"是,你还在这儿呢。"他转回头,将嘴角向上提到一个令人惊悚的角度,眯起眼睛,"那我找个没你的地方继续说。"

都是相熟的朋友,徐大电灯泡噘嘴,翻个白眼,完全没有一点儿闪人的自觉:"是我的光芒太亮,刺痛了你的双眼吗?"

何渠琛轻笑一声,站起身来:"和太阳相比,你的光芒不值一提。"

徐悦和挑眉,没有接话。她笑吟吟地看着眼前这两个面对对方时还有些别扭的人,又夹了一粒花生米放到嘴里。

过去那么多年,钟意依旧还是不敢主动直视何渠琛看过来的眼睛。低下头时仿佛头顶也长了一双眼睛,感受到他将视线转走了,钟意才敢偷偷抬眼看着他挺拔的背影。

她习惯了看他的背影,也满足于只看他的背影。

何渠琛穿着简单的白色短袖T恤,熨烫得平整的T恤在他身上竟有一些白色衬衫的感觉。

就在她像过去的那么多年一样,看着何渠琛的背影渐渐发呆时,他突然转过身来。他没有多说一句话,钟意只感到自己的右臂上忽然被温暖包裹。

下一秒,她连人带魂儿都被牵走了。

进入夏日的夜宵摊充满了烟火气,夜深了,人也多起来,几个烧烤摊接二连三地支起。

这两天没有下雨,本就有些闷热。是一派火热的景象,但太过于热闹了,反而又显得有些乌烟瘴气。而她爱了那么久的人,就恰好在这个时间节点出现在这闹市的摊边,牵着她的手腕离开这片喧嚣之地。

白衣少年,依旧是当年那个白衣少年。

她最爱的白衣少年。

"我还没付钱……"何渠琛腿长步子大,又有些着急,钟意有些跟不上他的脚步。她被他拉着跌跌撞撞地往校园里走,还不停往后看着徐悦和越来越小的身影。

"这顿她请客。"何渠琛头也没回地继续拉着她向前走,声音平静,听不出来任何波动。只是听到她的声音有些微喘,他不动声色地将步子放慢了些。

终于不再是被扯着往前走,钟意才得空可以不再想着要小跑着跟着他走。

脑袋空出来了,就容易想些有的没的。

视线落在他握在她手腕上的手,钟意抿了一下嘴,嘴角悄悄扬起又被迫放下。大脑命令着自己的双眼不要再去盯着那只大手,但不听话的眼珠在眼眶里绕了一圈,又悄悄地跑到可以看到他手指的那个位置。

还不是晚课课间,夜晚的南大教学区路上静悄悄的。

何渠琛的脚步越来越慢,最后停下。他转过身,看着正微微低着头的女生,又顺着她的视线看到自己握着她纤细手腕的手,以为她不喜欢这种触碰,便下意识地想要放开。

指尖刚离开那细腻的皮肤,下一秒,他的手腕就被有些冰凉的小手握住。

何渠琛的动作停在空中,瞳孔一缩,一双眼睛看着钟意的头顶。

钟意咬了一下嘴唇,像是鼓足了很大的勇气,深吸一口气,让自己的声音听起来平静些:"你演的那部剧,很好看。"

这是钟意第一次主动触碰他,何渠琛用了两秒才反应过来。

他听到这句话,轻笑两声,温润如玉的声音带着浅浅的温柔,裹着初夏的风摩挲着她的耳尖:"嗯,我拿到剧本时,觉得那个故事很熟悉。"

钟意的心猛地一跳,握着他手腕的手指下意识地收紧了一下,又缓缓放松。

"徐悦和的故事写得很好,有共鸣。"几乎是没有经过大脑,嘴上就先一步撇清了自己的关系。

一口气说完这一句话,钟意的嘴唇微微发抖。

已经习惯了在别人面前否认自己喜欢何渠琛的事实,以至于在他面前,她还是这样下意识地试图掩盖住自己的心意。

即便那心意早就被他发觉。

"嗯——"何渠琛压低声音拉长音调，发出一声耐人寻味的单音节，她看不到的双眸里满是温柔。

突然，他的语调一转："是吗？"

钟意死咬着嘴唇，被他这一问便慌了神，握着他的手连忙松开。

失去另一股力支撑的大手在空中下坠，最后垂在身侧。何渠琛将双手随意地插在口袋里，轻笑着看眼前一直微低着头的女生转过身，慌忙地想要离开。

在她刚要迈出第二步时，他开口叫住她："在琐碎的日常生活中，我们就这样慢慢地生活，慢慢地相爱，慢慢地随着时间流逝，似乎就为了永恒。后来我也曾想，如果当时没有在那一刻鼓足了勇气，也许后来的事情便不会发生。"

钟意的脚步一顿，却在听到这些熟悉的话之后又迈开脚步。

听着他平静的声音，她的脚步越来越快。

"钟意，"她已经走出十米开外，何渠琛却仍旧站在原地，只是加大了些音量，"你写的那篇文章，我看了。你写的每一篇文章，我都有看。"

钟意的脚步停下，两只垂在身侧的手死死地抠住短裤口袋的缝边。

"我知道你已经很久没有写小说了，我也知道你在最后完结的一本书里的后记中笑着说，你无力地发现你笔下的男主角全都是同一个人，你走不出那样的怪圈。"何渠琛一步一步地缓缓走向那个微微颤抖着的单薄的背影。

他声音平静，可每一字都重重地敲击在她的心上。

钟意转过身，双眼里早已盛满了泪水。

像是无数个从梦里醒来的夜晚那样，鼻间的酸意一波又一波地涌上来，似乎只要她不流出眼泪就不善罢甘休。

她总是在文中形容学生时代的喜欢就像是棋南市的孩子们最喜欢喝的橘子汽水，酸酸的却又甜甜的，偶尔还会有几次顶得鼻尖发酸。

后来她不说那是橘子汽水了，她让文中的女主角笑称自己的喜欢变成了自制的酸梅汤。

微弱的甜，几乎要被酸掩盖，更像是在酸中好不容易硬挤出来的甜。

酸到牙齿都软了，酸到眼泪也会跟着落下。

来到这个平台快两年，也许是我太闲了，竟写了快十本。我尝试过不同的风格和类型，在诸多频道中来回乱跳。写过学生时代，写过职场，甚至写过夕阳红。

　　但至今，我却发现自己永远只会写同一类型的男主角。或者说，他们都是同一个人。

　　我走不出那样的怪圈，因为我的心底一直都住着那样的一个人。他是这里唯一的居民，除了他，从来没有人进来过。

　　也许我应该调整一段时间，拥有了新的生活之后，再回来给小天使们写全新的故事。

　　希望小天使们理解，也希望大家都能遇到一个相互喜欢的人。

这是钟意在上一本网文完结时，在最后一章的结尾写下的话。之后，她给自己放了一个长假，长到不知道什么时候才会再次提笔的长假。

夹在高大的行道树之中的昏黄的路灯光将他们的影子拉得很长很长，旁边教学楼里的铃声响了又响，从安静到喧闹，最终又恢复平静。

时间似乎过了很久，又似乎并没有。

他们就那样相对而站，像是要永恒地维持这样的动作。

钟意含着泪的一双眼睛看着何渠琛那一双带着温柔的深邃眼睛，眼泪终于止不住地汹涌而出。

"钟意，漫游于暗恋宇宙的暗恋星球的飞行员可以不用再飞回去了，"何渠琛从休闲裤口袋里掏出一包纸巾，"因为飞行员坠机了。"

坠入了飞行员暗恋的人的心里。

3.

　　其实我也暗自练习过很多次。

　　练习再次见到你时，我是该笑着，还是该严肃一点，我是该看着你的眼睛，还是该将视线移到别处？

　　练习如何说出那句普通得不能再普通的"钟意你好，我叫何渠琛"。

　　　　——《漫游暗恋宇宙》剧本：男主角增加旁白。

八岁那年,何渠琛的父母临时被调回国。虽然已经回国,但正处于事业上升期的小两口依旧没有时间管何渠琛。只是比起住在国外,他多了姨妈一家的照顾,以及一直心疼他的外公。

他转学回国时,那个学期已经过了大半,到期末的那短短的时间,根本就不够他融入一个新的环境。

暑假刚开始,一直身体硬朗的外公在家里不小心摔了一跤,住进了医院。何父和何母想让何渠琛多交些朋友,思前想后,最终决定给何渠琛报一个封闭式夏令营。

依旧是往常那样,从未征求过他的意见。

姜可笙和何渠琛同住一个小区,虽然何父何母很久没有住在这边,但两家一直相熟。又赶上两人小学凑巧在同一个班,也就正好拜托姜可笙多照顾些他,带他融入集体。

天生自来熟的姜可笙顿时仿佛充满使命感,在出发去夏令营的前一天特地跑来他家。小丫头噘着嘴,拍着自己的胸脯不停打包票说自己一定会罩着何渠琛。

然而,夏令营第一天,她就盯上了同在营里的季昀,天天跟在季昀屁股后面,像是个小尾巴,全然忘记了需要自己"罩着"的小男孩。

何渠琛早就习惯了独自一个人生活,没有姜可笙来硬拉着自己往人多的地方走,他也乐得自在。

夏令营的课程安排得满满当当,其中有不错的课,也有水课。他常常翘掉一些不喜欢的课,找一个空旷安静的地方读自己带来的书。

夏令营离椹南市郊外的大学城很近,大学城里的放映厅刚好和一个小剧院同属一栋楼。有时小朋友们会在小剧院里上表演课,何渠琛就跑到外面的大厅,一个人坐在大理石台阶上看书。

巨大的玻璃窗透着日光,他能在那里坐到晚饭开始。

直到有一天,正坐在台阶上看书的他被一只皮鞋从身后结结实实地踢了一脚。

屁股刚挨了一脚,他还没反应过来,身后的人因为受到惊吓腿一软,弯曲的膝盖结结实实地撞上了他的后脖颈。那一刻,受到膝盖冲击波的何渠琛觉得自己似乎下一秒就要身首分离。

剧痛让他失神片刻，右手条件反射般地揉上自己的脖颈。

小姑娘受到的惊吓不比他小，但总归也是有礼貌，她拼命弯腰道歉的同时，脚下的小碎步也没有停，想赶快溜走。她扎着两个小鬏，穿着淡紫色的裙子，像极了外公花园里的那一片鸢尾花。

空旷的大理石拼接而成的大楼大厅里，回荡着小姑娘奶声奶气的声音，灰色的大理石板衬得人皮肤干净白皙。

她一边道着歉，一边嘴角却又暗搓搓地抬起又压下，像是被刚刚自己那一系列顺畅的功夫动作逗乐。那一双大眼睛还贼兮兮地来回乱转，说话的时候带着点椹南市人吊儿郎当的口音，半点真诚的样子都没有。

大概以为自己已经挪出了他的攻击范围，小姑娘一双大眼睛一转，鞋底跟抹了油似的拔腿就溜。

脖后的剧痛缓解了一些，却没有完全消散，但何渠琛居然没有生气，也没有淡漠地移开眼睛。

她的身影消失之后，他却在再次打开书的那一刻笑出了声。

后来，他依旧喜欢坐在离落地窗最近的台阶上看书，也会偶尔碰到火急火燎从自己身边窜过的扎着两个小鬏的小姑娘。

他和她从来都没有说过话，但他知道，小姑娘平常小嘴儿跟抹了蜜似的，和放映厅的老夫妻关系很好，常常翘了夏令营的课跑去看电影。他也知道，这小孩不喜欢吃胡萝卜。他常常能悄悄透过围桌而坐的人群的缝隙，看到将饭盘里的胡萝卜堆成小山，还当艺术品噘着嘴炫耀的她。

他一直静静地站着或坐在远处看着她，不知不觉的，竟将她很多的生活习惯都摸了个透。

无关爱情，八岁的何渠琛只觉得那小女孩的笑容和一双让人移不开眼的大眼睛，像是落地窗透进来的阳光一样，照进了他孤僻的心里。

小钟意参加的是为期两周的短期夏令营，结营当天，她和其他小朋友在小剧场做了汇报演出。

小何渠琛仍旧坐在台阶上，听着隐隐约约地传来的音乐声和散场后的嘈杂。

窗外照进来的光线有些刺眼，他眯起眼睛，抬起自己有些肉的右手遮住那缕阳光。

也是在那有些模糊的一片白与黄的光芒交织中，原本一只手牵着爸爸，一只手牵着妈妈的小姑娘突然回头。她挣脱父母的手，从鹅黄色的小书包里掏出一本书，又掏出了一支笔，在上面画着什么。

小何渠琛的眼眶因为光线而有些酸疼，双腿微微使了一下力，挪动身子换了个阳光不太刺眼的位置。

他刚把放在一旁台阶上的书拾起来，再回头时，穿着公主裙的小姑娘便站在了自己面前。

他愣了一下，才缓缓地抬起头。

钟意属于早长型的女生，虽然年龄小一些，但个头已经蹿得很高。他微微仰头看着面前的小姑娘，依旧是那笑眯眯的招人喜欢的样子。

小钟意双手握着书，向前伸了伸："之前不小心踹了你一脚，你那么喜欢看书，就当赔罪了。"

"赔罪？"何渠琛的中文单词储备并不多，他看看小钟意手中的那本书，又抬头看着一脸认真的小钟意。

"就是，我踹了你一脚，送你这本书作为道歉礼物。"小钟意奶声奶气的，听到他有些蹩脚的口音，以为他是外国人，还煞有介事地很缓慢且吐字清晰地解释。

说完，见面前穿着衬衫和黑色背带中裤的男孩没动作，小钟意皱起眉头，鼓起本就圆嘟嘟的脸颊。她毫不客气地扯过何渠琛的手，将手中的书强买强卖似的塞到他的手心里。

"先祝你放假快乐！"刚说完这几个字，她又像是想起了什么，做了个鬼脸，"我忘了你还要在这个'监狱'里关着，我先走啦！"

钟意从小就嘴上不饶人，跟陌生人聊天都不忘戳对方痛处。

有些粗糙的封皮质感通过指腹传来，小何渠琛愣了半天，人都已经快走远了，才别别扭扭地小声挤出两个字："谢谢。"

声音不大，他也无法判断扎着那两个随着脑袋而在空中摇摆的小鬏的小姑娘，是否听见了他鼓起勇气的发自内心的感谢。

目送小姑娘带着她标志性的温暖笑容消失在玻璃门后，他才低头将手中的书打开。扉页的右下角，龙飞凤舞的字体带着劲道，乱中有序，一看便是学过书法的。

那时他刚回国没多久，中文字稍有变形便像图腾一样让他看不懂，认不出她的名字。书的内容他在夏令营中就已经看完,回家后被他珍惜地放在了书柜的第一层。

一放,便是多年未曾打开。

童年时遇见的那个小姑娘,也随着他年龄的增长,连同过去那些不快乐内向阴郁的日子,全都被装箱埋藏在了心底,结结实实地被其他的记忆压在最底下。

只是何渠琛没有想过多年之后,在宋老太太的办公室中无意间瞥见那张卷子。

下了"红雨"的卷子抬头上用黑色签字笔写下的,是他记忆中的那"图腾",简化版的图腾。

毕竟没有人敢在试卷上搞一个个性签名,尤其是宋老太太的物理卷子上。

埋藏在心底多年的笔迹突然呈现在眼前,何渠琛的瞳孔紧缩了一下,但也不过只是一瞬。按下那狂跳的心脏,他泰然自若地将视线转移到宋老太太身边站着的那个女孩身上。

她正悄悄地抬头偷看自己,一双眼睛里虽混杂着复杂的感情,但不变的是那份灵动。

女孩的眼眶有些微红,见他带着礼貌的笑意望过来,又连忙把视线别到一边。在宋老太太说"可以走了"之后,她像是拿到赦免金牌一样,慌慌张张地拔腿就跑。

落荒而逃的背影,混合着办公室巨大窗子外投进来的阳光,在那一刻,突然与多年前的小小的背影重合。

钟意。

复杂的"图腾"终于有了自己的名字,像是博物馆展览厅里的文物终于有了摆在自己面前的那标签一样。

终于,那"图腾"可以从他心底的仓库中堆积已久的旧物件里,被他小心翼翼地拿出来展出。

她依旧还是那么不喜欢吃胡萝卜,将胡萝卜堆成小山后还会得意地扬起嘴角,也依旧会伶牙俐齿地和长辈套近乎,插科打诨把语文老师逗得又气又笑。

有人说,随着年龄的增长,人会变得和以前的自己不一样。

何渠琛相信这句话，因为他走过了那段黑暗的日子，最后成了被南华永远写在优秀毕业生展览板上的发光体。

但钟意似乎是一个例外，她依旧是那个样子，从没有变过。

再次相遇后，一开始他不过是想多关注一下在他回忆里挥之不去的那小小的身影如今怎么样了。但渐渐地，他发现无论何时回头，她都会在自己的身后。

无论是散场后的早操时间，还是混乱喧嚣的食堂里，又或是放学后楼梯间拥挤的人群中，似乎每一次都是那么巧，他只要微微向后偏头，便能轻而易举地用余光看到那个有些单薄的身影。

像是永远都会支持他的后盾一样，她静静地站在离他不远的地方，那样看着他。

升入高中之后的何渠琛已经变了许多，但那份身后的坚持，还是让他的内心暖暖的，好像心底有那么一处柔软突然被触动一般，越接触，便越察觉到她无处不渗透的温暖。

温热的茶和当年像送书一样"强买强卖"的奶茶，还有她自己不敢送过来的感冒药……

钟意，这个名字不知什么时候便刻在了他的心里。

像她那龙飞凤舞的字体一样，占满了他整个内心。

也许钟意永远都不会知道，当她深爱着一个人的时候，那个人已经在很久很久之前便记住了她。而她也许永远都不会知道，当她畏畏缩缩地不敢面对他流畅地做出自我介绍时，那个人也已经在心底将"钟意你好，我叫何渠琛"练习了千百遍。

所以，在那次升旗仪式过后，他才能如此坦荡又泰然自若地说出那句话——

"你好，我叫何渠琛。"

思绪从回忆回到现实，何渠琛愣了一瞬，却又立刻反应过来。他看着面前捂着嘴巴睁大眼睛，似乎连眼泪都因为惊讶而忘记掉下来的女生，眼角染上笑意。

何渠琛缓缓勾起嘴角，在她面前递出自己干燥而温暖的掌心。

"钟意你好，我是何渠琛，中意钟意的何渠琛。"

低沉好听的声音一如当初。

听到这突如其来的自我介绍，钟意的心跳漏了一拍，呆呆地看着面前的这只手。

第一次和他面对面，她乌龙般地握上了他的手。而这次，这只手是真真切切属于她的。

指尖微抖着贴上他的指尖，然后是掌心。微凉的细腻皮肤与温暖的大掌相触，她深吸一口气，眼底倒映着的满是他温柔的笑意——

"你好，我叫钟意，喜欢了何渠琛很多年的钟意，请多关照。"

请多关照，我最爱的你。

番外一
我们的故事，从来都不会差一点

机场里熙熙攘攘的，何渠琛坐在沙发里，望着窗外的一片雪白，皱紧眉头。

新年伊始，南川市突降暴雪，大批旅客滞留。不过好在还没到寒假，又避开了元旦假期，受出行影响的大多都是早已习惯航班延误和取消的商务人士。

"抱歉，何先生，航班确定已经无法起飞，所以……"休息室里的工作人员走到何渠琛身边，声音里满是歉意，"刚刚也为您查询了高铁，已经没有直达椹南市的车次空位。"

何渠琛敛去眼底的波澜，抿了一下嘴唇："谢谢。"

他早上在学校有一个很重要的答辩，必须到场。一结束他的部分，他就立刻赶来机场。

南华每年这个时候都会邀请前一年毕业的同学回学校宣讲，介绍自己在大学里的见闻，给高三生鼓励。钟意这一届的宣讲会，定的就是今天晚上。

本来以为赶上午十一点半的飞机，下午早些时候到椹南市，时间足够富裕。但是没想到一向天气还算温和的南川市从早上的零星小雪突然成了暴雪。

查过邻市换乘的路线，时间合适的方案都已经没了票。何渠琛垂下眼，修长而白皙的手指在手机屏幕上缓慢地按了几下。

【何渠琛：老师，不好意思，航班取消了，今天我没办法回去宣讲了。】

将手中的热茶放到茶几上，他叹了一口气，站起身，最后又留恋般地扭头看了一眼那依旧飘雪的停机坪，朝休息室外迈开腿。

一月中旬的椹南市夜晚来得很早，报告厅里的暖风开得很大，但因为没有窗子，待久了便感觉有些闷闷的，喘不过气。

宣讲会听到一半，钟意挺直腰板，视线越过一排又一排脑袋，看向站在报告厅一侧准备上场的学长学姐,却没有看到那个被刻在自己记忆中的身影。

"非常感谢南华上一届毕业生们还能惦念着母校,我看到有几位是风尘仆仆地刚刚赶到。下半场进行宣讲的学校有……"

教导主任念着一个又一个学校的名字,钟意竖起耳朵认真地听着,却没听到那个学校的名字。

放在腿上的手掌不知道什么时候变成了拳头,下一秒,唐遇便讶异出声:"阿意,你去哪儿?你不听后面的学校了?后面大多都是面向文科的宣讲了!"

将唐遇的声音抛在脑后,钟意不管不顾地推开报告厅的后门,走出活动楼。

北方凛冽的寒风瞬间便割在了脸上,一冷一热间,钟意下意识地缩了下身子。她猛吸一下鼻子,冰冷的寒风刺激得鼻子一酸,眼泪似乎也要跟着掉下来。

她仰起头,双手搭在活动楼外台阶边的栏杆上,凉意从栏杆传到手心,又一路传到心底。

时间已经过了椹南市的晚高峰,寂静中,她看着那天空,却找不到一颗星星。

她找不到星星,也找不到陪她看星星的那个人了。

但她也不会知道,陪她看星星的那个人,努力了却又无力跨越山河,来到她身边。

清早,微博突然爆了。

最近的话题校园网剧《漫游暗恋宇宙》直接登顶,但这次不是因为剧情,而是因为原著作者南格的一条微博。

微博不长,只有一句话。

当你埋藏在心底的暗恋故事突然被发现,暗恋星球的飞行员终于收获了自己的玫瑰。@意和

虽然这部剧刚播没多久,但何渠琛这棵上等的白菜,迅速成了网友们

的新一代男友。自然，他那除了早年转发过几条球赛什么都没有，只有点赞记录的没得到官方承认的微博也引发了大众的猜测。

有人说那微博是他的，也有人说不是。

徐悦和在微博上圈的这个叫"意和"的账号，和何渠琛点赞的所有博文的账号是同一个。细翻"意和"的每一条微博，与《漫游暗恋宇宙》剧情的时间线一模一样。

顿时，网上炸开了锅。

剧不长，已经快要播完，钟意昨天也考完了最后一门考试，睡到中午才迷迷糊糊地拿起手机，想着刷一会儿微博就能彻底清醒。结果刚一切换到"意和"这个账号，她的手差点没被疯狂振动的手机晃断。

这个账号本就是她记录自己生活的私人账号，突然一下子弹出这么多的消息，让她心里陡然升起一股不祥的预感。

果然，两分钟前，徐悦和这个不消停的人，又跑到钟意的作者微博号下面评论了她前两天发的微博。

【徐悦和：大大，你什么时候把你的故事重新写一遍啊？毕竟我不得精髓。@意和】

居然还圈了她的私人账号。

知道在剧快要结束的时候需要营销一波，但被这样不事先告知地一搞，钟意有些头疼。她抓了抓本就有些乱糟糟的头发，刚要将界面换成微信找徐悦和兴师问罪，就看到同步登录电脑的微信界面也一片飘红。

还好她昨天忘记从电脑上退出微信，要不然估计她今天也没办法睡到这么晚。

发来消息的大多数都是以前认识他们两个的高中同学，还有一些是钟意在椹南市的朋友。

和何渠琛交往了一段时间，钟意还没在任何地方公开过她和何渠琛之间的关系。消息界面一水儿的祝福，朋友圈里倒是祝福中又带着点柠檬精的酸劲儿。

程期楠仗着从小跟钟意和唐遇一起长大，把当初钟意拔河时那张鼻孔如铜铃的特写找了出来，特意修了一张恋爱锦鲤头像，向亲朋好友推销。

那架势，是标准的自家卖不出去的烂白菜，终于被上等猪拱了的开心与快乐。

钟意正纠结着是先找徐悦和算账,还是先找程期楠算账,何渠琛的电话便打了进来。

"起床了?"他的声音比以前更加温柔,还带着些淡淡的笑意。低沉的声音透过听筒传来,一字一句地摩挲着钟意的耳朵。

钟意耳尖立刻便红了个彻底,还有些不太适应这转变,有些不自然地咬了咬下嘴唇,从喉咙里发出来的声音含混不清;"嗯。"

"今天有空吗?"何渠琛无视掉室友们投来的八卦目光,声音又柔和了几分,生怕把电话那端的小姑娘吓跑,"上次咱们去的那家店旁边还有几家不错的,中午一起去吃?"

"嗯。"钟意单手将床铺整理好,刚爬下床又突然想起什么,半开玩笑道,"你现在可是公众人物,我和你出去的话,会不会有记者偷拍?"

有些美滋滋的,还带着点小小的得意,生怕记者不拍似的。

临近期末,何渠琛的实验室很忙,他们一个礼拜见不了几次面,只能偶尔一起吃一顿食堂。

何渠琛握着手机笑出了声。末了,他好笑地微微摇摇头:"放心,现在的小姑娘只追没有谈恋爱的偶像,看到我有女朋友了,一般就都泄气了。"

"哎,"钟意突然想起刚刚在微博上看到的流言,也跟着笑了,"托你的福,我终于有一天能够体验到别人喊我男朋友叫男朋友的感觉了。"

虽然在知道这是现实故事之后,评论区里原本喜欢何渠琛的女粉丝们全部变成了他跟钟意的爱情守护者,每天都在高喊"甜甜甜"。

"听你这话,还挺喜欢这种感觉?"何渠琛挑眉,将背包整理好,拉上拉链,"半个小时之后,我到你宿舍楼下。"

"半个小时?"钟意尖叫出声,慌手慌脚地挂断电话冲进卫生间。

如果何渠琛以为她钟意能被半个小时的限制吓退,她就枉为被唐遇吐槽了那么多年的手速怪——手速和单身时间成正比。

利落地化完淡妆,也不管眉毛是不是蜡笔小新,更不管眼睫毛像不像苍蝇腿,钟意带着对何渠琛绝对是个看不出来的直男的绝对信心,用剩下的二十五分钟将衣柜里的衣服全部翻出来又都乱糟糟地塞进去,终于找出一套适合的。

拎着包走到门口,推开宿舍楼的玻璃门抬起头的那一刻,她的眼里全都是何渠琛的身影。

　　优越的身高和身材让他穿着简单的黑色T恤和黑色休闲裤也好看得很，宿舍前女生进进出出，大多都会向他身上投上几眼目光。

　　见钟意出现在门口，他将手中的手机塞到裤子口袋里，冲她扬了扬另一只戴着黑色护腕的手，笑得温暖。像是钟意无数次在梦里幻想的那样，自己最爱的人在宿舍楼下，笑容比阳光还要耀眼。

　　她想像电视剧或是电影里那样，蹦蹦跳跳地冲过去一把抱住他。可理智却在她刚迈出一条腿时，便将她拉了回来。

　　钟意克制住自己想要咬嘴唇破坏口红的冲动，深吸一口气，装作大气从容的样子，缓缓溜达到她心动的男生面前。

　　心却早已经撒欢儿了一样不知道绕着整个偌大的南大跑了几十圈。

　　"走吧。"何渠琛自然地伸出手，将她又往自己身边拉近了些。

　　记忆中因为太过深刻而已经具象化了的淡淡茶香，此时萦绕在她鼻尖。

　　是她喜欢的人，也是她喜欢的味道。

　　而如今，这一切真实地属于她。

　　正值毕业季，校园里满是穿着学士服合影留念的学长学姐。就像《暗恋星球飞行手册》的改编网剧《漫游暗恋宇宙》播出一样，电影院里也都是回忆青春题材的电影。

　　第一次正式约会还是看爱情片好一些，思前想后，何渠琛放弃了大制作动作电影，非常开窍地买了两张刚上映的《我多喜欢你》的电影票。

　　看名字还挺适合情侣去看的。

　　但看到快末尾时，何渠琛悔得肠子都青了。那是一个遗憾的故事，关于错过的青春岁月的暗恋故事。

　　电影的片尾曲带着淡淡的忧伤，电影院像是一个渐渐亮起灯的黑匣子，让钟意久久没有缓过神来。

　　生怕两个人时间不够，何渠琛之前买电影票的时候特意买晚了些。

　　"去吃点什么吗？"深知自己买错了电影票的男生有些不知所措地站起身来，拉住仍然坐在原位愣着的钟意的手。

　　明明是夏天，但她的手冰凉得吓人。

电影散场时已经是晚上七点，何渠琛带钟意去影院所在的商场点了些吃的，但她都没有胃口。见何渠琛吃饱，钟意看着他，抿了一下嘴唇才缓缓地说道："我们去外面散散步吧。"

出了商场，发现天已经完全黑了下来，霓虹灯高挂。

商场外车水马龙，整个世界似乎都匆忙得不会为谁而停留。

钟意拉着何渠琛站在人行天桥上远眺，许久都没有开口。

"看了今天的那部电影，所以有些感触，情绪有些低落？"何渠琛与钟意并肩而站，顺着她的视线看着脚下的世界。

夏日的风卷起一股燥热的气浪，钟意皱了一下鼻子："我只是感慨，我很幸运。"

她偏过头，看着他，一双明亮的眼睛就那么直直撞进他的眼底。

何渠琛静静地看着她，没有说话。

耳畔是车水马龙与风声混杂在一起的声音，还有天桥上抱着吉他的卖唱青年低沉沙哑的哼唱。

"一次次擦肩，说命运的安排相遇成意外，忘带伞的遗憾……"

低沉而又有些沙哑的嗓音，抱着吉他的短发女生将脸隐匿在黑暗中，慢慢地唱着，像是在淡然地讲述着一个故事。

一字一句的歌词重重地捶在钟意的心上，她就那样看着何渠琛，像是永远都看不够一样。

良久，钟意才开口，却带了些哭腔："你知道吗，我差一点点就和你错过了。"

差一点，很多个差一点。

从因为理科成绩太差，差一点就没有通过艺考初试审查，到年级主任指着自己的鼻子说别想这些有的没的，回去好好学习，差一点没有批请假条，再到面试成绩不理想，差一点就没有拿到合格证。

还有高考的重大失误……

也不知道为什么，钟意只觉得所有的委屈、害怕的情绪通通不受控制地涌了上来，涌到鼻尖，涌到眼角。

明明是应该高兴的日子，但不知道为什么她却更想大哭一场。

没有得到他的时候，她似乎不害怕失去，也从来没有想过有关失去的话题。真正拥有之后，反而会因为一场电影而掀起内心的酸楚，净想这些有的没的。

何渠琛的嘴唇动了动,伸出长臂将眼前拼命眨着眼睛不让眼泪掉下来的女孩拉进怀里,右手轻轻摸着她的头发:"我们的故事,从来都不会差一点。"

就算你去到天南海北,我都会出现在你身边。

番外二

何渠琛钟意的平方

我终于理解了什么叫梦想照进现实。
毕竟，你曾经一直是我最美好的梦。

——意和的微博

南大的期末结束得有些晚,钟意虽然已经没有任何考试安排,但还有几个结课作业要交。

毕竟女大学生的日常就是,不到最后几天坚决不写完作业。

还有两天就要交五万字的剧本作业,钟意有些焦头烂额,终于赶在交作业的前一天把剧本打印出来,走在路上都要翻翻。

与何渠琛约好了中午一起去食堂吃饭,她上午索性就在离何渠琛学院楼最近的那个图书馆里自习,掐着时间赶到他们实验室门口。

上午杨教授的实验室里有人来参观检查,拖延了些时间。钟意也不催,拿着自己的那一沓剧本,又从包里掏出一支红笔,靠在墙边开始做批注。

她习惯一遍一遍地打磨剧本,每一次回头去看自己以前的写作,都是不一样的感觉。

不知道过了多久,实验室的门终于被打开。何渠琛跟在同学们后面,刚踏出实验室的门,视线便固定在了门口的那个方向。

小姑娘扎着松松散散的马尾,正微低着头看着自己手上的一沓纸张,右手拿红着笔刚好要往嘴边移动。

炽热的目光似乎在此时完全没有用,何渠琛的眉头随着她的动作渐渐收紧。

"那今天就先到这儿吧。"穿着格子衬衫的领导终于和杨教授结束冗长的官方交流,笑着向他们摆摆手。

几个学长学姐在杨教授的暗示下去送视察的领导。

人一走,何渠琛立刻转身迈开长腿。

在牙齿即将咬上笔帽的那一刻,钟意的手腕突然被一个温暖干燥的大掌包裹,高高地举起。没有意识到刚刚自己下意识的动作,她有些迷茫地抬头,右胳膊依旧被何渠琛举着。

她干净无辜的眼神带着些迷茫,何渠琛被她这样一盯,有些不自然地放开手,清了一下嗓子,又将视线落到别处:"又咬笔盖。"

"我咬个笔盖你都管？"最近忙期末的事情忙得焦头烂额，钟意刚刚改剧本的思绪完全被何渠琛打断，此时还有些愠怒。

话刚脱口而出，她便后悔了，但又不太想道歉。

钟意收回自己的手，微低下头重新看着自己手中的剧本，只是频频不动声色地用余光瞥着站在自己斜前方的那个人。

这是她第一次见他穿白大褂。

何渠琛的气质一直都不凡，以前她以为何渠琛会学医，还幻想过他穿着白大褂用修长的手指执手术刀的样子。

如今虽然没有手术刀，但他挺拔的身姿还是将合身的白大褂撑得刚刚好。

正值期末，天文学院楼里来往的人不多，大多数都是在不同的研究项目组跟实验的学长学姐。

钟意用余光瞥见斜前方的男生终于动了动，双手随意地插进白大褂的口袋里。他深吸一口气，又缓缓地呼出，在她的耳畔是如此清晰。

她把手中的红笔转了一圈，知道他在盯着自己，只觉得头皮有些发麻。

"何渠琛，你的计算结果刚刚我看了一下，有一处有些问题，我给你标注出来了。"一个好听的男声响起，打破了两人的沉默。

何渠琛见面前的小姑娘还是没有抬起头来直视他，只好在心里轻笑了一声。

"谢谢学长。"他嘴角微微扬起，从学长手中接过夹着演算纸的直板夹，声音中带着些无奈。

看出来了两人的不对劲，单身多年的学长爱莫能助，只好象征性地安慰着拍了几下何渠琛的肩膀。

学长离开，整个走廊又恢复了起初的安静。何渠琛一直保持沉默站在原地，让正翻看自己剧本的钟意心里有些慌张。

她如今已经错过了给自己台阶下的最好时机，现在想掐死刚刚的自己都没用。正纠结着要不要抬头看他，下一秒，她的衣角突然被轻轻拽了两下。

高大挺拔的男生做这个动作，说不出来的别扭。

又……有点可爱。

将差点就冒出来的笑容强压回去，钟意嘴角微微抽搐着，抬起头，对上那双她无数次沦陷过的眼睛。

何渠琛没给她太长的思考时间，修长的手指将手中的直板夹扣在腿边，另一只手顺势将她裹到怀中。他在她耳边叹了口气，温热的呼吸洒在她的颈间："对不起，刚刚没有看手机，让你在外面等太久了。"

钟意没想到他以为自己是在气这个，好气又好笑，恶作剧的心思上来，决定再傲娇一会儿。

见她嘟着嘴巴没有反应，何渠琛揉了揉她的脑袋，鼻尖都是她淡淡的洗发水的香气："我给你讲个秘密，你想不想听？"

"什么秘密？"钟意任由他抱着，眼睛却故意地像是黏在剧本上一样。

何渠琛微微弯腰，将下巴轻放在她的肩膀上，脸颊相贴，故意压低些声音，带着略微的沙哑："何渠琛钟意的平方。"

话音刚落，也不管钟意懂没懂，他就先闷声笑了起来。

说出这种话，总归是有些不好意思。

走廊里太过安静，他也不敢放肆地笑，带着些压抑的笑声擦过声带，摩挲着钟意的耳朵。

那一双原本竖起来听秘密的耳朵，瞬间便从耳尖到耳根红了个彻底。

钟意的眼珠在眼眶里转了一圈："听不懂，说人话。"

何渠琛的笑容瞬间僵在嘴角，但也不过是一秒，他便无奈地笑笑，将怀里的人又抱紧了些。

"何渠琛中意钟意。"

从很久很久以前，就很中意。

午间的日光从背后的窗子钻进来，洒在正依偎着的两人身上。

钟意一直都清楚地记得，她每一次更多一点喜欢他的瞬间，似乎毫无例外的，他都沐浴在日光中。

清晨的升旗仪式也好，黄昏的地理教室也罢，每一个瞬间，他的侧脸或是背影，都让她觉得那样遥不可及。

她从来没想过，没想过有一天自己也会走进那日光照耀的地方，和他紧紧地靠在一起。

钟意这个语文小霸王在这一刻终于深刻地理解了什么叫作"梦想照进现实"。因为他一直是曾经的小钟意心中的梦，遥不可及的，白日梦。

"咕噜——"

明明是很浪漫的场景，却不知道是谁的肚子轰鸣了一声，大得像是要和学校的铃声一决高下。原本贴着她脸颊的脑袋突然变成窝进她的颈窝，随后便是男生的笑声传出，抱着她的身子也越来越抖。

"你不饿？"红着脸的钟意翻了个白眼，从何渠琛的怀里大力挣脱开。她抬头直视正垂着脑袋想掩饰笑意的男生，气得想当众踹他一脚。

"你饿了。"何渠琛意犹未尽地又伸出贼手顺了顺钟意脑袋上的毛，眼神里满是宠溺，"我回实验室拿包，很快。"

钟意因为刚刚的尴尬而下意识有些凶巴巴的："饿不死。"

何渠琛带着笑意摇摇头，刚想绕过钟意回实验室，却突然被她拉过。

眼前的小姑娘突然长高，紧接着便是唇上贴来的突如其来的柔软。

何渠琛愣了一下，还没来得及回味便被放开，等他回过神来，看到那罪魁祸首居然还抿了一下嘴唇，没心没肺地冲他笑："何渠琛，我现在饱了，但是只能坚持五分钟，你自己看着办吧。"

看着她这得意扬扬的样子，何渠琛微微歪着脑袋看了她一会儿，看得她心里直发毛。只见他整理了一下他的白大褂，嘴角噙着笑，向前迈了一步："从天文楼到最近的三食堂走路最快需要十五分钟，加上我回实验室拿包和我们下楼的时间，大概需要二十分钟。"

"所以……"他又向前走了半步，眼神暗了暗，"钟意小朋友，你这么聪明，那么请问二十除以五，等于几？"

钟意愣住了。

不！会！算！

番外三

二十二岁与十二岁

姜可笙喜欢季昀，从来不是秘密。

只是他似乎一直都没有那么喜欢她。

一直都没有。

高考出分之后的谢师宴上，姜可笙不知道以后能否再和季昀一个学校，只好抓紧这最后的机会打扮自己。而这一打扮，便迟到了。

理科实验班一共有两个，平日里共用老师，于是两个班便决定一起办谢师宴。因为学生人数不少，谢师宴设在椹南市有名的酒楼，包下一个很大的包间。

姜可笙紧赶慢赶终于赶到时，座位几乎都已经有了主人。

她进包厢后的第一件事，便是去寻找她惦记那么多年的人。她眼尖地瞟到季昀所在的那一桌还有一个空位，刚要走过去，却被身后同样晚来的另一个女同学抢先。

姜可笙记得她，是隔壁班那个在文学社待了五年的女生。她留着乌黑亮丽的长发，笑起来时温柔可人，说话轻声细语，从未有半点失态。

她们从没有说过话，南华每届学生那么多，但姜可笙一直记得她。

高一时，姜可笙在篮球场上和张木云他们厮混，一起打篮球的所有男生都说这个女生是季昀喜欢的样子，说这种气质的女生简直就是文学才子斩。不管怎么说，季昀一定不会喜欢姜可笙这种类型的。

姜可笙向那桌方向迈出的右脚，停在空中又被收了回来。因为座位几乎都被安置好，包间里也渐渐安静下来，所有人都在看着她，姜可笙抿了一下嘴唇，突然觉得有些尴尬。

笑话，最能撑场子的姜可笙什么时候能感觉到尴尬？

除了季昀在的时候。

"可可，这边。"坐在里面一桌的何渠琛打掉张木云偷偷夹菜的手，沉声向姜可笙招手。

何渠琛和季昀一样，都是他们这一届的风云人物。虽然不想承认，但何渠琛的人气比季昀更高一些。他这样主动且有些亲昵地叫她的名字，虽然姜可笙知道他是习惯使然，但还是招惹来更多探询的目光。

姜可笙在心底暗骂了他一声，正要转身扭头时，视线习惯性地掠过那个坐得挺拔的身影。

正半垂着眼听旁边老师闲谈的季昀，在那一刻忽然抬眼，对上她望来的双眼。他意外地发现，那双本应带着狡黠和小聪明的眼睛，此时盛满了失望。

从来都只是给他笑容的女生缓缓转过身，黯淡的视线从他身上撤离，在那一次，只留给了他一个背影。

季昀抬手拿起装着橙汁的杯子，放在唇边抿了一口，又缓缓将玻璃杯放回去。

"季昀？"老师见他没有回应自己的话，有些奇怪。

将思绪收回，季昀像是刚刚什么都没有发生一般顺着说下去："关于这个问题我之前看过一本书，那里面有提到……"

那是姜可笙吃得最不舒坦、最不安的一顿饭。

那个二班女生旁边还坐着另一个女生，眼睛不眨地盯着季昀，稍有空当就将话题移到季昀身上。

两桌离得不远，每一句姜可笙都听在耳朵里。

那个在文学社待了五年的女生则更矜持一些，表面上没有什么太大的动作。

但她越是这样，越让姜可笙感到不安。

矜持，应该也是季昀喜欢的样子吧？

情绪一下子跌到谷底，姜可笙垂下眼，向前探身从餐桌转盘上拿起那瓶已经没了大半瓶的酒，眼睛眨都不眨地悉数倒进自己的玻璃杯中。

饭间，不停有人来跟姜可笙这桌的老师敬酒，连带着这桌的学生一起也喝了不少。

大家又起身跟别的桌的老师敬酒，姜可笙也没有落下。

觥筹交错、寒暄嬉闹间，她的视线穿越过数不清的玻璃高脚杯，因微醺而朦胧的眼里全都是季昀的轮廓。

季昀没有喝酒，干净修长的手指摩挲着盛着橙汁的杯壁。他坐在人群中，嘴角微微含笑，礼貌地侧耳听着他们那桌谈论的话题。

这一届有季昀和何渠琛两大风云人物，虽然季昀为人低调，影响力只局限在他们这一届，但也是优质潜力男友。

如果说何渠琛干净周正，那季昀便是温润如玉，举手投足间带着些贵气。两人的风格乍一看有些相似，但接触多了，便能发现不同。

姜可笙自认为没有什么文化底蕴，考到理科实验班全都是凭她对数字的敏感。而季昀的气质和对文学的擅长，是她身上所没有的。她因两人的差异而被他吸引，又因这吸引，渐渐爱上，无法自拔。

她第一眼喜欢上钟意这个小姑娘，也是因为她们都欣赏着一个人。但不同的是，钟意眼底闪烁着轻而易举就能察觉的喜欢，小心翼翼地靠近何渠琛。

而她，似乎只能一直在季昀面前敛去眼底的情绪，大笑着装作哥们儿似的拍拍他的肩膀，然后亲手将自己的情感埋在角落深处。

饭吃到后半程，大多数人都已经吃得差不多了，更多的是拿着酒杯在包间里来回乱窜，到处找自己还算熟悉的朋友碰上一杯。

姜可笙酒量很差，已经有些晕晕乎乎。

朦胧地看到二班的女生绕过桌子向季昀走过去，她还是没有忍住，"噌"地站起来。

动静太大，让她这一桌的人都停下手中的动作。

姜可笙没有迟疑，也不管大家的反应，快步绕过另一桌。

她踩着细跟鞋的脚因为走路速度太快，总有下一秒就要崴到的趋势。有惊无险地走到包间门口，她深吸一口气，右手大力地将厚重的门拉开，消失在门后。

还坐在桌边的张木云愣了一下，又看了一眼何渠琛空荡荡的位置，思索片刻，在大家没有注意到的时候也出了包间。

除了女卫生间，找了整层也没有找到姜可笙，张木云有些着急，习惯性地从裤子口袋摸出手机，打算给何渠琛打电话。刚在通讯录里输入几个字母，他突然想起刚刚何渠琛是接着电话出去的，可能这个时候何渠琛还在通话中，他肯定打不通。

张木云思索着，刚刚找了一层也没有找到何渠琛，在看到楼梯间时，不假思索地推开门。

他没有看到一只手插着口袋，另一只手拿着电话气定神闲的何渠琛，只看到一个女生坐在昏暗的楼梯间尽头。

"干什么呢你？"张木云松了一口气，有些好笑地摇摇头。

他刚要顺手按亮这一层楼梯间的灯，手却因为一声细微的抽泣而停在空中。

张木云抿唇，收回手，插进口袋里，缓缓走下几级台阶，在姜可笙身边坐下。

虽然是夏天，但这大理石楼梯还是着实冰了张木云的屁股一把。

忍住想要"嗷"出一声的冲动，他颤颤巍巍道："你在这儿坐着，是想明年也参加新概念，写点忧愁小文章？"

姜可笙吸了一下鼻子，鼻音浓重地给了他肩膀一拳："滚。"

被姜可笙一呛，张木云有些委屈地长叹："果然还是老何比较适合安慰人，我就不揽这瓷器活儿了。"

"少女之友有一天也会说这种话？"姜可笙睨他一眼。

昏暗中，张木云依稀能够看到她那双已经肿了的眼睛。

"你这都成怨妇了，我不管用。"张木云眯起眼睛，向后伸个懒腰，"你比我认识老何和季昀还要早一些，虽然我和季昀的关系没有多么熟悉，但咱们都知道，季昀和咱们不是一个世界的人。"

姜可笙刚刚还有想和张木云继续拌嘴下去的兴致，被他突如其来的这一句话打散，她咬了一下嘴唇，没有说话。

谁不知道呢，季昀的想法从来都没有人能够猜到。

他总是把情绪收敛克制得非常到位，总是能够将人与人之间的距离控制在刚刚好的长度。

他带着些疏离却又能让你感到温暖的笑，说话时对所有人都一样礼貌和温柔。你知道他根本没有把你哪怕是以朋友的身份放在心里，但你却又没有脾气。

"你跑来这里安慰我，就不怕你女朋友吃醋？"姜可笙不想再讨论这件事情，于是便故作轻松地换了个话题。

高考结束当天，张木云就在他们的酒局上给在高二时物理竞赛上认识的一个市一中的女孩子打电话告白。

他们一边起哄，一边评论，这简直是从南华和一中这两个死对头手里逃出来的亡命鸳鸯。

"啧啧，吃醋什么，"张木云摇头，"咱俩认识太久了，我现在一看到你就能想起你小的时候挂着鼻涕，手脏兮兮的，还喜欢一边哭一边打嗝的样子。"

姜可笙愣了愣。

"再说了，她也很清楚，跟季昀近距离接触这么久，还喜欢这个笑脸假面人的，都是奇葩。"张木云是椹南市本地人，只要一放松下来，嘴里的普通话就变了味，吊儿郎当的，很是欠揍。

姜可笙换上假笑，一字一句都像是从牙缝里挤出来似的："你要是现在站起来，我能一脚把你踹得滚下负二层。"

张木云的人缘一直都特别好，他总有一种能力，让你忘却不开心的事情的同时，也没有让你多开心……

只想揍他，往死里揍。因为揍完他，你才会收获真正的开心。

一扫之前的阴霾，姜可笙元气满满地推开通往走廊的门。待在昏暗的楼梯间里太久，让她一下子有些不适应外面的光线。

"我的天！"紧跟在她身后的张木云显然也被晃了眼睛，立刻叫出来。

两人眯了一会儿眼睛，才慢慢看清眼前。

不远处的走廊深处，他们熟悉得不能再熟悉的背影被一双手抱着，紧紧地抱着。

那是姜可笙十八年来，哭得最凶的一个晚上。

虽然是十几年的朋友，但也只有在那一刻，何渠琛和张木云才发觉，一直以来快乐而又潇洒的姜可笙，也是柔软而又脆弱的。

"她会不会也这样过？"

两人将姜可笙送到她家楼下，目送她上楼时，何渠琛把玩着手中的钥匙挂链，突然冒出一句像是毫无关系的话。

张木云愣了一下，才反应过来旁边的人说的是钟意。

他抬眼，看着将眉毛微微蹙起的男生，沉默了一会儿。末了，他才叹气道："女孩在暗恋中，有的时候会是我们想象不到的卑微。"

漆黑的夜，只有耳边不断的蝉鸣。

何渠琛盯着自己的指尖，没有说话。

多年后，何渠琛问姜可笙："这么多年过去了，你还喜欢季昀吗？"

姜可笙一愣，握着咖啡杯的手指无意识地收紧，却没有说话。

何渠琛把桌上事先给钟意点的芝士蛋糕往姜可笙面前推了推："别误会，小意最近在写一个本子，大概就是一个这样的故事。"

这是他们大学毕业之前，在椹南市的最后一次聚会，一班当初那些竞赛班的人大多也都来了，只是何渠琛和姜可笙一向习惯来得早一些。

"你们到得这么早？"张木云刚出现在咖啡厅里，就并不惊讶地寒暄一声。

跟在他身后的季昀看到坐着的那两个人，也只是微微颔首，带着他那习惯性礼貌而又疏离的微笑。

刚涂过雾蓝色指甲油的指甲深陷入掌心，姜可笙将嘴角勾起到刚好的角度，把面前的芝士蛋糕又推回去："何渠琛，四年之后你还是妄图拿这种高热量食物压垮我的防线？"

"长胖是你自己的问题，外界因素只是一小部分，归其根本是你自己想吃。"何渠琛挑眉，"小意说，吃甜食会让心情变好，法令纹和抬头纹少一些。"

姜可笙的笑容又加深一度，她优雅地点头，转过身，伸手截住服务生："您好，请帮我拿一块布朗尼。"

去他的减肥，去他的身材，老娘要快乐。

姜可笙在仁大学了经济，大四这一年在椹南市一家知名投行实习。她本身就是领导力强而又果敢决断的人，现在已经有了些职业女性的样子。为了将自己塞进小码的套装里，她的饮食控制比以前还要严格。

轻咬下一口布朗尼，还没有嚼两口，她就皱起眉。

太久没有吃甜食，布朗尼这种在甜食中过于甜腻的巧克力蛋糕，让她的嗓子像是被糊住一般。

将布朗尼放回盘里，灌下几口咖啡，她才缓缓地望向窗外："嗯。"

——这么多年过去了，你还喜欢季昀吗？

——嗯。

这么多年过去后，还是不得不去面对。

有的时候人真的很好笑，这么多年过去了，甚至不再适应吃小时候最喜欢吃的甜点，可是有些人，还是忘不掉。

季昀高考正常发挥，如愿以偿地在椹大的文学系读书。姜可笙在椹大的朋友告诉她，季昀在大学里，甚至比以前在南华还要受欢迎。

明明椹大和仁大都在同一个大学城，隔着不远的距离，但姜可笙第一次发现原来椹南市有这么大，大学城也这么大。

他们从来没有偶遇，也从来没有什么意外。

一切按部就班，一切……都太过平常。

同学们陆陆续续都来了，张木云一直都是话题小能手，拉着大家热火朝天地聊着。

正当姜可笙望着窗外出神时，他突然把话题转向她："可可，前两天加你的那个男生和你聊得怎么样？"

姜可笙一愣，转过头，没有反应过来他刚刚说了什么。

在众人的起哄下，张木云有些不好意思地挠挠后脑勺："我女朋友前段时间也是高中聚会，谁想到在场有一个男生，当年也是和咱们一起竞赛的，市一中的梁泽宁你们知道吧？"

"就是那个瘦瘦高高的，长得还有点斯文的男生？"一个女生努力地回忆道。

"对，戴副黑框眼镜，"张木云打了个响指，"这个男生好像是高中的时候就挺喜欢可可了，余情未了。这不，我女朋友又把旧爱提，非要牵红线，饭后就立刻找我要了可可的联系方式。"

这事张木云、何渠琛和钟意都知道，当时他们还劝姜可笙借机开启新的感情。

姜可笙也明白，张木云特意在季昀面前提起，是想给她最后一个测试季昀的机会。如果他真的不为所动，那么，这就当是她喜欢他的最后一次了。

八岁，她第一次见他；十二岁，她第一次察觉到他对她的特别。

二十二岁，也许是她应该放弃他了。

姜可笙将手中的咖啡抿了一口，换上恰到好处的笑容："一会儿结束之后，他来接我。"

屏蔽掉众人愈加厉害的起哄声，姜可笙的视线不动声色地掠过季昀的脸，又移回手中的瓷杯上。冰凉的瓷杯让她将手往米色针织衫的袖子里缩了缩，然后再次神游，没有加入他们的对话。

这次聚会大家聊了一下大学毕业之后自己想走的路，以后彼此之间也能有个照应。

他们大多都是椹南市土生土长的孩子，又都学习成绩优异，不少人都选择出国继续读书。

只是姜可笙虽然拿了名校的录取意向书，但她现在投行的老板很欣赏她的工作能力，提出可以让她一毕业就正式进入投行工作。这种纠结和焦虑，她也在交流中顺嘴一提。

下午茶的时间并不长，虽然此时已是椹南市的冬天，但结束时，天还是亮着的。毕竟姜可笙已经说过梁泽宁会来接她，其他人跟她打了个招呼，就先走了。

何渠琛要带钟意去吃饭，张木云也要陪女朋友。

姜可笙将围巾紧了紧，站在咖啡厅门外等车时，察觉到身边突然停住一个高大的身影。

她有些诧异地抬头，便看到穿着深灰色毛呢大衣的季昀。

知道他不会主动和自己搭话，姜可笙将脸又往围巾里埋深了些："等车？"

"等男朋友？"季昀没有回答她的问题，向手哈气，搓搓手，问道。

见姜可笙没有说话，季昀以为她不愿意向外人提起自己的感情生活，便转移话题："研究生读完会更好一些。我只是身为朋友，想给你一些我自己的建议。"

"我没有男朋友。"姜可笙的话被埋在围巾里，夹杂着椹南市冬天凛冽的风声，让季昀有些听不清。

姜可笙猛地将头从围巾中抬起，看着季昀疑惑的双眼。她盯着那个已经成熟得让她有些陌生的男生，一字一句，口齿清晰："我说，我没有男朋友。"

"我真的很讨厌你每次都说你身为我的朋友什么什么的。"姜可笙只觉得这么多年来的怨气，似乎全在这一个时间点爆发。

没有围巾的完全包裹，寒风顺着缝隙贴着脖子钻进衣领，冻得她身子颤了两下。她的鼻子通红，泪水在眼眶里不停地打转："这么多年了，你明明知道我有多喜欢你。你既然不喜欢我，为什么不躲我远一些，给我一个可以喘息，可以去爱别人的机会？"

"季昀，我真的受够了你冷漠疏离的笑，我也受够了你永远一副和人保持距离的样子，"姜可笙猛吸一下鼻子，再也不顾任何形象，"而我最难受的是，原来有一天，我也会变成永远挂着机械笑容的样子。"

因为季昀，她去看他在语文课上推荐给大家的书。虽然看几页就会睡着，但她还是以强大的毅力啃下了整本《尤利西斯》。

因为他，她订了全套的《萌芽》杂志，每一年的新概念获奖作文合集她都有。那些印着他名字的纸页，她都用自己最好看的书签夹着。

她总是在从教学楼去活动楼的路上故意放慢脚步，只为了能和去文学社的他擦肩而过。

姜可笙承认自己在喜欢季昀的这个故事里，一直像是一个时刻保持警惕竖起耳朵的兔子。她竖起耳朵听着周围人的谈论，生怕自己的喜欢被人看到后笑话了去，所以她竭力控制着自己，不要那么明显地喜欢季昀。

但这么多年以后再回看，那些年的自己，真的从不知道如何克制地喜欢一个人。喜欢得明显，明显得可笑。

眼泪终于随着委屈滑落，一滴，两滴，然后便是汹涌而出。

季昀垂下眼，下一秒，他们面前的路边停着的那辆白色车突然响了一声。他走过去打开副驾驶的车门，左手里多了一个盒子。

他将车门重新关好，拿着盒子站回到姜可笙身边。

临近过年，椹南市街道上的彩灯都被打开，来往的行人脸上大多都挂着幸福的笑容。

季昀将手中的盒子递到姜可笙面前，停顿片刻，才缓缓说道："生日快乐。"

最简单的四个字，让二十二岁、穿着最精致的大衣和羊绒衫套装的姜可笙，站在椹南市的街道哭得像个傻子。

"大一寒假你过生日时，我想发祝福，却发现自己被拉黑了，大二依旧如此。大二我去国外当交换生，拿着国外的号码想给你打通祝福的电话，但可能你以为是骚扰电话，全都挂断。"季昀的声音中透露着一些无奈，"前些天他们在群里说到这个日子时，我就想到是你的生日，给你准备了礼物。"

"之前木云跟我说过梁泽宁，我以为……"季昀停顿，"所以，有点犹豫是不是应该把礼物带下车给你。"

"又是身为朋友送给找的礼物吗？"姜可笙粗鲁地用手抹掉自己的眼泪，抬起头，冷笑一声，紧紧地盯着季昀，"季昀，我从来都不缺朋友，也不缺朋友送的礼物。"

那一刻，她也不知道是谁给自己的勇气。

她踮起脚，第一次吻了一个男生，主动吻上她喜欢了十几年的人，唯一喜欢的人。

刚要离开，姜可笙的腰就被一只胳膊揽住，加深这个吻。

椹南市周末的夜晚，周围熙熙攘攘，不远处还未撤下的五米高的圣诞树依旧闪烁着五彩的光芒。

夹杂着泪水的吻，没有辗转，也没有缠绵。

"为什么拉黑我？"季昀放开她时，眼底似乎有惊涛骇浪，"聚会那天，我看见你和张木云，并肩亲昵地坐在楼梯间……"

这是姜可笙第一次见到季昀这副样子，鲜活的，不再只是像冷漠的文字机器一般的季昀。

"那个时候张木云已经和他现女友在一起了。"姜可笙没有过多解释，从季昀手上接过盒子，打开后，发现是一本她从没见过的校刊。

自从文学社负责校刊的编辑和印发之后，每一期她都会买，但对这本却没有印象。

"这是我毕业前校对的最后一期，可惜当时正好赶上学校因为特殊原因停止一个月学生活动。后来钟意问我新学期第一期要不要再用这一期，我想了一下，大家都不在南华了，也就没有意义了，这一期就再也没有印出来过。"说着，季昀将那期校刊翻到最后。

这是每到毕业季的校刊专栏，任何人都可以以任何身份写给任何人、事物的留言。

姜可笙只是扫了一眼，便立刻抓住落款为"Jyn"的那一段话。这是她喜欢他这么多年，练就的基础能力。

希望那个永远会抓住每个机会坐在我身边的人，可以考上理想的大学，前程似锦。

还有……一直都坐在我身边。

——Jyn

姜可笙知道，季昀虽然所有文章的笔名都用的真名，但有时临时手写一些东西都会签上"Jyn"。

"兜兜转转，我站在了你身边。"姜可笙抬头，眼底还闪烁着光，只是嘴角早已弯起。

"只要在我身边，什么样子都可以。"季昀微倾身，将额头抵上她的，"所以，梁泽宁还来接你吗？"

"梁泽宁估计和我室友玩得正开心，没空搭理我。"姜可笙从大衣外套里摸出手机，一手绕过季昀的脖子，使劲把他拉弯腰，又迅速按下快门键。

椹南市满街的霓虹和身后不远处高大闪烁的圣诞树占据了大半张照片。

在最前面双眼还有些红肿的女生笑靥如花，身后被扯着衣袖的男生，脸上依旧是十多年来未变，但细看又似乎多了些和煦温暖的笑容。

姜可笙的二十二岁，没有辜负她的十二岁。

十年，你终于来到我身边。

番外四

暗恋一直都是一个人的事

唐遇理应谈过几场恋爱，所有人都这么认为。

但她依然是一条单身狗，甚至因为单身年岁超过了身边所有的单身狗，被民间授予"南华最长寿的从未恋爱过的单身狗"的称号。

她和钟意一起长大，几乎生命中每一个重要的瞬间，都陪伴对方度过，彼此之间早已熟悉得不能再熟悉，无话不说。她知道，钟意的心里一直都有一个秘密，一个最后被秘密的主人公知道了的秘密。

唐遇的心底也有一个秘密，一个从来都没有跟别人提起过的秘密。

她喜欢一个人，一个比她大了十岁的、年轻有为的牙医。

小时候她调皮不听话，在换牙期对着自己刚长出来的门牙一顿猛舔，好玩之余，把自己弄成了吃东西总是塞牙的臭小鬼。

意识到问题的严重性，唐妈妈只好托在医院工作的钟母帮忙找认识的医生，设计一套靠谱的整牙方案。

唐遇一直都很怕疼，看到身边的小孩箍牙疼得死去活来话都说不利索，怎么劝也绝不戴牙套。

次数多了，唐妈妈一气之下，再也不管她牙的事情。

唐爸爸在家里一直都扮演着和事佬的角色，趁唐遇在房间里学习，他乐呵呵地拉着唐妈妈，神秘兮兮地献计——等小姑娘到了年龄爱美了，自然会上赶着找咱们给她戴牙套，还得是那种戴的时间短，稍微疼一些的加强版。

别说，上了初中的唐遇，果真应了爸爸的话。某天，一家人开车出门吃饭的路上，她突然冷不丁地提出自己要箍牙。

毫无预警得让唐妈妈条件反射地想起以前费力反抗的小唐遇，当场恨不得打开车门，叫她滚下去。

依旧是熟悉的医院，也依旧是熟悉的主治医师。钟意妈妈帮忙找的医生，资历水平自然不用担心。

只是这次唐遇乖乖的，没有打退堂鼓，不仅是因为到了青春期爱美了，更多的是因为主治医师大叔身边一直带着的实习生。

实习生看上去有种运动健儿般的眉清目秀，笑起来阳光又温暖。

唐妈妈和主治医师聊完唐遇的整牙方案，还顺嘴开玩笑夸了这个实习生几句。

一下子成为话题中心，他有些不好意思地摸摸后脑勺，笑起来偷偷冒出来的两颗虎牙，让唐遇看一眼便无法再忘记。

后来，原本的主治医师被调去椹南市另一家医院，而上高中的唐遇不可避免地长了智齿。这一次，以前的实习生变成了她的主治医师。

钟意说拔智齿很疼，尤其是打麻药的时候。

但唐遇似乎对这些没什么印象，她只记得他健康的小麦肤色和肌肉结实的小臂，记得他低声告诉她可能打麻药那一针会有些疼，记得他为了让她放松，而讲的一点都不好笑的笑话。

挡在脸上的蓝色一次性盖巾被摘下时，唐遇半边嘴唇依旧是麻木的。她还没有反应过来，便看见在自己眼前放大了的那张脸。

他笑起来时眼睛里像是有星星一样，喉结滑动，声音温柔而有力："很成功。"

唐遇抿起嘴角，回了一个有些僵硬的笑容，视线从他的脸上滑到他的胸前。

他不知道什么时候重新穿上了白大褂，挂在左胸口袋上的胸牌随着他的动作摇晃。

蒋晗舟。

当上主治医师有了胸牌的他，终于让她知晓他的名字。

唐遇在心里把他的名字反反复复地念了无数遍，虽然嘴上有些麻，但眼角跑出来的开心与满足骗不了自己。她那双漂亮的眼睛转了转，强压着心底的那份悸动，张嘴："谢谢你，蒋医生。"

从那一天起，唐遇的心里住进了一个人。

而这个人，成为埋藏在她心里十五年的秘密。

她看着他凭借自己的实力和一点点努力，成为公立医院里最年轻有为的医生，又看着他辞职后，自己开诊所走过的艰难。

唐遇整过牙，拔过智齿，到后来似乎没有什么需要找他了，就养成了洗牙的习惯。再到后来进到演艺圈，有不少前辈艺人夸她牙齿状态好得像是做了烤瓷牙，她也都大大方方地将诊所介绍出去。

这些人成了蒋晗舟的熟客之后，也经常开他们的玩笑。

但唐遇总是笑笑，一举一动都刚刚好："我和蒋医生只是多年来的医患关系罢了。"

唐遇认为自己不是一个扭扭捏捏的人，但不知道为什么，面对爱情的她，似乎比钟意还要少了一些勇气。

也因为得不到，所以开始逃避。

刚开始喜欢的时候，恨不得抓紧一切时间往他旁边蹭。到了喜欢的后期，她反而开始不愿去见他。

她渐渐不再去诊所，而蒋晗舟在某种意义上也似乎成为她的过去式。

直到很多年后，马上就要结婚的唐遇在椹南市有名的清吧里偶然遇见已经三十六岁的蒋晗舟。

他一个人坐在吧台边，穿着舒服的休闲装，只是背影落寞。

唐遇咬了咬嘴唇，已经指向出口的脚尖，打了个回旋又转回来。

她踩着细高跟鞋健步如飞地走到吧台边，优雅地打个响指，替他又点了杯温和些的鸡尾酒。

蒋晗舟偏过头来，细碎黑发下的一双眼睛有些迷离。

"嗨，我要结婚了，"唐遇扬起一个大大的笑容，"蒋晗舟。"

话音刚落，她一把拿过自己的那杯龙舌兰，轻撞了一下他放在桌上的玻璃杯，然后仰头一饮而尽。

烈酒滑过舌尖，一蹿而上的刺激，让她的眼眶瞬间便酸了。

将滴酒不剩的玻璃酒杯放在桌上，唐遇深吸一口气，像是只有这样才能把眼泪留在眼眶里。

蒋晗舟顿住，像是没有想到她会突然出现在这里。数秒后，他才将眼前的那杯酒一饮而尽．"祝你幸福。"

他的眼睛里毫无波澜，让唐遇看不出一丝破绽。

她最后看了他一眼，决绝地转过身，冲着酒吧的出口越走越快，越走越快。她一只脚刚迈出木质门槛，在眼眶打转的眼泪终于汹涌而出。

她知道，他的悲伤来自于另一个女生。自始至终，他从未把她放入"可成为女朋友"的名单中。

她也知道，现在的自己，已经不爱蒋晗舟了。

她现在怀念的、不舍的,是那个曾经傻傻以为自己变好看变出名,甚至是变成"国民女神"之后,他就能爱上她的自己。

　　那是她第一次叫他的名字。

　　也是最后一次。

　　暗恋一直都是一个人的事。

　　也是唐遇的青春中,最盛大的故事。

番外五
讨厌的胡萝卜

"钟意。"正端着餐盘在食堂里找位置的钟意,突然被一声叫住。她循声望过去,离她不远的窗边正坐着两位银发老者。

钟意眯起眼睛,吐了下舌头。她左手抬起,稳住餐盘上装着绿豆汤的碗,转过身朝那两位老人走去:"江教授,李教授。"

"你抢在我前面叫我学生,安的什么心呢?"李教授"哼"了一声,慢悠悠地将鱼刺剔掉,才抬起头让钟意坐在自己旁边,"小意,坐。"

在南大读完本科后,钟意凭借几部成功的青春剧改编,已经小有名气,顺利保研本校,师从李教授。除了继续写青春剧本,钟意在李教授的教导下也一点点转型,参与大型影视作品剧本的写作。何渠琛则前往国外深造,硕博连读,学习空间方面的前沿知识。

说来也是巧,李教授和以前何渠琛极好的江教授是几十年的老友。两人见面没多久就互损,就差拿着拐杖打起来。每次拦着两边哄的,是钟意。

"研究生也快读完了吧,不打算出国再读个博士?"江教授无视嘚瑟的李教授,抬眼慈祥地询问着钟意。

钟意一直觉得上大学是她人生中的转折点,在大学里,她与何渠琛重逢、相爱;在大学里,她也学会了面对陌生人不那么紧张,和老师、同学们都相处得融洽,再也不是那个低头红着脸,面对问题不知所措的钟意。

当然,当年她在语文老师齐时面前那欠揍样子,还是随着年纪的增长收敛了许多。

钟意咬下一口紫薯豆沙饼,嚼过两口,皱起鼻子:"他说看我自己的想法,可我怕我优秀得李教授不放人。"

"嚯,钟意,"李教授瞪大眼睛,佯怒地将筷子大力扣到餐盘上,"你知不知道每年来找我当博导的人,可以从北门排到南门……"

"再绕地球三圈,是吧?"钟意从包里拿出自己早上洗的几个小西红柿,分给两位教授几个,笑着继续逗李教授,"但没办法,他们把我男朋友扣在国外了。"

"都是你，你要是当初把小何那孩子留在实验室，就不会出现今天这样两难的选择。"李教授瞥了一眼对面乐呵呵的江教授，压低些声音，冷声呛道，"连个人都留不住，废物。"

眼看着这两个人又要吹胡子瞪眼，拿拐杖当魔法剑使，钟意有些头疼地立刻转移话题："吃饭吃饭，再不吃，饭都凉了。"

下午第一节是钟意作为助教给大二学生上的专业课，教学楼离这个食堂不远。吃完饭后她跟两位教授打了个招呼，没拐回学院，直接去了教学楼。

她不是没有想过未来的事情，只是如果让她去国外生活，内心还是有恐惧和不安的。

钟意一直是一个随遇而安的人，如果没有何渠琛，或者说如果当初没有那么喜欢何渠琛，她可能连考大学的目标都不会那么清晰。也许就会考个能力所及的分数，然后随大流地填报专业。

而至于读研也是一个意外，当时她是跟组编剧，忙得没有时间准备出国的材料，也没有时间考研。刚好保研资格公布了，她也就选了这一条路。

只是这次……

钟意叹气，在教室左前方的第一排坐下，从背包里拿出电脑。

刚上研一的时候，她就在学院里当助教，钟母知道后也支持她按部就班地读完博士，直接当大学老师。毕竟工作清闲，收入也不错，又刚好是她喜欢的领域。

她和何渠琛两个人都忙，尤其是到了研究生阶段，何渠琛整日整夜地在实验室里熬着，她大部分的时间，也都是没日没夜地跟着剧组来回跑。两个人平时的交流很简单，没有时间去提未来，但钟意一直都对这段感情很放心。

只是在这个特定的时间点，她还是慌了。

钟意拿起手机看了一眼，两人的聊天记录仍停留在国内时间的今天凌晨，只有两三句无关痛痒的晚间问候。

上课铃打响，屏幕上是熟悉的文档界面，她闭了一下眼睛，强迫自己将注意力转移到文字上。

上课时间的教学楼一如记忆中的安静，空荡的楼梯间里出现一个慢悠悠向上爬着的顾长身影。

如果他没有记错的话，这节课应该是在三楼右手边的教室。

南大为了让教学楼电梯利用最大化，只在几个限定的高层停，遇到三楼的课只能爬楼梯，或者坐电梯到五楼再往下走两层。

何渠琛看了一眼左腕上的手表，也并不着急，慢慢悠悠地在楼梯间里走着。

三楼走廊里站着一个男生，看上去应该是刚上大学没多久，他抱着一个透明饭盒，有些不安地不时变换着站姿。

应该是在等女朋友下课吧？

何渠琛轻笑一声，也走过去，随意地倚靠在墙边。他习惯性地从裤子口袋里掏出手机，打开蓝牙耳机，点开那首周杰伦的《等你下课》。

从高中到大学，可能是因为再相见的时间点太晚了，忙碌的他从来没有等钟意下课过。在看了《漫游暗恋宇宙》之后，何渠琛才发现之前那些他们下课后不经意的所有偶遇，都是她掐准时间制造的。

一转眼，第一次等她下课，她已经是助教了。

"总有一天总有一年会发现，有人默默地陪伴在你的身边……"

耳机里的声音刚好唱到这句歌词，何渠琛将脑袋后仰了一些，也靠在墙上。他缓缓勾起嘴角，眼睛里满是温柔。

"嘿，哥们儿，你也在等人？"也许是太无聊，那个在一旁不停走动的男生凑近何渠琛，脸上带着不好意思的憨憨笑容，有点像刚上大学时期的江励。

何渠琛将一只耳机摘下，含在嘴角的笑容一时间收不回去，只好礼貌地笑笑："嗯，等我女朋友下课。"

"那你怎么不进去？"

大学课堂管得不严，只要不打扰老师上课，就可以从后门随时进出。

"还有几分钟就下课了，我现在进去万一老师以为我是逃课，来点个名就走呢？"和钟意在一起之后，何渠琛整个人都渐渐变得温柔起来。他和男生开着玩笑，语气轻松。

打量着眼前不时变换受力腿的男生，何渠琛又轻笑一声："你呢？看样子是等了很久了，怎么不进去？"

"我等的不是我女朋友……还不算是……"男生腼腆地抿着嘴唇，不自在地抬起右手摸摸自己的后脑勺，"我进去可能不太方便，怕她不喜欢这样。"

何渠琛将手中的手机转了一圈，瞟了一眼男生手里的饭盒："你们这个年纪，能细心地给减肥的女孩带饭，已经很能感动人了，多点自信。"

"其实，我也不太清楚她会不会喜欢这些。"比起刚刚，男生的声音低下去，握着饭盒边缘的手指不停摩挲着饭盒的卡扣，"我只见过她一个学期，她是我上个学期专业课的助教。"

何渠琛刚刚还温和的笑容突然僵住，他把另一只耳机也摘下来，收进充电盒里，试探性地问道："这节课有几个助教？"

"一个。"男生没有发现什么不对劲，叹了口气直起身子，看向何渠琛的眼睛逐渐变得坚定，"但就像哥们儿你说的一样，如果我贴心地、细致入微地照顾她的生活，她总有一天会感动。毕竟助教她一个人在这边生活，应该很需要一个能陪在身边的人吧？"

听到这初生牛犊不怕虎的一段陈词，何渠琛的眉毛狠狠一跳："助教应该比你大吧？你确定你们助教没有男朋友？"

"助教其实是我的直系学姐，我上大一的时候她大四了，这几年都没见过她有男朋友。"男生说到这里，干净而又阳光的笑容不断扩大，像是下一秒就要把牙龈也露出来。

过气男主角可以理解眼前的小男孩没看过网剧，不认识自己，也可以理解钟意大四的时候，他已经在国外读书，所以小男孩没见过自己。

但……是谁告诉这个小男孩，钟意没有男朋友的？

又是谁给他的勇气，去追南大曾经的校草何渠琛的女朋友？

"饭盒里装的是什么？"何渠琛眯起眼睛，收起刚刚温和友好的笑容，双手环抱在胸前，下巴向男生怀里的方向扬了扬。

"胡萝卜丸子汤，这两天我妈妈来看我，租的民宿刚好可以做饭，"男生一边说着，一边又用手背试试温度，"可惜我没有保温盒，已经凉了。"

"胡萝卜？"何渠琛刚刚还有些冷的视线突然消失不见，还低笑了两声，"这盒要不给我吧，女孩子一般不喜欢吃胡萝卜。"

钟意的小学弟一听这话，立刻警惕地抱着那盒胡萝卜丸子汤，向后退了一步，生怕被何渠琛抢走："学姐喜欢吃胡萝卜。"

要不然怎么每周都有两三天，他都能在三食堂看到她一脸快乐地吃胡萝卜、玉米排骨煲?

空气凝固三秒钟,正当小学弟开始怀疑刚刚自己是不是会错意时,那个倚在墙壁旁,穿着黑色羊毛大衣的男人压低笑声,笑得整个上身都在颤抖。

他笑了好久好久,小学弟猛然察觉到有什么不对劲。

何渠琛笑得脸颊有些酸疼,他好不容易止住笑,用修长的手指揉了揉自己酸痛的肌肉。

半晌,他才闷声憋出了一句:"她才不喜欢。"

钟意对胡萝卜的喜欢,只能算是对胡萝卜可以堆砌小山,自娱自乐当原料的喜欢。在某种意义上,她喜欢胡萝卜,可以约等于她喜欢乐高。

何渠琛本来以为是自己追妻道路上突然冒出的劲敌,没想到是个铁憨憨。

这几个字加剧了小学弟心中的不安,他刚要张口询问,一声铃响就在走廊里炸开。

几个先从后门出来的女生正说笑着,看到那男生,其中一个吹了声口哨,打趣道:"学长,你又来给助教姐姐送好吃的啊?什么时候能有我们一份,说不定我们还能帮上忙。"

"去去去,你们小点声,"小学弟竖起食指放在嘴边,又鬼鬼祟祟地把脑袋探进教室,看了一眼,"不知道的还以为你们是播下课铃的大喇叭。"

他警惕地转过身,看到那男人依旧保持着刚刚倚靠在墙边的姿势,只不过正带着笑意看着他。

不知道为什么,特别像看傻子的那种关爱的眼神。

喊,有什么好得意的,老男人!

钟意是助教,等老师收拾完东西才慢吞吞地从教室里走出来。

离圣诞节不远了,没有暖气的南川市是她厌恶至极的。

钟意将围巾裹上脖子,又往宽大厚实的驼色大衣里缩了缩,纤细的手指从针织衫的袖口里伸出来拎起包背上,又迅速地缩进袖子。

毫无预警地打了一个喷嚏,她垂下眼,将脸又往围巾后缩埋好。

"学……"一只脚刚迈出教室,她就被一个阳光的声音叫住。

习惯性地往左看,她没看到声音的主人,却瞟到了一个熟悉得不能再熟悉的侧影。

上了一下午的课,这个时间,冬日的晚霞已经透过走廊尽头的窗子洒进整个走廊。

那个修长的身影将原本环抱在胸前的双臂放下,直起身,缓缓地向她所在的方向转过身来。

逆光而站,他的背后是紫粉色的、很美的晚霞。

清透却掺了些温柔的声音传来:"钟意。"

钟意傻站在原地,听到这熟悉的声音叫自己的名字,鼻子猛地便酸了。她不管不顾地猛冲过去,一下子扑到男人的怀里,他身上依旧是她最喜欢的大吉岭茶的味道。

她抱得很紧,紧到何渠琛有些喘不上气。

何渠琛知道钟意有多想念他,任由她这样抱着,一只手揽着她的腰,另一只手揉着她的脑袋,低声道:"我回来了,提前回来了。"

"这一次,我不会再离你这么远了,"他将下巴轻抵在钟意头顶,"就算去到天南海北,我都会带着你,和你一起。"

钟意将脸埋在他的怀中,半晌才闷闷地应道:"嗯。"

两个人腻歪了一会儿,何渠琛才有些玩味地,装作猛然想起来似的说道:"刚刚我在门口等你的时候,遇见个小男生给你送胡萝卜丸子汤。他跟你是有什么深仇大恨?"

"啊?"钟意这才意识到周围可能还有其他人,猛地从何渠琛的怀里钻出来,"在哪儿呢?"

"不知道啊,"心里正偷笑的男人脸上却挂着疑惑,"是不是刚刚走了?"

很多年后,何渠琛终于忍不住问钟意:"你为什么突然开始吃胡萝卜?"

钟意刚把一对小朋友哄睡着,打着哈欠靠在他怀里,想了一下,突然笑出声,"当年我去南大艺考的时候,那些学长学姐在讨论剧版《漫游暗恋宇宙》的男主角很帅。我当时不知道他们说的是你,便自己跟自己打赌,如果是你的话,就一周吃三顿胡萝卜。"

身后的胸腔因为这个无厘头的故事也微微振了起来,钟意又往他怀里缩了缩,嘴角却偷偷地又上扬一些。

在南大读书的第一年,她因为想他而吃胡萝卜,渐渐地就习惯了吃胡萝卜。

当然,这个有些心酸的故事版本,还是不要说给他听了。

嘻嘻。

番外六

我对你，何止钟意

空气里弥漫着青草夹杂着水汽的味道,一声闷雷打过,何渠琛皱了一下眉头,手上收拾东西的速度加快了些。

"完了,今天没看天气预报。"张木云也被雷声惊到。

眼珠在眼眶里转了一圈,他换上谄媚的笑容,往何渠琛身边挤了挤:"老何,今天可以蹭你家的车吗?"

张木云住得离南华中学很近,平日里偶尔也会搭何渠琛家的车回去,正好顺路。

"我说不,你又不会真的不上车。"何渠琛眼皮都不抬,将书包拉链拉好,"走吧。"

下楼的一路上,张木云依旧是不消停,嘴巴说个没完没了。

这么多年过去,何渠琛也早就习惯了。偶尔笑笑回应张木云,他向来能应付得很好。

只是两人站在教学楼的屋檐下时,都有那么一瞬间的定格。

这雨比他们想象的还要大。

记忆中的椹南市几乎没有在夏天下过这么大的暴雨,即便撑伞,身上也都会被浇湿。

"我们等一下吧,这雷阵雨说不定一会儿就小一些了。"何渠琛双手插在口袋里,说道。

他倒是不急,姨妈到得早,已经在学校门口找到地方停好车,不用随着车流移动让他赶着时间上车。

又一声闷雷响彻天际,周围等着雨小一些的人,都不约而同地叹了口气。

"看这雨势,估计一时半会儿停不了。"张木云看了一眼表,有些沉不住气。

何渠琛正低头回着姨妈微信,刚想开口说些什么,就听见斜后方传来一个声音。

"发什么呆呢？"

紧接着是一声轻呼。

何渠琛用余光看过去，扎着马尾的小姑娘捂着自己的额头，正气鼓鼓地盯着讪讪收回伞的程期楠。紫色的伞在她手里被缓缓撑起，像是放慢了一百倍。

雷又响了一声，雨势更大了一些。

刚刚那些听到雷声，以为雨势会小一些便冲出去的人，几乎全都被浇了回来。

刚在手机屏幕上打下几个字，何渠琛余光便瞥见那团紫色后有一只纤细的手伸了过来。

她不会是想把自己的伞给他吧？

何渠琛几乎是条件反射般地把话打了一半的手机按灭，扔回校服口袋里，又迅速将手里的塑料文件夹打开，撑在头顶："我们直接冲出去吧，我姨妈把车停在门口了。"

张木云还没有反应过来，身边的人就已经冲入雨里。

"哎？什么？"张木云迷茫地看了一眼比刚刚还要恐怖的雨势，也只好拿着准备好的塑料夹顶在脑袋上，跟着冲了出去。

面对这样的雨势，塑料夹有跟没有其实并没有太大的差别。除了头顶上那一小片，两人从头到脚几乎完全湿透。

何渠琛走得飞快，让张木云甚至都有些跟不上。

"我说你后面是有什么妖魔鬼怪跟着你吗？"张木云不知道何渠琛到底是发什么神经，在雨中一边追着他，一边发着牢骚。

何渠琛找到自己家的车，利落地打开车门钻了进去，还算有良心地给紧跟在后面的张木云留了车门。

姨妈看到这湿透的两人，教训的话到了嘴边又被咽了回去，从车上找出备用的毛巾扔给坐在后座的两人。

她还没说话，张木云就恨不得把何渠琛再扔下车："刚刚雨比这小一些的时候，你咋不说冲出去呢？请问何大学神，你这雨大雨小的参照物到底是什么？"

张木云只觉得刚在车上坐稳，雨就小了不是一点半点。这人是在故意整他吗？还是牺牲自己来整他的那种。

何渠琛拿毛巾抹了一下滴着水珠的脸，没有说话。

得，装死是吧？

要不是坐的是何家的车，张木云现在就想跟何渠琛干一架。

车子平稳地汇入车流中，透过不停被雨水冲刷而有些模糊的车窗，隐隐约约地，他看到那把淡紫色的伞出现在另一辆车边。

"你们两个回去都洗个热水澡。"只听到张木云的回应，姨妈透过后视镜往后看了一眼，"琛琛？"

暴雨中的车辆行驶得很慢，何渠琛看着那个紫色的虚影消失在车门后，才缓过神来："嗯？"

"今天你不是回自己家吗，记得回去洗个热水澡，然后冲点姜糖水喝。我之前给你买了一袋，放在厨房的抽屉柜里了。"雨天路况不好，姨妈专注地看着前面的路，没有察觉到何渠琛有什么异样。

"好。"何渠琛将手上已经湿透的毛巾对折，又随意地擦了几下头发，才向后靠到椅背中。

安静的车子里，也不知道张木云是不是听岔了。

好像旁边的那个人，像是松了一口气。

星期三，钟意跑到家具城定做一套新家的家具，本来出家门时还晴空万里，却没想到走出家具城就下雨了。

明明才下午三点，整个椹南市漆黑得像是深夜。

家具城在椹南市郊区，门外停着的出租车已经全被抢完，打开叫车软件也要排很长的队。

所幸公交车站离得不远，又没有拎着什么东西，趁着雨势小了一些，钟意拿出以前跑八百米的劲儿冲到了公交车站下，一边避雨，一边等公交车。

椹南市这个线路的公交车出了名的难等，一趟车要十几分钟的间隔。她缩在公交车站的挡雨檐下，尽量让自己不被雨淋到。

研究生毕业之后，她考回椹南市的大学读博士，平时也接一些剧组的工作。但总体上来说，作为一个编剧，她的工作时间很随意。本来就是为了趁人少来家具城看看，谁想到好巧不巧就遇上了暴雨。

钟意拿出手机，刚想点开那个唯一置顶的头像，却又咬住嘴唇，手指悬停在空中。

何渠琛在国外提前修完所有的学分，回椹南市后开始在大学教书，也有自己的科研项目。他和她一样，都是在工作时分外专注不愿被打扰的。况且，钟意也不想因为一阵雨而打扰他做实验。

只是因为这场暴雨，本就难等的公交车更难等了。公交车站周围一个人影都没有，又是黑得像是深夜的天，钟意难免有些害怕。

唐遇这段时间在外地拍戏，钟意正跟她在微信上发着牢骚，突然被远光灯闪了眼睛。她眯起眼，抬头，只见离公交车站不远的地方停了一辆黑色的车。

驾驶座的车门被打开，高大的男人撑着足够大的黑色长柄伞从雨中向她走来。

那一瞬间，十年前那个晚自习结束后的暴雨夜，如同电影般在钟意的眼前一帧帧地闪过。

没有送出的伞和从指尖擦过的书包带。

还有那个躲在被窝里哭得上气不接下气的、曾经不够自信的小钟意。

钟意被何渠琛揽在怀里。

他抱得很紧，雨伞一个劲儿地往她那边倾斜，生怕她被淋到。

刚打开副驾驶车门，何渠琛只觉得自己黑色T恤的衣角被拽了一下。他有些错愕地抬眼，看到已经坐进副驾驶座里的钟意在黑暗中笑得眯起的眼睛像是月牙。

"没想到最后还是你给我送了伞。"

何渠琛一时间没有反应过来钟意的意有所指，等到绕过车，上车发动车子时才解释："我正带着研究生做实验，刚下课过去实验室的学生说外面下了暴雨，想起今天早上你说来这边，我就把他们扔下，过来接你了。"

"嗯。"钟意看着车窗外模糊的霓虹灯，右手大拇指摩挲着无名指上套着的指环，轻声应着，无声地笑了。

她打开车上系统里内置的音乐软件，找到自己平时听的歌单。《刚好》这首歌刚好被随机播放到，歌词也刚好很应景。

你身上什么味道让我神魂颠倒，变得无可救药，你的笑让我的心情变好。

上次下雨的时候我们才刚刚有碰到,你没有带着雨伞借给我你的外套。

你很开心地对我笑,眼睛里好像有泪掉。

这就是,缘分来得刚好……

  她曾经给他送过伞却又因为胆怯而失败,她曾经也接受过别人硬塞来的雨伞,却兜兜转转发现是何渠琛的伞。

  也许曾经穿着校服忍着眼泪说笑的钟意,从来没有想过,在未来的某一天,何渠琛会带着伞温柔地出现在她面前。

  钟意记得学生时期的遗憾,但钟意永远不知道,那场遗憾,是那个穿着白色校服T恤的少年怕她淋雨,而冲进雨中的不假思索。亦如十年后穿着黑色休闲T恤的男人脱下白大褂,不假思索地拿起伞冲出实验室。

  "何渠琛,我真的很喜欢下雨天。"红灯亮起时,钟意扬起嘴角,轻声说完便转过头,起身吻上那个半个肩膀都湿透了的男人。耳畔,是夏日暴雨的冲刷声和音响里低声哼着的歌。

  下雨天的缘分,来得刚刚好。

  你曾经说何渠琛钟意的平方,又解释那是何渠琛中意钟意。

  而我对你,又何止中意。

番外七

原来是你,还好是你

何渠琛的大一生活，平淡得还不如在南华读高中时来得青春热烈。

他依旧是这一届学生组织里最核心的那一个，也依旧是尖子生云集的班里成绩最好的那个。但作为新生，比起在南华，他所能掌控的事情变得很少。

更多的时候，他都是骑着单车在实验室、教学楼、宿舍三点之间来回穿梭。毕竟刚上大一不久，他就被关系比较好的学长先下手，抓去实验室当苦力。

一日，刚进实验室的学长一反常态，还没干正事，就扯着嗓子嚷嚷："听说了吗？我们学校暑假要拍电视剧了。你们知道要拍什么吗？说不定还能去蹭个群演，赚点外快。"

"问小何，小何知道。"另一位学姐轻推一下眼镜，冷漠道。

何渠琛正低头记录着实验数据，闻言，也没有抬头："我也不知道。但的确，最近学校里出现了一些奇奇怪怪的人。"

就比如一个天天埋伏在三食堂门口，看到他就冲上来硬塞名片戴着鸭舌帽的男人。刚开始他还以为是"游泳健身了解一下"的办卡小哥，名片随手就扔了。次数多了，他才注意到名片上写的是"导演"。

写着数据的笔突然顿住，何渠琛抬眼："我好像被选中去当群演了。"

"啊？"学长险些将手中的器皿砸掉，满脸震惊地转过头，表情瞬间变得热情，"好孩子，有钱一起赚。"

"但我推了。"

学长愣了愣。

"好消息是，名片还没有扔。"看着他失望的样子，何渠琛勉为其难地补充。

心情犹如坐过山车的学长望着天花板，长叹一声："琛琛，等我有钱了，我一定买一个让你说话不要大喘气的治疗方案。"

"那还是建议你出院系楼左拐，走到头，去医学院直接撸着袖子自己上。"学姐冷哼一声。

"我转院了,你不伤心吗?"

"等你转到椹南大学附属精神病院的那一天,我们再聊这个话题。"

侧耳听着这两个还在冷战期的小情侣吵架,何渠琛将最后一组数据填好,笑着摇摇头。

将夹子放回桌面上,他的视线不经意地掠过自己的背包。黑色背包的拉链半开着,半露着里面的一沓纸。

今天中午去三食堂吃饭的时候,何渠琛又遇到了那个戴鸭舌帽的男人。见何渠琛戴着耳机不理人,男人喊了一路的"同学",硬生生让何渠琛这个没有社交恐惧症的人,最后还是头皮发麻,停下脚步。

只是这一次,男人递过来的"名片"更大了一些,还有厚度。

何渠琛拿出手机看过一眼时间,视线再度落在背包上。不知道为什么,平时对这些完全不感兴趣的他,此刻在心底却突然冒出一个声音,疯狂想让他看看那沓纸里的内容。

最终,他还是伸出手,把它拿了出来。

男人塞给他的是剧本的原著片段,何渠琛找个位置坐下,本来只是想随意翻看两页,却越看越快,越翻越快。

那是一个有关于舞会的片段,男主角初次邀请却被女主角无意间拒绝,女主角正懊悔的时候,男主角又进行了第二次更加正式的邀请。

原著的写作中,故事的讲述更加偏向于女生的视角,在跳舞时,有很多很多她的独白。

"这首曲子我记得,不光是因为这三种乐器的神仙搭配,还因为它的专辑叫 *Got You On My Mind*,你在我心间。"

"不对,应该是你在我心尖。"

她动动眼珠,悄悄观察着眼前的人:"嗯,是我心尖永远放不下的人。"

时至今日,已婚的何渠琛都难以形容当时的他在看到这里时那复杂的心情。他想,他终于明白为什么很多人喜欢矫情地把初恋比作柠檬或是橘子汽水之类的酸甜的东西。他还记得,那天的舞会里他亲手选的曲子,就

是出自于 *Got You On My Mind*。因为用心挑选，所以他记忆深刻。

何渠琛的心跳因为记忆的重合而疯狂加速。

骄傲如何渠琛，也在十九岁那一年，终于体会到不敢自作多情的感觉。

同时，他也开始做白日梦，虽然这很难以启齿，但他一直白日梦着，钟意就是这个故事的作者。

"所以你是什么时候确定的，我就是《漫游暗恋宇宙》的真作者？"求婚成功的当晚，钟意窝在何渠琛的怀里，悄声问道。

客厅里没有开灯，只有调小音量的电视正放着深夜剧集。白色的沙发上，两个人一坐一躺。窗外，是夏日的椹南市仍旧下着的小雨。

"很早就发现了。"直到和钟意确认恋爱关系后才确认她是作者的何渠琛，此刻还在嘴硬。

他垂眼，将她的碎发轻柔地绾到耳后："有些独白的表达方式很像你，就比如我们第一次一起跳舞的时候，你的那些碎碎念。"

——她对他的喜欢，从来都没有上限。每靠近他一步，多了解他一分，她就会在他眼底的深渊里加速下坠一次。

——神啊，如果可以的话，真希望这一刻不要停下。

——我想不知疲倦地在他的怀里一直转下去。

"你在《第一支舞》里写过，"面对惊讶仰头的钟意，何渠琛只是淡然地笑着，"我从季昀那里高价收购了那期《萌芽》。"

钟意的五官在一瞬间聚拢在一起，又迅速舒展开来。

何渠琛看到怀里的人在快速变脸之后，又飞速一头扎进自己的怀里，好笑地揉揉她的脑瓜："怎么了？"

"没什么。"钟意轻咳一声，只是又把脸埋得更深了一些。

还好她当时没有放飞自我，把跳舞时自己的想法一股脑地强加在《第一支舞》的女主角身上。

毕竟，那个时候她想的是……

啊！我终于和我男神牵手了！四舍五入我们就算在一起过了！

光想想自己少女时代的悸动，钟意就已经从耳尖红到脖颈。但抱着她的那个人，像是没有察觉到异样似的，反而又弯下腰一点，凑近她。

"钟意，我一直都知道的，你的心意。"他道。

脸红因为这一句被分成三半的话，而瞬间被鼻酸所取代。

钟意抿起唇，又将何渠琛抱得更紧。

当年，她的房间有一扇和书桌一样宽的窗。她很喜欢一边仰头望着夜空，一边背永远背不完的考试资料。

同样的，她也很喜欢一边望着夜空中的星星，一边向徐悦和分享她的故事，说些矫情却又少女的句子。后来，徐悦和在征求她同意之后，将她的很多原话都用进了书里，就比如，在那杯送错的答案奶茶后，她隐藏的心事。

也许，不久以后的将来，他会知道自己的心意吧？

那份，小心翼翼的、会让人面红耳赤说不出口的、埋在心底很久很久的——

"我喜欢你——

"超级超级喜欢——"

这份心意。

这个从少年成长为成熟男人的、她爱了数年的名叫何渠琛的人，是在数年后给她送伞的人，也是即便隔了多年，也仍记得回应她的心意的人。

也许是因为太贴近他的胸膛，钟意的声音听起来闷闷的："如果我有机会可以和在做白日梦的十八岁的钟意在同一时空说话，我想我会告诉她，不要担心，不要焦虑，你想要的一切，都会实现，多自信一点，多快乐一点。"

何渠琛耐心地听她说完，笑道，"我也有想和十八岁的钟意说的话。"

"说来听听。"

没有得到快速的回应，钟意从他的怀里探出头。

四目相对，仿佛一瞬间，他们回到多年前南华中学的领奖台边。他站在她的面前，而她微仰着头，视线毫无防备地撞进他含笑的眼底。她的心"怦怦"直跳，呆愣地等着他开口。

只是，和彼时说的话有些不一样，他道——

"原来是你，还好是你。"

"你知道吗,我最开心的事情,就是偷偷看你的时候,能对上你看过来的眼眸。"

"而我最开心的事情,是我习惯性地转身望向你时,你正好也在笑着看着我。"